Ellin Carsta
Das Los der Männer

TINTE & FEDER

Das Buch

Bernried am Starnberger See, 1939: Als der Zweite Weltkrieg beginnt, sind Wilhelm Lehmann und Paul-Friedrich von Falkenbach voller Sorge, was das für Deutschland und ihre Familien bedeutet. Nie soll ihren Söhnen widerfahren, was sie selbst erleben mussten.

Unterdessen ist Wilhelmine von Falkenbach erleichtert, weil sie einen Brief von Martin bekommen hat. Er lebt! Gibt es doch noch Hoffnung auf ein Wiedersehen? Ihre Schwägerin Clara hingegen ist völlig verzweifelt: Sie, die niemals Kinder haben wollte, ist schwanger. Ihr Mann Gustav soll auf keinen Fall etwas davon erfahren. Doch ausgerechnet Leopold Lehmann sieht sie, als sie eine Abtreibungsklinik verlässt …

Zu Paul-Friedrichs 60. Geburtstag versammeln sich nicht nur Familie und Freunde, die Feier ist auch ein taktischer Schachzug des Patriarchen, um seine Feinde im Auge zu behalten. Mit Wilhelm ist er sich einig, dass man etwas gegen den politischen Wahnsinn unternehmen muss, doch sie wissen: Wenn sie versagen, wird es nicht nur sie, sondern auch ihre Familien das Leben kosten.

Die Autorin

Ellin Carsta ist das Pseudonym der deutschen Autorin Petra Mattfeldt, die zusammen mit ihrem Mann und ihren drei Kindern in der Nähe von Bremen lebt. Alle Fans ihrer »Hansen-Saga« können sich über eine neue Familiensaga um die von Falkenbachs aus ihrer Feder freuen.

Weitere Informationen zur Autorin finden Sie unter www.petra-mattfeldt.de.

Ellin Carsta

Das Los der Männer

Die Falkenbach-Saga

Roman

TINTE & FEDER

Deutsche Erstveröffentlichung bei
Tinte & Feder, Amazon Media EU S.à r.l.
38, avenue John F. Kennedy, L-1855 Luxembourg
Oktober 2022

Umschlaggestaltung: bürosüd° München, www.buerosued.de
Umschlagmotiv: © yoojiwhan © mije_shots © Sasenki © Banana Republic images © Alla Sheptiienko © Sk_Advance studio © Arcansel / Shutterstock
1. Lektorat: Silvia Kuttny-Walser
2. Lektorat: Diana Schaumlöffel
Korrektorat: Gisela Wunderskirchner / Angelika Wiedmaier
Gedruckt durch:
Amazon Distribution GmbH, Amazonstraße 1, 04347 Leipzig /
Canon Deutschland Business Services GmbH, Ferdinand-Jühlke-Straße 7, 99095 Erfurt /
CPI books GmbH, Birkstraße 10, 25917 Leck

ISBN 978-2-49671-036-6

www.tinte-feder.de

Ich widme diesen Roman meinem Großvater, der wie all die anderen Soldaten in dieser Zeit bestehen musste.

Prolog

Oberhaching bei München, 9. September 1939

Endlich wird alles gut. Ich bin so glücklich wie noch nie in meinem Leben.

Wilhelmine von Falkenbach

Wilhelmines Hände waren schweißnass, kurz war sie in Versuchung, sie an dem hübschen blauen Sommerkleid abzuwischen, das sie heute trug.

»Keine Sorge, das wird schon«, sprach Johannes ihr Mut zu und legte kurz seine Hand auf ihren Arm.

Wilhelmine lächelte ihn an, sah dann auf die Uhr. Gleich war es so weit.

Sie hatten das Auto ein paar Meter von der Einfahrt entfernt geparkt, sodass er sie nicht gleich entdecken würde. Sie wollte ihn überraschen, wollte sein Gesicht sehen in dem Moment, da ihm klar wurde, dass sich alles zum Guten wenden würde.

»Dann gehe ich mal«, sagte sie mit zittriger Stimme. »Hoffentlich werden mir die Knie nicht weich.«

Johannes nickte ihr nur ermutigend zu und lächelte. Sie konnte in seinen Augen lesen, wie sehr er sich für sie freute. Dann öffnete sie die Tür und stieg aus. Kurz blieb sie noch neben dem Auto stehen, dann machte sie zaghaft ein paar Schritte auf das Tor zu. Noch tat sich nichts, doch es musste in Kürze so weit sein. Wieder blickte sie auf die Uhr, reckte den Hals. Dann ging sie noch ein Stück Richtung Einfahrt, sodass sie einen Blick auf das Haus werfen konnte. Es sah wirklich prächtig aus. Sie schaute nach oben, wo sie eine Bewegung an einem der oberen Fenster wahrnahm. Die Gardine war ein wenig zur Seite gezogen worden. Wilhelmine beschattete ihre Augen mit der Hand, um etwas erkennen zu können. Doch die Sonne schien direkt auf das Fenster, sodass nicht auszumachen war, wer dort oben stand. Sie hob kurz den Arm, grüßte. Dann sah sie, dass das Tor geöffnet wurde. Der Augenblick war gekommen. Ihr neues Leben begann!

1. Kapitel

Anwesen der von Falkenbachs bei Bernried am Starnberger See, September 1939

Jeder kann erkennen, dass er wie ein zorniges, trotziges Kleinkind ist, dem man eine Süßigkeit verwehrt. Nur dass die Mutter fehlt, um ihn in seine Schranken zu verweisen.

Wilhelm Lehmann

Wilhelm vergaß gänzlich sein gutes Benehmen, als er in das Gutshaus polterte.

»Gnädiger Herr!«, rief Hans, der Haushofmeister, erschrocken. »Kann ich Ihnen behilflich …« Weiter kam er nicht.

»Aus dem Weg, Hans! Wo ist dein gnädiger Herr?«

»Aber …« Er brach erneut ab.

»Wilhelm, um Himmels willen!« Else war ihrem Mann nachgeeilt und betrat nun ebenfalls völlig außer Atem das Gutshaus. Hans stand mit offenem Mund da und staunte.

»Wilhelm?« Paul-Friedrich war, durch den Lärm alarmiert, aus dem Wohnzimmer herbeigeeilt. »Was ist denn passiert?«

»Schalt den Rundfunkempfänger ein!«, forderte Wilhelm.

»Mein Gott, Wilhelm. Nicht in diesem Ton!« Else hatte ihren Mann erreicht und fasste ihn nun am Arm. »Bitte entschuldige, Paul-Friedrich.«

»Du musst mein Verhalten nicht entschuldigen, Else«, stellte Wilhelm wütend klar. »Mein Ton ist der Situation durchaus angemessen.«

Paul-Friedrich sah ihn an. »Ich kann mir denken, worum es geht«, sagte er nun ruhig. »Komm erst einmal herein, alter Freund, und setz dich. Du natürlich ebenfalls, Else.« Paul-Friedrich deutete zum Wohnzimmer. »Wir haben auch gerade darüber gesprochen.«

»Und da kannst du so ruhig bleiben?«, empörte sich Wilhelm und stapfte, ohne eine Antwort abzuwarten, an Paul-Friedrich vorbei.

»Bring bitte ein Glas Bier für unseren Gast, Hans. Und was kann ich dir anbieten, Else?«

»Gib ihm lieber einen Kamillentee und kein Bier«, schimpfte Else, »damit er sich endlich wieder beruhigt.«

»Bier und Schnaps!«, verlangte Wilhelm, der sich kurz umgewandt hatte, und marschierte ins Wohnzimmer.

Else atmete tief durch und sah Paul-Friedrich an. »Es tut mir leid. Du kennst ihn ja. Wenn er erst mal in Rage ist, kann man ihn einfach nicht bremsen.«

Paul-Friedrich legte seine Hand auf Elses Oberarm. »Lass mich das regeln, Else. Ich weiß ihn schon zu nehmen.«

»Ich habe wirklich Angst, dass er den nächsten Schlaganfall erleidet.« Else traten Tränen in die Augen.

»Bleib ganz ruhig«, mahnte Paul-Friedrich. »Und nun komm erst einmal herein. Was kann Hans dir zu trinken bringen?«

»Nichts. Oder doch. Ein Glas Wasser. Ja, Wasser«, bekräftigte sie dann.

Hans nickte seinem Dienstherrn zu und entfernte sich.

Paul-Friedrich und Else gingen nun ebenfalls ins Wohnzimmer, wo Dorothea, Gustav, Clara und Wilhelmine standen und sich Wilhelms Gezeter anhörten.

»Du solltest dich wirklich beruhigen, Wilhelm«, riet Gustav. »Es nützt keinem, wenn dein Herz der Aufregung nicht standhält.«

»Mein Herz, mein Herz … ich habe wenigstens eines, das schlägt. Ganz anders als dieser Irre, der uns alle in den Krieg jagen will.« Wilhelm schnaubte. »Sie haben vorhin durchgesagt, dass die Rede, die dieser Wahnsinnige im Reichstag gehalten hat, übertragen wird.«

»Wir hatten auch bis eben den Empfänger an«, sagte Paul-Friedrich und deutete auf die fünf Stühle, die im Halbrund vor dem Rundfunkgerät standen.

»Dann mach ihn wieder an!«, blaffte Wilhelm, dessen Gesicht tiefrot vor Aufregung war.

Gustav stellte je einen Stuhl für Else und Wilhelm dazu, während Wilhelmine das Gerät wieder einschaltete. Hans kam derweil mit einem Krug Bier für Wilhelm und einem Glas Wasser für Else, während die anderen ihre Getränke bereits in den Händen hielten und sich nun wieder vor den Rundfunkempfänger setzten.

»Nun dreh ihn doch endlich lauter!«, bat Dorothea eindringlich, worauf Wilhelmine den Lautstärkeregler eine halbe Umdrehung im Uhrzeigersinn bewegte.

» … hören Sie nun die Rede unseres Führers im Deutschen Reichstag«, sagte der Rundfunksprecher in diesem Moment. Dann knarzte es einige Male, und alle im Raum lauschten aufmerksam, was nun gleich kommen würde.

»Abgeordnete! Männer des deutschen Reichstages! Seit Monaten leiden wir alle unter der Qual eines Problems«, schallte Hitlers Stimme nun durch den Raum, »das uns einst das Versailler Diktat beschert hat und das nunmehr in seiner Ausartung und

Entartung unerträglich geworden war. Danzig war und ist eine deutsche Stadt. Der Korridor war und ist deutsch. Alle diese Gebiete verdanken ihre kulturelle Erschließung ausschließlich dem deutschen Volk, ohne das in diesen östlichen Gebieten tiefste Barbarei herrschen würde. Danzig wurde von uns getrennt, der Korridor von Polen annektiert, die dort lebenden deutschen Minderheiten in der qualvollsten Weise misshandelt. Über eine Million Menschen deutschen Blutes mussten schon in den Jahren 1919 auf 1920 ihre Heimat verlassen. Wie immer, so habe ich auch hier versucht, auf dem Wege friedlicher Revisionsvorschläge eine Änderung des unerträglichen Zustandes herbeizuführen.«

Wilhelm gab einen verächtlichen Laut von sich, doch Paul-Friedrich bedeutete ihm mit einer Geste, zu schweigen, damit sie nichts von der Rede verpassten.

»Es ist eine Lüge«, schallte weiter Hitlers Stimme, »wenn in der Welt behauptet wird, dass wir alle unsere Revisionen nur unter Druck durchzusetzen versuchten. Fünfzehn Jahre, bevor der Nationalsozialismus zur Macht kam, hatte man Gelegenheit, auf dem Wege friedlichster Verständigung die Revision durchzuführen. Man tat es nicht.« Der Redner machte eine kurze Pause.

»In jedem einzelnen Falle«, fuhr er fort, »habe ich dann von mir aus nicht einmal, sondern oftmals Vorschläge zur Revision unerträglicher Zustände gemacht.« Gustav und Wilhelmine tauschten einen besorgten Blick, während er die Hand seiner Schwester nahm und kurz drückte.

»Alle diese Vorschläge sind, wie Sie wissen, abgelehnt worden. Ich brauche sie hier nicht im Einzelnen aufzuzählen. Sie kennen die Vorschläge, die ich über die Notwendigkeit der Wiederherstellung der deutschen Souveränität über die deutschen Reichsgebiete machte, die endlosen«, er zog das Wort in die Länge, »Versuche, die ich zu einer friedlichen Verständigung über das Problem Österreich unternahm und später über das Problem Sudetenland, Böhmen und Mähren. Es war alles vergeblich.« Wieder machte er eine Pause.

»Eines aber ist unmöglich zu verlangen, dass ein unerträglicher Zustand auf dem Weg friedlicher Revision bereinigt wird, und die friedliche Revision konsequent zu verweigern.«

Rufe der Zustimmung waren zu hören und Applaus.

»Es ist auch unmöglich«, sprach Hitler weiter, »zu behaupten, dass derjenige, der in einer solchen Lage dann dazu übergeht, von sich aus diese Revision vorzunehmen, gegen ein Gesetz verstößt. Das Diktat von Versailles ist für uns Deutsche kein Gesetz!«

Wieder war Applaus zu hören, diesmal jedoch lauter, begeisterter. Euphorische Zustimmungsrufe folgten, während die im von Falkenbach'schen Wohnzimmer Versammelten betretene Blicke tauschten und ihnen das Unbehagen deutlich anzusehen war.

»Es geht nicht an«, hörte man nun wieder Hitlers Stimme, »von jemand mit vorgehaltener Pistole und der Drohung des Verhungerns von Millionen Menschen eine Unterschrift zu erpressen und dann das Dokument mit dieser erpressten Unterschrift als ein feierliches Gesetz zu proklamieren!«

Rufe wie »Pfui!« und »Abscheulich!« waren zu vernehmen und auch andere Schimpfworte, die aber im Durcheinander untergingen. Dieses Mal dauerte es noch länger, bis Hitler weitersprach:

»So habe ich auch im Falle Danzigs und des Korridors versucht, durch friedliche Vorschläge auf dem Wege der Diskussion die Probleme zu lösen. Dass sie gelöst werden mussten, das war klar.«

Wieder hörte man lebhafte Zustimmungsrufe.

»Und dass der Termin dieser Lösung für die westlichen Staaten vielleicht uninteressant sein kann, ist begreiflich; aber uns ist dieser Termin nicht gleichgültig, vor allem aber war er und konnte er nicht gleichgültig sein für die leidenden Opfer.«

»Durch dich leiden wir, du Vollidiot!«, schimpfte Wilhelm dazwischen.

»Ich habe in Besprechungen mit polnischen Staatsmännern die Gedanken, die Sie von mir hier in meiner letzten Reichstagsrede vernommen haben, erörtert. Kein Mensch kann behaupten, dass dies etwa ein ungebührliches Verfahren oder gar ein ungebührlicher Druck gewesen wäre.

Ich habe dann die deutschen Vorschläge formulieren lassen, und ich muss es noch einmal wiederholen, dass es etwas Loyaleres und Bescheideneres als diese von mir unterbreiteten Vorschläge nicht gibt.«

Stürmische und begeisterte Zustimmungsrufe schallten über den Äther, und lang anhaltender Beifall sorgte dafür, dass Hitler eine Weile nichts weiter sagte.

»Diese Hornochsen im Reichstag jubeln und applaudieren, während ihnen mit anderen Worten gesagt wird, dass man ihr Todesurteil unterschrieben hat«, sagte Wilhelm, nun jedoch nicht mehr wütend, sondern mit Resignation in der Stimme.

»Ihres und das ihrer Familien«, ergänzte Gustav, worauf Wilhelm ihm zunickte.

Als der Jubel abklang, fuhr Hitler fort. »Und ich möchte das jetzt der Welt sagen: Ich allein war überhaupt nur in der Lage, solche Vorschläge zu machen.« Sogleich war erneute lebhafte Zustimmung durch Rufe und lautes Klatschen zu hören.

»Denn ich weiß ganz genau, dass ich mich damals zur Auffassung von Millionen von Deutschen in Gegensatz gebracht habe.«

»Sehr richtig, sehr richtig!«, tönte eine Stimme laut.

»Diese Vorschläge sind abgelehnt worden«, ließ Hitler vernehmen. »Aber nicht nur das, sie wurden beantwortet mit Mobilmachungen, mit verstärktem Terror, mit gesteigertem

Druck auf die Volksdeutschen in diesen Gebieten und mit einem langsamen wirtschaftlichen, politischen und in den letzten Wochen endlich auch militärischen und verkehrstechnischen Abdrosselungskampf gegen die Freie Stadt Danzig. Polen hat den Kampf gegen die Freie Stadt Danzig entfesselt. Es war weiter nicht bereit, die Korridorfrage in einer irgendwie billigen und den Interessen beider gerecht werdenden Weise zu lösen. Es hat endlich nicht daran gedacht, seine Minderheitsverpflichtungen einzuhalten. Ich muss hier feststellen: Deutschland hat diese Verpflichtungen eingehalten. Die Minderheiten, die im Deutschen Reich leben, werden nicht verfolgt. Es soll ein Franzose aufstehen und erklären, dass etwa die im Saargebiet lebenden Franzosen unterdrückt, gequält oder entrechtet werden. Keiner wird dies behaupten können!«

»Sehr richtig!«, schallte nun wieder eine andere Stimme, und weitere zustimmende Rufe folgten.

»Ich habe nun dieser Entwicklung vier Monate lang ruhig zugesehen, allerdings nicht, ohne immer wieder zu warnen. Ich habe in letzter Zeit diese Warnungen verstärkt. Ich habe«, betonte er, »dem polnischen Botschafter vor nun schon über drei Wochen mitteilen lassen, dass, wenn Polen noch weitere ultimative Noten an Danzig schicken würde, wenn es weitere Unterdrückungsmaßnahmen gegen das Deutschtum vornehmen würde oder wenn es versuchen sollte, auf dem Wege zollpolitischer Maßnahmen Danzig wirtschaftlich zu vernichten, dann Deutschland nicht länger mehr untätig zusehen könnte!«, brüllte er heraus, worauf stürmischer Beifall aufbrandete, der mehrere Minuten anhielt, während derer die von Falkenbachs und Lehmanns wieder besorgte Blicke tauschten. Die Stimmung war ebenso angespannt wie angsterfüllt, und Wilhelmine, die die Lippen zusammengepresst hatte, spürte, dass eine Gänsehaut ihren gesamten Körper überzog.

»Ich habe keinen Zweifel darüber gelassen«, stellte Hitler wütend weiter fest, »dass man in dieser Hinsicht das heutige Deutschland nicht mit dem Deutschland, das vor uns war, verwechseln darf!«

Wieder hörte man lebhafte Zwischenrufe der Zustimmung. Ja, es klang fast so, als feuerten die Abgeordneten den Redner noch weiter an.

»Man hat versucht, das Vorgehen gegen die Volksdeutschen damit zu entschuldigen, dass man erklärte, sie hätten Provokationen begangen!«

Lautes Gelächter war zu vernehmen.

»Ich weiß nicht, worin die *Provokationen* der Kinder oder Frauen bestehen sollen, die man misshandelt und verschleppt, oder die *Provokationen* derer, die man in der tierischsten, sadistischsten Weise gequält und misshandelt hat. Eines aber weiß ich: dass es keine Großmacht von Ehre gibt, die auf die Dauer solchen Zuständen ruhig zusehen würde!«

Wieder brandete stürmischer, lang anhaltender Beifall auf.

»Redet er wirklich noch von den Polen, oder beschreibt er eher sein eigenes Verhalten unseren jüdischen Mitbürgern gegenüber?«, fragte Wilhelm und schüttelte fassungslos den Kopf.

»Ich habe trotzdem noch einen letzten Versuch gemacht und habe einen Vermittlungsvorschlag der britischen Regierung aufgenommen. Sie schlug vor, dass sie nicht selbst Verhandlungen führen sollte, sondern versicherte, eine direkte Verbindung zwischen Polen und Deutschland herzustellen, um noch einmal in das Gespräch zu kommen.« Er machte eine kurze Pause.

»Ich muss hier Folgendes feststellen: Ich habe diesen Vorschlag angenommen. Ich habe«, fuhr er fort, »für diese Besprechungen Grundlagen ausgearbeitet, die Ihnen bekannt sind, und ich bin dann mit meiner Regierung zwei volle Tage gesessen und habe gewartet, ob es der polnischen Regierung passt, endlich einen Bevollmächtigten zu schicken oder nicht.«

»Das ist unerhört«, empörte sich jemand im Saal, und viele »Pfui!«-Rufe folgten.

»Sie hat uns bis gestern Abend keinen Bevollmächtigten geschickt, sondern durch ihren Botschafter mitteilen lassen, dass sie zurzeit erwäge, ob und inwieweit sie in der Lage sei, auf die englischen Vorschläge einzugehen; sie würde dies England mitteilen.«

Lautes, verächtliches Lachen drang über den Äther.

»Meine Herren Abgeordneten! Wenn man dem Deutschen Reich und seinem Staatsoberhaupt so etwas zumuten kann, und das Deutsche Reich und sein Staatsoberhaupt das dulden würden, dann würde die deutsche Nation nichts anderes verdienen, als von der politischen Bühne abzutreten!«

Frenetischer Beifall war zu hören. Dazu immer wieder »Heil!«-Rufe.

»Meine Friedensliebe und meine endlose Langmut soll man nicht mit Schwäche oder gar mit Feigheit verwechseln!«

Erneut unterbrach er seine Ansprache für die »Bravo!«-Rufe im Saal und den Applaus.

Gustav sah seinen Vater an. In Paul-Friedrichs Miene konnte er nicht lesen, was dieser dachte; er bemerkte nur, dass sein Vater aufmerksam die Rede verfolgte.

»Ich habe daher gestern Abend der britischen Regierung mitgeteilt«, nahm Hitler seine Rede wieder auf, »dass ich unter diesen Umständen auf Seiten der polnischen Regierung keine Geneigtheit mehr finden kann, mit uns in ein wirklich ernstes Gespräch einzutreten. Damit sind diese Vermittlungsvorschläge gescheitert. Denn unterdes war als Antwort auf diesen Vermittlungsvorschlag erstens die polnische Generalmobilmachung gekommen und zweitens neue schwere Gräueltaten. Diese Vorgänge haben sich nun heute Nacht abermals wiederholt.« Man hörte, dass Hitler kräftig ausatmete, ganz so, als wühle ihn das, was er sagte, zutiefst auf. »Nachdem schon neulich«, fuhr er dann fort, »in einer einzigen Nacht einundzwanzig«, er betonte das letzte Wort, »Grenzzwischenfälle zu verzeichnen waren, sind es heute Nacht vierzehn gewesen, darunter drei ganz schwere.« Wieder machte er eine bedächtige Pause.

»Ich habe mich daher nun entschlossen, mit Polen in der gleichen Sprache zu reden, die Polen seit Monaten uns gegenüber anwendet!«

Wieder klatschten die Abgeordneten frenetisch, und es klang, als käme Bewegung in den Saal, als würden alle aufspringen und durcheinanderrufen. Dieses Mal dauerte es noch länger als zuvor, bis Hitler weitersprach.

»Wenn nun Staatsmänner im Westen erklären, dass dies ihre Interessen berühre, so kann ich eine solche Erklärung nur bedauern. Sie kann mich aber nicht eine Sekunde in der Erfüllung meiner Pflicht wankend machen!«

Wieder wurde er durch »Bravo!«-Rufe und Applaus unterbrochen.

»Ich habe es feierlich versichert und wiederhole es, dass wir von diesen Weststaaten nichts fordern und nie etwas fordern werden. Ich habe versichert, dass die Grenze zwischen Frankreich und Deutschland eine endgültige ist. Ich habe England immer wieder eine Freundschaft und, wenn notwendig, das engste Zusammengehen angeboten. Aber Liebe kann nicht nur von einer Seite geboten werden, sie muss von der anderen ihre Erwiderung finden. Deutschland hat keine Interessen im Westen. Unser Westwall ist zugleich für alle Zeiten die Grenze des Reiches. Wir haben auch keinerlei Ziel für die Zukunft, und diese Einstellung des Reiches wird sich nicht mehr ändern.«

Es klang, als nähmen die Abgeordneten wieder ihre Plätze ein.

»Die anderen europäischen Staaten begreifen zum Teil unsere Haltung«, stellte Hitler fest. »Ich möchte hier vor allem Italien danken, das uns in dieser ganzen Zeit unterstützt hat. Sie werden aber auch verstehen, dass wir für die Durchführung dieses Kampfes nicht an eine fremde Hilfe appellieren wollen.«

»Heil!«-Rufe ertönten erneut, während Paul-Friedrich sich an seine Familie und Freunde wandte: »Habt ihr es mitbekommen?« Er hob den Zeigefinger. »Gerade eben hat er zum allerersten Mal das Wort *Kampf* erwähnt. Er ist ein brillanter Rhetoriker, da kann man sagen, was man will.«

»Bevor du auch noch applaudierst, wollen wir aber ja wohl mal festhalten, dass der Kerl wahnsinnig ist.« Wilhelm sah Paul-Friedrich auffordernd an.

»Absolut, mein Freund. Da stimme ich dir voll und ganz zu. Doch genau das, gepaart mit seiner Überzeugungskraft macht ihn ja so gefährlich.« Sie verstummten, als Hitler weitersprach.

»Wir werden diese unsere Aufgabe selber lösen. Die neutralen Staaten haben uns ihre Neutralität versichert, genau so, wie wir sie ihnen schon vorher garantierten. Es ist uns heiliger Ernst mit dieser Versicherung, und solange kein anderer ihre Neutralität bricht, werden wir sie ebenfalls peinlichst achten; denn was sollten wir von ihnen wünschen oder wollen?

Ich bin glücklich, Ihnen nun von dieser Stelle aus ein Ereignis mitteilen zu können. Sie wissen, dass Russland und Deutschland von zwei verschiedenen Doktrinen regiert werden. Es war nur eine Frage, die geklärt werden musste: Deutschland hat nicht die Absicht, seine Doktrin zu exportieren. Im Augenblick, in dem Sowjetrussland seine Doktrin nicht nach Deutschland zu exportieren, und in dem Augenblick, in dem Sowjetrussland seine Doktrin nicht nach Deutschland zu exportieren gedenkt, sehe ich keine Veranlassung mehr, dass wir auch nur noch einmal gegeneinander Stellung nehmen sollen!«

Wieder hörte man minutenlangen, stürmischen Beifall.

Vor dem Rundfunkempfänger sagte keiner ein Wort. Sie tauschten auch keine Blicke mehr. Alle starrten nur noch wie gebannt auf das Gerät.

»Wir sind uns beide darüber klar: Jeder Kampf unserer Völker gegeneinander würde nur anderen einen Nutzen abwerfen.«

»Sehr richtig, sehr richtig!«, stimmten einige Abgeordnete laut zu.

»Daher haben wir uns entschlossen, einen Pakt abzuschließen, der zwischen uns beiden für alle Zukunft jede Gewaltanwendung ausschließt.« »Bravo!«-Geschrei und lauter Applaus unterbrachen seine Rede.

» … der uns«, sprach Hitler weiter, als die Abgeordneten verstummten, »in gewissen europäischen Fragen zur Konsultierung verpflichtet, der uns das wirtschaftliche Zusammenarbeiten ermöglicht und vor allem sicherstellt, dass sich die Kräfte dieser beiden großen Staaten nicht gegeneinander verbrauchen!« Er atmete durch.

»Jeder Versuch des Westens, hier etwas zu ändern, wird fehlschlagen! Und ich möchte das eine hier versichern: Diese politische Entscheidung bedeutet eine ungeheure Wende für die Zukunft und ist eine endgültige!«

Wieder folgten minutenlanger Beifall und Jubel.

Wilhelmine schluckte schwer, und Gustav, der sah, dass seine Schwester ganz bleich geworden war, beugte sich zu ihr und fragte: »Alles in Ordnung bei dir?«

Wilhelmine schüttelte den Kopf. »Mir ist schlecht.« Wieder schluckte sie.

»Wollen wir hinausgehen?«, fragte Gustav.

Sie schüttelte den Kopf. »Ich will das hören«, entschied sie, dabei war ihr anzusehen, wie sehr sie gegen die Übelkeit anzukämpfen hatte.

»Ich glaube«, war Hitler wieder zu vernehmen, »das ganze deutsche Volk wird diese politische Einstellung begrüßen! Russland und Deutschland haben im Weltkrieg gegeneinander gekämpft und waren beide letzten Endes die Leidtragenden. Ein zweites Mal soll und wird das nicht mehr geschehen!«

Wieder unterbrach er für den stürmischen Beifall der Abgeordneten.

»Der Nichtangriffs- und Konsultativpakt, der am Tage seiner Unterzeichnung bereits gültig wurde, hat gestern die höchste Ratifikation in Moskau und auch in Berlin erfahren.«

»Bravo, Bravo!« Erneut erklang frenetischer Beifall.

»In Moskau wurde dieser Pakt genauso begrüßt, wie Sie ihn hier begrüßen. Die Rede, die der russische Außenkommissar Molotow hielt, kann ich Wort für Wort unterschreiben.

Unsere Ziele: Ich bin entschlossen, erstens die Frage Danzig, zweitens die Frage des Korridors zu lösen und drittens dafür zu sorgen, dass im Verhältnis Deutschlands zu Polen eine Wendung eintritt, die ein friedliches Zusammenleben sicherstellt!«

Stürmischer Applaus drang über den Äther.

»Ich bin dabei entschlossen, so lange zu kämpfen, bis entweder die derzeitige polnische Regierung dazu geneigt ist, diese Änderung herzustellen, oder bis eine andere polnische Regierung dazu bereit ist!«

Wieder brandete begeisterter Beifall auf, worauf Hitler die Rede erneut unterbrach.

»Er will die Polen zwingen, ihre Regierung abzusetzen, damit er sie durch seine eigenen Marionetten ersetzen kann«, stellte Paul-Friedrich fest.

»Ich will von den deutschen Grenzen das Element der Unsicherheit, die Atmosphäre ewiger bürgerkriegsähnlicher Zustände entfernen! Ich will dafür sorgen, dass im Osten der Friede an der Grenze kein anderer ist, als wir ihn an unseren anderen Grenzen kennen. Ich will dabei die notwendigen

Handlungen so vornehmen, dass sie nicht dem widersprechen, was ich Ihnen hier, meine Herren Abgeordneten, im Reichstag selbst als Vorschläge an die übrige Welt bekanntgab. Das heißt, ich will nicht den Kampf gegen Frauen und Kinder führen!«

Während er sprach, wurde er immer wieder von zustimmenden Zwischenrufen und heftigem Applaus unterbrochen. Die Stimmung schien regelrecht aufgeheizt, und mit jedem weiteren Satz feuerte Hitler die Abgeordneten immer noch mehr an.

»Ich habe meiner Luftwaffe den Auftrag gegeben, sich bei den Angriffen auf militärische Objekte zu beschränken. Wenn aber der Gegner glaubt, daraus einen Freibrief ablesen zu können, seinerseits mit umgekehrten Methoden zu kämpfen, dann wird er eine Antwort erhalten, dass ihm Hören und Sehen vergeht!

Polen hat nun heute Nacht zum ersten Mal auf unserem eigenen Territorium auch durch reguläre Soldaten geschossen.«

»Pfui! Das dürfen wir uns nicht gefallen lassen!«, war aus dem Stimmengewirr herauszuhören.

»Seit fünf Uhr fünfundvierzig wird jetzt zurückgeschossen!«, brüllte Hitler, und der Beifall und die »Sieg Heil!«-Rufe, die darauf folgten, waren so laut, dass Wilhelmine sich kurz die Ohren zuhielt.

»Und von jetzt ab wird Bombe mit Bombe vergolten!«

»Genau so!«, pflichteten mehrere Abgeordnete ihm bei.

»Wer mit Gift kämpft, wird mit Giftgas bekämpft.«

Frenetischer Beifall.

»Wer sich selbst von den Regeln einer humanen Kriegsführung entfernt, kann von uns nichts anderes erwarten, als dass wir den gleichen Schritt tun.«

»Wie kann man die Worte *human* und *Kriegsführung* in einem Atemzug nennen?« Wilhelm schüttelte fassungslos den Kopf.

»Ich werde diesen Kampf, ganz gleich gegen wen, so lange führen, bis die Sicherheit des Reiches und bis seine Rechte gewährleistet sind!«

Der Beifall wurde noch lauter.

»Über sechs Jahre habe ich nun am Aufbau der deutschen Wehrmacht gearbeitet. In dieser Zeit sind über neunzig Milliarden Reichsmark für den Aufbau unserer Wehrmacht angewendet worden!«

Lobende Worte waren zu hören.

»Sie ist heute die am besten ausgerüstete der Welt und steht weit über jedem Vergleich mit der des Jahres 1914! Mein Vertrauen in sie ist unerschütterlich! Wenn ich diese Wehrmacht aufrief und wenn ich nun vom deutschen Volk Opfer und, wenn notwendig, alle Opfer fordere, dann habe ich ein Recht dazu, denn auch ich selbst bin heute genauso bereit, wie ich es früher war, jedes persönliche Opfer zu bringen!«

Stürmische »Heil!«-Rufe erschallten.

»Ich verlange von keinem deutschen Mann etwas anderes, als was ich selber über vier Jahre lang bereit war, jederzeit zu tun. Es soll keine Entbehrungen Deutscher geben, die ich nicht selber sofort übernehme!« Er atmete laut in das Mikrofon, während die Abgeordneten inzwischen ohne Unterlass applaudierten.

»Mein ganzes Leben gehört von jetzt ab erst recht meinem Volk! Ich will jetzt nichts anderes sein als der erste Soldat des Deutschen Reiches!«

Wieder waren Geräusche zu hören, die klangen, als erhoben sich die Abgeordneten, während sie weiter und immer weiter Beifall klatschten.

»Ich habe damit wieder jenen Rock angezogen, der mir selbst der heiligste und teuerste war.«

Die »Heil!«-Rufe wurden lauter.

»Ich werde ihn nur ausziehen nach dem Sieg – oder ich werde dieses Ende nicht erleben! Sollte mir in diesem Kampf etwas zustoßen, dann ist mein erster Nachfolger Parteigenosse Göring.«

Der Beifall dröhnte weiter.

»Sollte Parteigenosse Göring etwas zustoßen, ist sein Nachfolger Parteigenosse Heß. Sie wären diesen dann als Führer genauso zu blinder Treue und Gehorsam verpflichtet wie mir.«

»Er regelt seine Nachfolge«, spottete Wilhelm. »Wenn es nach mir geht, kann gern schon morgen Göring und übermorgen Heß zuständig sein und dann hoffentlich keiner mehr.«

»Für den Fall, dass auch Parteigenosse Heß etwas zustoßen sollte, werde ich durch Gesetz nunmehr den Senat berufen, der dann den Würdigsten, das heißt den Tapfersten, aus seiner Mitte wählen soll! Als Nationalsozialist und deutscher Soldat gehe ich in diesen Kampf mit einem starken Herzen! Ein Wort habe ich nie kennengelernt, es heißt: Kapitulation!«

Der Beifall wurde so laut, dass Wilhelmine in Versuchung war, das Radio leiser zu drehen. Doch sie ahnte, dass dies den anderen nicht gefallen würde.

»Wenn irgendjemand aber meint, dass wir vielleicht einer schweren Zeit entgegengehen, so möchte ich bitten zu bedenken, dass einst ein Preußenkönig mit einem lächerlich kleinen Staat einer der größten Koalitionen gegenübertrat und in drei Kämpfen am Ende doch erfolgreich bestand, weil er jenes gläubige, starke Herz besaß, das auch wir in dieser Zeit benötigen. Der Umwelt aber möchte ich versichern: Ein November 1918 wird sich niemals mehr in der deutschen Geschichte wiederholen! So wie ich selber bereit bin, jederzeit mein Leben für mein Volk und für Deutschland einzusetzen, so verlange ich dasselbe auch von jedem anderen! Wer aber glaubt, sich diesem nationalen Gebot, sei es direkt oder indirekt, widersetzen zu können, der fällt! Verräter haben nichts mit uns zu tun!«

Wilhelm atmete geräuschvoll aus und streckte seinen Rücken. Die angespannte Sitzhaltung wurde langsam unerträglich.

»Wir alle bekennen uns damit nur zu unserem alten Grundsatz: Es ist gänzlich unwichtig, ob wir leben; aber notwendig ist es, dass unser Volk lebt, dass Deutschland lebt.«

»Unser alter Grundsatz?«, fragte Gustav spöttisch. »Noch nie davon gehört. Ihr etwa?«

Die anderen antworteten ihm nicht, sondern starrten nur weiter auf den Rundfunkempfänger.

»Ich erwarte von Ihnen als den Sendboten des Reiches, dass Sie nunmehr auf allen Plätzen, auf die Sie gestellt sind, Ihre Pflicht erfüllen! Sie müssen Bannerträger sein des Widerstandes, koste es, was es wolle! Keiner melde mir, dass in seinem Gau, in seinem Kreis oder in seiner Gruppe oder in seiner Zelle die Stimmung einmal schlecht sein könnte! Träger, verantwortliche Träger der Stimmung sind Sie! Ich bin verantwortlich für die Stimmung im deutschen Volk, Sie sind verantwortlich für die Stimmung in Ihren Gauen, in Ihren Kreisen. Keiner hat das Recht, diese Verantwortung abzutreten. Das Opfer, das von uns verlangt wird, ist nicht größer als das Opfer, das zahlreiche Generationen gebracht haben!«

»Sehr richtig!«, rief ein Abgeordneter laut.

»Ich erwarte auch von der deutschen Frau, dass sie sich in eiserner Disziplin vorbildlich in diese große Kampfgemeinschaft einfügt!«

Clara sah kurz zu Gustav, als fühlte sie sich durch die Erwähnung der deutschen Frau direkt angesprochen. Doch ihr Ehemann reagierte nicht.

»Die deutsche Jugend aber wird strahlenden Herzens ohnehin erfüllen, was die Nation, der nationalsozialistische Staat, von ihr erwartet und fordert!«

»Ja, bestimmt sogar. Weil den jungen Leuten die Erfahrung fehlt, um zu erkennen, was für ein dummschwätziger Schwachkopf ihnen Befehle erteilt!«, rief Wilhelm laut.

»Wenn wir diese Gemeinschaft bilden, eng verschworen, zu allem entschlossen, niemals gewillt zu kapitulieren, dann wird unser Wille jeder Not Herr werden!

Ich schließe mit dem Bekenntnis, das ich einst aussprach, als ich den Kampf um die Macht im Reich begann.«

Wieder hörte man Geräusche, als würden die Abgeordneten sich erheben.

»Damals sagte ich: Wenn unser Wille so stark ist, dass keine Not ihn mehr zu zwingen vermag, dann wird unser Wille und unser deutscher Stahl auch die Not zerbrechen und besiegen.

Deutschland – Sieg Heil!«

Der Applaus, der nun aufbrandete, war ohrenbetäubend, und die »Sieg Heil!«-Rufe folgten im Sekundentakt.

Paul-Friedrich stand auf und schaltete das Gerät aus.

»Und was bedeutet das für uns, Paul-Friedrich?«, fragte Dorothea nun ihren Mann. »Und was ist mit deinem sechzigsten Geburtstag? Können wir die Feier denn jetzt überhaupt noch veranstalten?«

Er räusperte sich. »Es bedeutet, dass wir uns im Krieg befinden«, sagte er gefasst. »Und alles andere muss ich noch durchdenken.«

»Aber doch nur im Krieg mit Polen, nicht wahr?«, hakte Dorothea nach. »Ich meine, der Führer hat doch gesagt, dass dort nun zurückgeschossen wird. Das hat doch dann mit uns hier nichts zu tun.«

Gustav schnaubte unwillig. Wie konnte ein Mensch nur so naiv sein wie seine Mutter?

Wilhelm sah Dorothea an. »Wir schießen nicht zurück«, sagte er, so ruhig es ihm offenbar möglich war. »Wir sind diejenigen, die diesen Krieg begonnen haben.«

»Aber der Führer sagte doch …« Weiter kam sie nicht.

»Mein Gott, Mutter!« Wilhelmine war aufgesprungen. »Hitler lügt! Er lügt und mordet, und das schon, seit er an die Macht gekommen ist. Wieso kannst du das nicht begreifen?« Wilhelmine wartete die Antwort nicht ab, sondern stürmte hinaus, und kurz darauf hörte man die Tür knallen.

»Ich möchte, dass du deine Tochter zurechtweist, Paul-Friedrich«, empörte sich Dorothea nun. »Ihr Ton mir gegenüber ist vollkommen unangemessen.«

»Du weißt, wie verbunden ich dir bin, Dorothea«, sagte nun Wilhelm. »Wir alle. Doch ich fürchte, deine Tochter hat recht.« Wilhelm erhob sich mühsam von seinem Stuhl. »Komm Else, gehen wir nach Hause.«

Else stand ebenfalls auf, legte dann kurz ihre Hand auf Dorotheas Schulter und trat an die Seite ihres Mannes.

»Ich bringe euch noch hinaus«, sagte Paul-Friedrich und erhob sich ebenfalls, allerdings mit sichtlicher Mühe, Halt auf seiner Prothese zu finden.

Wilhelm und Else verabschiedeten sich von den Anwesenden, und während sie dann in Paul-Friedrichs Begleitung das Wohnzimmer verließen, sagte dieser: »Ich muss über die ganze Sache nachdenken und auch, was es für uns bedeutet. Wenn es dir recht ist, komme ich morgen zu euch, damit wir darüber sprechen können.«

»Mach das, alter Freund.« Wilhelm sah ihn an. »Wer hätte gedacht, dass wir, obwohl uns der Krieg von 1914 noch immer in den Knochen steckt, das noch mal erleben müssen?«

Paul-Friedrich legte ihm die Hand auf die Schulter. »Wir werden auch das überstehen, da bin ich sicher.«

Wilhelm sah ihm in die Augen. Und das erste Mal, seit er Paul-Friedrich kannte, wusste er, dass dieser ihn belog.

2. Kapitel

Meine schlimmsten Befürchtungen sind wahr geworden. Ich darf mir keine Unkonzentriertheit erlauben, uns droht sonst, alles zu verlieren.

Paul-Friedrich von Falkenbach

Paul-Friedrich war, nachdem Else und Wilhelm sich verabschiedet hatten, nur noch kurz im Wohnzimmer gewesen, um seiner Familie mitzuteilen, dass er nun in sein Arbeitszimmer gehe, um einige Korrespondenz zu erledigen. Tatsächlich jedoch wollte er einfach ein wenig allein sein und seine Ruhe haben, um über das, was in Deutschland geschah, nachzudenken.

Gustav hingegen wollte noch mal zurück in die Arztpraxis. Zwar war Frieda, die Krankenschwester, die Gustav beschäftigte, dort und hätte Gustav auch sofort Bescheid gegeben, wäre noch ein Patient gekommen. Doch Gustav erklärte, er müsse auch noch einmal im angeschlossenen kleinen Kliniktrakt vorbeischauen, der derzeit mit vier Patienten belegt war. Paul-Friedrich hatte es zur Kenntnis genommen, sich aber gefragt, ob es seinem Sohn wohl genauso erging wie ihm und die Erklärung nur ein Vorwand war, um sich für eine Weile von der Familie zurückziehen zu können.

Er holte sich den kleinen Schemel heran, der neben seinem Schreibtisch stand, hob sein krankes Bein mit den Händen an und legte es darauf ab. Ein kurzer, stechender Schmerz durchfuhr ihn, und er gab einen Zischlaut von sich. Diese verdammte Prothese! Sie war eine der bitteren Erinnerungen an früher, und fast schien es ihm, dass sein Beinstumpf jetzt, da er sich wegen der Rede Hitlers so intensiv an den Krieg erinnerte, in den sie vor fünfundzwanzig Jahren gezogen waren und der ihn das Bein gekostet hatte, noch weit mehr schmerzte als sonst.

Ganz selbstverständlich öffnete er die unterste Schublade, tastete nach dem Röhrchen Pervitin, legte sich eine Pille in den Mund und trank einen Schluck Wasser nach. Dann lehnte er sich zurück, verschränkte die Hände hinter dem Kopf und schloss die Augen. Das Hochgefühl, das ihn stets überkam, sobald er eine von den Tabletten nahm und sie ihre Wirkung entfaltete, ließ nicht lange auf sich warten. Sofort umspielte ein Lächeln seine Lippen. Obwohl ihn das Medikament belebte, fühlte er sich dennoch auf eine gewisse Weise ruhiger, ganz einfach weil er spürte, dass mit dem Unterdrücken der Schmerzen und dem eintretenden Hochgefühl auch sein Selbstvertrauen stieg und damit auch seine Leistungsfähigkeit wieder die Form annahm, die er sich wünschte. Vor allem aber gelang es ihm so, das Gefühl des Unbehagens – oder konnte man es sogar Angst nennen? – zu unterdrücken. Schließlich konnte er es sich in dieser Situation noch weniger als sonst erlauben, nicht voll und ganz er selbst zu sein. Er musste jetzt funktionieren und Paul-Friedrich von Falkenbach in Bestform sein. Und ihn in genau diese Verfassung zu versetzen, vermochten diese kleinen, unscheinbaren Pillen wie nichts anderes. Er atmete mehrmals tief ein und aus, genoss das Gefühl, wie der Wirkstoff seinen ganzen Körper zu durchströmen schien. Er dachte an die Rede Hitlers, die er soeben gehört hatte. Es waren in den Morgenstunden schon mehrfach Proklamationen im Rundfunk verlesen worden, die auf eine Entscheidung für den Krieg hingedeutet hatten. Doch irgendwie hatte Paul-Friedrich bis zur Rede Hitlers immer noch ein wenig Hoffnung gehabt. Nun jedoch war die Sache klar: Hitler wollte den Krieg! Und im Unterschied zu vielen anderen gab sich Paul-Friedrich nicht eine Sekunde lang dem Irrglauben hin, dass die Angelegenheit im letzten Moment noch bereinigt werden könnte, sollte vonseiten Polens ein Entgegenkommen gezeigt oder ein Lösungsvorschlag unterbreitet werden. Nein, das war blanke Illusion. Selbst wenn Polen alles anerkennen und Hitlers Lügen als Wahrheit hinnehmen würde, wäre ein Krieg dennoch unumgänglich. Sein langjähriger Freund Wilhelm war ansonsten eher ein ruhiger, umgänglicher Zeitgenosse, doch entwickelte er sich zu einem aufbrausenden Wüterich und polterte unweigerlich los, sobald es um Hitler ging. Natürlich war es klüger, mit Bedacht vorzugehen, doch in seiner Beurteilung Hitlers hatte Wilhelm vollkommen und uneingeschränkt recht: Der Mann war wahnsinnig und frei von jeder Zurechnungsfähigkeit! Daran gab es nichts zu rütteln.

Paul-Friedrich war sicher, dass es zur Bereinigung der jetzigen Situation, wenn überhaupt, nur noch einen einzigen Weg gäbe: eine Kugel, die Hitler möglichst direkt zwischen die Augen traf. Nur damit wäre dieser Wahnsinnige noch aufzuhalten. Doch er bezweifelte, dass sich dafür jemand fände. Und selbst wenn – es würde, wie von Hitler in seiner Rede ausgeführt, einfach ein ebenso fanatischer Nachfolger seinen Platz einnehmen. Insoweit beschäftigte er sich nicht weiter mit dem Gedanken, sondern überlegte, was dieser Krieg konkret für ihn, seine Familie und die Lehmanns bedeuten könnte, und lehnte sich noch bequemer zurück.

Ferdinands Fabriken produzierten Waffen am laufenden Band und waren somit kriegsrelevant. Um ihn und damit auch dessen Familie musste er sich also keine Sorgen machen, ebenso wenig wie um sein eigenes Geld – war er doch selbst an der Fabrik, die Ferdinand in der alten Liebermann-Villa und dem dortigen Anbau errichtet hatte, beteiligt. Bei Wilhelm sah es nicht viel anders aus, auch seine Topf- und Pfannenfabrik produzierte mittlerweile überwiegend Waffen. Zwar war es mit der Reichsbehörde immer wieder zu Diskussionen gekommen, ob die Produktion nicht noch ausgeweitet werden könnte. Doch Wilhelm erfüllte die Verträge, wenn auch mit Widerwillen und hauptsächlich deshalb, weil sein Sohn Leopold ihn seinerzeit in diese Lage gebracht hatte. Auch wenn Wilhelm es nicht gern hören würde und Paul-Friedrich es ihm schon aus diesem Grunde nicht sagte: Sein alter Freund konnte von Glück reden, dass sein Sohn damals das Geschäft mit den Nationalsozialisten abgeschlossen hatte. Spätestens jetzt, im Kriegsfall, wäre die Fabrik in jedem Fall dazu gezwungen worden, Kriegsgüter herzustellen. Nur dass die Behörde dann keine Verträge mehr geschlossen hätte, aus denen Wilhelm einen Gewinn ziehen konnte.

Die Frage war allerdings, ob Leopold, da die Fabrik nicht ihm, sondern seinem Vater gehörte, womöglich eingezogen wurde und an die Front musste. Bei Wilhelm bestand diese Gefahr gewiss nicht mehr – schließlich hatte er im letzten Jahr seinen sechzigsten Geburtstag gefeiert. Ob Leopold einberufen wurde oder nicht, würde vor allem davon abhängen, wie glaubhaft sie machen könnten, dass er für die Weiterproduktion der Waffen unverzichtbar war. Und genau hier sah Paul-Friedrich ein Problem, weil die Behörden, vor allem Untersturmführer Heinz Müller von der Obersten Reichsbehörde Vierjahresplan, von den Streitigkeiten, die es zwischen Vater und Sohn gegeben hatte und die inzwischen beigelegt waren, Kenntnis hatten. Vielleicht aber gab es schon jetzt die Möglichkeit, mit einigen klugen Schachzügen vorzubeugen, dass Leopold gar nicht erst für einen Einsatz an der Front in Betracht gezogen wurde. Dies würde er auf jeden Fall mit Wilhelm besprechen müssen. So oder so – es würde nicht leicht werden, die Produktion ohne Probleme weiterzuführen. Was würde geschehen, wenn Wilhelms Arbeiter an die Front mussten? Würde es für sie Sonderregelungen geben, oder bekäme Wilhelm Ersatz aus den Konzentrationslagern und müsste die Arbeitskräfte neu anlernen?

Paul-Friedrich öffnete die Augen und verlagerte sein Gewicht. Dann lehnte er sich erneut bequem zurück und ließ die Lider wieder sinken. Er dachte an seinen eigenen Sohn Gustav und dessen Arztpraxis. In den Kampf würde man ihn vermutlich nicht schicken, aber Ärzte wurden an der Front fast ebenso dringend gebraucht wie Soldaten. Und Paul-Friedrich konnte sich an fünf Fingern abzählen, dass das Reich die kleine Praxis, die Gustav hier auf Gut Falkenbach betrieb, gewiss nicht als wichtig genug einstufte, um ihn vom Kriegsdienst zu entbinden. Für seinen eigenen Sohn bestand also die mit Abstand größte Gefahr, am Ende zu nah an die feindlichen Linien zu geraten. Er musste klug handeln und baldmöglichst Sorge dafür tragen, dass man Gustav aus irgendeinem Grund nicht einziehen konnte. Nur wusste er im Moment noch nicht, wie er das anstellen sollte. Es gab ganz sicher eine Lösung, dachte er sich. Es gab *immer* eine Lösung. Er musste sie nur finden. Wie könnte sie also aussehen? Er sah die Arztpraxis seines Sohnes mit der angeschlossenen kleinen Klinik vor sich, überlegte, wie man sie als so kriegsrelevant darstellen könnte, dass Gustav nicht an die Front müsste. Die Gedanken rasten nur so durch seinen Kopf. Trotz des Pervitins war es ihm nicht möglich, die aufkeimende Angst, dass sein Sohn womöglich im Kriegsgeschehen verletzt oder gar getötet werden könnte, zu unterdrücken.

Paul-Friedrich dachte an seine eigene Einberufung zurück. Er war damals fünfunddreißig gewesen, Gustav war gerade vier Jahre und Wilhelmine erst wenige Wochen alt. Es kam ihm wie eine Ewigkeit vor – sein Leben war heute so vollkommen anders. Andererseits waren die Bilder vom Krieg bis heute präsent, sie hatten sich unauslöschlich in seine Seele gebrannt. Gustav war heute nur sechs Jahre jünger als er selbst damals, doch Paul-Friedrich schien es, dass er seinerzeit schon weit mehr Lebenserfahrung gesammelt hatte als sein Sohn heute. Vermutlich lag es an einer veränderten Wahrnehmung, doch tief in ihm gab es dieses Gefühl, das er einfach nicht ignorieren konnte: Aus irgendeinem Grund glaubte er, dass Gustav nicht wieder heimkehren würde, wenn er in diesen Krieg ziehen musste. Dieser Gedanke war ihm so unerträglich, dass er beschloss, alles zu tun, um das zu verhindern.

Er fragte sich, wie es nur zu all dem hatte kommen können.

Paul-Friedrich öffnete die Augen und setzte sich gerade hin. Verdammt! Er ließ sich ablenken, ließ zu, dass Angst und Unverständnis die Macht über seine Gedanken gewannen. Das durfte nicht geschehen. Er musste sich konzentrieren, musste funktionieren, musste sich zur Ruhe zwingen und die Kontrolle zurückgewinnen. Sein Bein schmerzte. Wie konnte das sein? Er hatte eine Pervitin genommen; sie wirkte; sie tat, was sie sollte. Wieso gelang es ihm nicht, ganz sachlich eine Lösung zu finden? Wie war es möglich, dass er trotz des Mittels so starke Schmerzen empfand, dass er es fast nicht aushalten konnte?

In schneller Abfolge sah er die Bilder von damals vor sich: wie er das Gewehr hochriss, auf den Gegner feuerte, wieder in Deckung ging und dann erneut schoss. Nur wenige Meter neben ihm explodierte eine Granate und schleuderte Walter, seinen Kameraden, wie eine Puppe in die Luft. Paul-Friedrich gab seine Deckung auf, sprang hoch, rannte und schoss dabei unaufhörlich. Der Gegner war nicht weit entfernt. Einer nach dem anderen fielen die Männer um ihn herum. Schmerzensschreie erfüllten die Luft, Schüsse knallten, und immer wieder spürte er die Erschütterungen einschlagender Granaten. Er lief weiter, immer das Gewehr im Anschlag und Salve um Salve abfeuernd, als etwas ihn zu Boden riss. Kurz durchzuckte ihn ein glühender Schmerz, doch es war alles zu schnell gegangen, als dass er hätte begreifen können, was wirklich geschehen war. Also wollte er wieder aufspringen und weiterrennen, doch es ging nicht. Es war, als hielte ihn etwas am Boden. Er schaute an sich herab, wollte nachsehen, ob er in ein Fangeisen geraten war, das ihn nicht weiterkommen ließ. Da sah er es. Doch verstehen konnte er es dennoch nicht. Sein linkes Bein war unterhalb des Knies einfach nicht mehr da, und so eigenartig er es heute auch empfand: Er erinnerte sich, dass er damals einfach nicht verstand, was ihm widerfahren war. Er wusste nur noch, dass wenige Meter von ihm entfernt plötzlich ein Mann aufgetaucht war, der anlegte – und im selben Augenblick von mehreren Schüssen getroffen hintenüberfiel. Dann kam ein weiterer und noch einer, sie alle wollten ihm den Rest geben, als er da am Boden lag und sich noch irgendwie fortzubewegen versuchte. Einer nach dem anderen wurden sie erschossen, und wie durch einen Nebel hörte er Wilhelm brüllen. Nicht seinen Namen oder ein bestimmtes Wort. Es klang eher wie das Gebrüll eines Tieres, das Wilhelms Stimme hatte. Dann wurde er von Wilhelm gepackt und über die Schulter geworfen, und Wilhelm feuerte einfach weiter und weiter und lief dann mit ihm zurück hinter die eigenen Linien. Eine Kugel schlug unmittelbar neben Paul-Friedrichs Kopf in Wilhelms Rücken ein, doch der Freund war einfach weitergerannt, als würde er nichts davon spüren …

Paul-Friedrich atmete tief durch bei der Erinnerung an diesen Tag und wischte sich eine Träne aus dem Augenwinkel. Dann stand er abrupt auf, fand Halt auf seiner Prothese und humpelte hinüber zum Fenster. Sein Beinstumpf pochte so heftig, dass Paul-Friedrich fürchtete, die Prothese lösen zu müssen. Er hielt sich an der Fensterbank fest und starrte auf das Grün von Gut Falkenbach, spürte der Verbindung zu Wilhelm nach, dem Mann, für den er alles im Leben tun würde, und doch wusste er, dass das, was der Freund damals für ihn getan hatte, niemals wiedergutzumachen war. Kurz musste er an Heinrich denken, den sie im letzten November gemeinsam zu Grabe getragen hatten. Wäre Heinrich damals an Wilhelms statt in Paul-Friedrichs Nähe gewesen, dann wäre er heute nicht mehr am Leben, da machte er sich nichts vor. Im Gegenteil: Nur wenige Tage vor dem Verlust seines Beins hatten die drei Männer damals ihren Raubzug in Riga beendet und die Höhle, in der Bewohner der Gegend ihre Wertsachen vor den feindlichen Soldaten versteckt hatten, komplett leer geräumt und das Raubgut anderswo versteckt. Paul-Friedrich zweifelte keine Sekunde daran, dass Heinrich keinen Finger für ihn gerührt hätte, denn dann wäre die Kriegsbeute nur noch durch zwei und nicht durch drei Männer zu teilen gewesen. Heinrich hatte einfach keinen Deut Ehrgefühl in sich gehabt, ganz anders als sein Bruder Wilhelm. Und wenn Paul-Friedrich ehrlich war, tat es ihm nicht großartig leid, dass Heinrich nicht mehr lebte. Gerade die Art und Weise, wie und warum er ums Leben gekommen war, weckte in Paul-Friedrich keinen Funken Mitleid oder Bedauern. Heinrich hatte sich damals im Krieg an einer Magd vergangen, nachdem ihr zuvor bereits der Truppführer, Hauptfeldwebel Viktor Behrend, Gewalt angetan hatte und nach Heinrich auch noch Ludwig Pfeiffer. Wenn Paul-Friedrich nur daran dachte, wurde ihm übel. Dass es nun ausgerechnet so gekommen war, dass Heinrich, dieser alte Bock, wieder einer jungen Frau Gewalt hatte antun wollen, die sich aber zu wehren gewusst hatte – das zeugte für Paul-Friedrich nur von ausgleichender Gerechtigkeit. Und dass Heinrich dabei sein Leben verloren hatte, entlockte

Paul-Friedrich nicht mehr als ein Schulterzucken. Er hatte bekommen, was er verdiente. So war das eben.

Doch all das hatte für Paul-Friedrich nichts mit Heinrichs Familie zu tun. Käthe war eine herzensgute, kluge Frau, und er hatte sich so manches Mal gefragt, weshalb sie einen wie Heinrich zum Mann genommen hatte. Zwar wusste Paul-Friedrich von Wilhelm, dass Käthe damals schon in anderen Umständen gewesen war, als sie und Heinrich geheiratet hatten. Doch er konnte dennoch nicht verstehen, warum sie sich überhaupt auf ihn eingelassen hatte. Bestimmt hatte Heinrich seine gefälligen Seiten gehabt, und er hatte das eine oder andere Mal sogar nett sein können. Doch im Grunde konnte ein Mensch wie er nur für eine Weile seine Umgebung täuschen, bis sein wahres Wesen zum Vorschein kam. Und dass dieses wahre Wesen Käthe all die Jahre verborgen geblieben sein sollte, war kaum vorstellbar. Andererseits war Heinrich seiner Frau gegenüber tatsächlich nie ausfällig geworden. Zumindest nicht, wenn sie sich in Gesellschaft befunden hatten.

Wie er jetzt so am Fenster stand und darüber nachsann, fragte er sich, ob Käthe womöglich etwas gegen ihren Mann in der Hand gehabt hatte, das Heinrich im Zaum hielt. Er schüttelte den Kopf und schob den Gedanken beiseite. Das war blanker Unsinn. Vor allem fragte er sich, wie er auf so etwas überhaupt kam. Er war so unkonzentriert, stand so vollkommen neben sich. Dabei war es gerade jetzt immens wichtig, einen klaren Kopf zu bewahren und die Dinge zu durchdenken, um auf alles vorbereitet zu sein, was da kommen mochte.

Er wandte sich vom Fenster ab und setzte sich wieder an seinen Schreibtisch. Dann griff er in die oberste Schublade und holte gleich zwei von den Tabletten heraus, die Gustav ihm gegen seine Schmerzen verschrieb. Natürlich wusste sein Sohn nichts von dem Pervitin. Und Paul-Friedrich würde auch dafür Sorge tragen, dass er niemals etwas davon erfuhr. Schließlich kannte er dessen übertriebene Vorsicht und seine Warnungen vor stark wirkenden Medikamenten. Aber Gustav hatte einfach keine Ahnung, was es bedeutete, ein Bein verloren zu haben, und wie heftig die Schmerzen werden konnten, vor allem dann, wenn so wie heute die Bilder von damals wieder hochkamen. Und er wollte auch gar nicht mit Gustav darüber diskutieren. Was er mit seinem Körper anstellte, ging seinen Sohn, ob er nun Arzt war oder Maurer, schlichtweg nichts an.

Wieder versuchte er sich zu konzentrieren. Da er spürte, dass er einer Lösung bezüglich Gustav gerade nicht näher kam, dachte er lieber an Wilhelmine. Sie hatte zwar einen Dickschädel, doch im Augenblick konnte Paul-Friedrich keine echte Bedrohung für seine Tochter im Kriegsfall erkennen. Die Gefahr für sie lag anderswo, doch er hatte dafür gesorgt, sie von ihr fernzuhalten. Er zog die unterste Schublade auf und griff nach den drei Briefen, die sich darin befanden und die er fast vergessen hätte. Einer war an ihn, einer an Gustav und ein weiterer an Wilhelmine gerichtet. Er hatte seinen geöffnet und die ersten Zeilen überflogen, als er gestern zugestellt worden war, das Schreiben dann jedoch eilig weglegen müssen, weil Dorothea hereingekommen war und er keinesfalls wollte, dass sie den Brief sah. Nun entfaltete er ihn erneut und las in Ruhe:

Sehr verehrter Herr von Falkenbach!
Ich schreibe Ihnen diesen Brief mit der freundlichen Duldung Eleonore Baurs, deren Großherzigkeit ich es zu verdanken habe, dass ich auf ihrem privaten Anwesen leben und arbeiten und damit versuchen darf, eine Wiedergutmachung meines Verrats an der Sache unseres Führers zu leisten.

Ich richte diesen Brief an Sie, um für mein unentschuldbares Verhalten um Verzeihung zu bitten, weil ich Ihre Gastfreundschaft mit Füßen getreten und es gewagt habe, mir gewaltsam Zutritt zu einem Ihrer Gebäude zu verschaffen. Des Weiteren habe ich diese Unterkunft auch noch missbraucht, um meine damaligen und – wie ich heute weiß – vollkommen fehlgeleiteten Ansichten zu verbreiten und damit Schaden über diejenigen zu bringen, die glaubten, mir vertrauen zu können.

Ich weiß, ich habe Ihr Vertrauen auf das Schändlichste missbraucht, Ihres und das Ihrer gesamten Familie, und es gibt nichts, das dies je wiedergutmachen könnte. Wenn ich nun um Verzeihung bitte, dann nicht, weil ich mir anmaße, diese auch nur im Mindesten zu verdienen, sondern weil mir in meiner Scham nichts weiter einfällt, um auszudrücken, wie sehr ich mein Verhalten bereue. Ich war auf einem Irrweg, habe die große Sache nicht erkannt und dann auch noch diejenigen mit in den Abgrund reißen wollen, die reinen Herzens sind. Sehr verehrter Herr von Falkenbach, was kann ich tun, außer mich wieder und wieder zu entschuldigen? Ich erkenne – nichts.

Und doch erlaube ich mir, diesen Brief zu schreiben, ist es doch das einzige Mittel, das mir bleibt. So gern würde ich alles ungeschehen machen, so gern bekäme ich eine zweite Chance, um der Welt zu sagen, wie falsch mein Denken war. Und auch wenn die Welt mich nicht hört, so kann ich Ihnen schreiben und nun doch bitten: Verzeihen Sie einer verirrten Seele.

Ich schließe, denn keinesfalls möchte ich über mein Unrecht hinaus Ihnen nun auch noch weiter Ihre Zeit stehlen. Ich wünsche Ihnen und Ihrer Familie nur das Beste.

Ergebenst
Martin Reinders

Paul-Friedrich ließ den Brief sinken. Einen Moment ärgerte er sich fast, mit einer hübschen Summe dafür gesorgt zu haben, dass Martin im Konzentrationslager Dachau in den Bereich verlegt worden war, in dem sich die *Bessergestellten* befanden. Hätte er sich nicht eingemischt, wäre diese Eleonore Baur, die die meisten nur »Schwester Pia« nannten und die er selbst bereits von einem Empfang der gehobenen Gesellschaft Münchens kannte, vermutlich nie auf ihn aufmerksam geworden und Martin hätte eben nicht die Vergünstigung erhalten, im Privatanwesen dieser Baur leben und arbeiten zu können. Paul-Friedrich wünschte dem jungen Mann wahrlich nichts Schlechtes. Doch dass dieser Kommunist nun wieder Kontakt zu Wilhelmine aufnahm, musste Paul-Friedrich um jeden Preis verhindern. Wilhelmine war zu unbedarft und auch zu störrisch in solchen Dingen und würde gewiss irgendetwas Närrisches tun, das sie selbst in Gefahr brachte. Und das würde Paul-Friedrich nicht zulassen. Niemand brachte sein kleines Mädchen in Gefahr. Niemand!

Panik überfiel ihn bei dem Gedanken, was dieser Martin womöglich in seinem Brief an Wilhelmine geschrieben hatte. Er würde doch wohl nicht …

Eilig riss Paul-Friedrich den Briefumschlag auf und zerrte die Seiten hervor. Dieser Brief war weit länger als der, den Martin an ihn gerichtet hatte.

Liebste Wilhelmine,
ich hoffe sehr, dass es Dir gut geht. Zuerst möchte ich mich bei Dir entschuldigen, dass ich Deine Familie und Dich in Gefahr gebracht habe, indem ich in die alte Villa eingebrochen bin, die Deinem Vater gehört.

Sie haben mich befragt, ob ich Hilfe hatte, und ich habe die Wahrheit gesagt: dass weder Du noch Gustav oder gar Dein Vater auch nur im Geringsten etwas von dem geahnt haben, was ich tat.

All die großen Pläne, die ich hatte, kommen mir heute dumm vor. So oft schon musste ich seit meiner Inhaftierung sagen, dass ich dem Kommunismus abgeschworen habe, was mir leichtfiel, denn ich war, wie Du weißt, nie wirklich von der Sache überzeugt, sondern habe mich nur mitreißen lassen.

Ich bin sicher, dass Du damals, bevor ich mein wahres Gesicht gezeigt habe, etwas für mich empfunden hast, ja womöglich sogar ein wenig verliebt in mich warst. Mir ging es ebenso, und – ich scheue mich nicht, es auszusprechen – ich empfinde noch immer so.

Nur der Gedanke an Dich gibt mir die Kraft weiterzumachen, denn noch immer wünsche ich mir, dass wir all das hinter uns lassen können. Mir ist klar geworden, dass ich die Welt nicht verändern muss, weil Du meine schon verändert hast. Und wer weiß: Hätte ich Dich zu einem früheren Zeitpunkt kennengelernt, vielleicht wäre ich nie dem Irrglauben an den Kommunismus verfallen.

So oft hat Dein Bruder Gustav mir während unserer gemeinsamen Zeit in Berlin gesagt, wie richtig der Weg ist, den der Führer einschlägt. Ich wünschte, ich hätte schon damals auf Deinen Bruder gehört. Doch sei versichert, dass ich nun von Gustavs Worten überzeugt bin und dem Kommunismus abgeschworen habe.

Ich hoffe zutiefst, dass Du trotz der Enttäuschung noch immer etwas für mich empfindest, so wie Du es seinerzeit getan hast. Bei mir hat sich nichts geändert. Jeden Tag denke ich an Dich, an Dein wunderschönes Lachen, das ich immer höre, wenn ich zu Bett gehe, und an Deine leuchtenden Augen, wenn ich morgens aufwache.

Solltest Du meine Gefühle nicht mehr teilen, bin ich absolut bereit, Dir nie wieder zu schreiben. Ich könnte Dir nicht mal einen Vorwurf machen. Was habe ich Dir schon zu bieten?

Gerade kommt mir der Gedanke, dass Du Dich wahrscheinlich fragst, warum ich Dir überhaupt schreiben kann. Ich befinde mich nicht mehr im Konzentrationslager Dachau, wohin ich nach meiner Befragung gebracht wurde. In Dachau sollte ich meiner Arbeit als Maurer nachgehen, doch das war nur für eine sehr kurze Zeit, und ich wurde rasch woanders hingebracht.

Schwester Pia, bei der ich nun lebe, ist eine enge Freundin des Führers seit dem ersten Tag und hat im KZ Dachau wohl einiges zu sagen. Ich wurde zu ihrem Anwesen gebracht, wo ein paar andere Männer und ich ihr Haus ausbauen. Zwar muss ich in regelmäßigen Abständen wieder ins KZ nach Dachau zurück, doch die Aufenthalte dort sind meist nur auf einen oder zwei Tage beschränkt. Mir und auch den anderen Inhaftierten geht es hier bei Schwester Pia gut, wir bekommen zu essen und zu trinken, und sie ist sogar so gütig, uns zu erlauben, diese Briefe zu schreiben, von denen sie sagt, dass sie nicht einmal kontrolliert werden. Im Vertrauen darauf kann ich also vollkommen frei schreiben.

Ich möchte dennoch Deine Familie und Dich nicht in Schwierigkeiten bringen, indem ihr zulasst, dass ein früherer Kommunist Kontakt zu euch hält. Ich hoffe so sehr, dass Ihr alle wohlauf seid!

Ich vermisse Dich so, dass ich es kaum in Worte fassen kann, und gebe die Hoffnung nicht auf, dass wir uns eines Tages wiedersehen, wenn all das hier vorbei ist und wir uns gemeinsam ein Leben aufbauen können.

Mir ist gestattet worden, die Absenderadresse auf dem Umschlag zu notieren, sodass Du mir zurückschreiben kannst, wenn Du es möchtest.

Nun ende ich und denke noch mehr als je zuvor an Dich! Ich wage zu hoffen, dass ich bald von Dir höre!

Dein Martin

Paul-Friedrich zögerte, dann stopfte er den Brief zurück in den Umschlag. Dieser Martin war wenigstens kein Dummkopf. Allein die Stelle, an der er schrieb, dass Gustav ihn während ihrer gemeinsamen Zeit in Berlin davon hatte überzeugen wollen, dass die Sache des Führers richtig sei, zeigte Paul-Friedrich ganz deutlich, dass er sehr wohl wusste, dass die Briefe jederzeit in falsche Hände geraten konnten. Insoweit konnte Paul-Friedrich eigentlich beruhigt sein, hatte er doch schwarz auf weiß vor Augen, dass Martin seine Tochter sicher nicht in Gefahr bringen würde. Doch andersherum hätte er seine Hand eben nicht ins Feuer gelegt. Wilhelmine war wie die Pferde, die sie ritt: wild, ungestüm und teilweise unberechenbar. Und er würde große Anstrengungen aufwenden müssen, sie zu zügeln.

3. Kapitel

Ich schäme mich dafür, mich so befreit zu fühlen.

Käthe Lehmann

Sie hielt die blassgelbe Rose in der Hand, die sie mit zum Friedhof genommen hatte, und stand nun schon eine ganze Weile vor dem Grab des Mannes, mit dem sie im letzten Dezember genau vierzig Jahre verheiratet gewesen wäre. Doch dazu war es nicht mehr gekommen, weil er genau drei Wochen vor ihrem Hochzeitstag umgebracht worden war. Käthe horchte in sich hinein, welches Gefühl die Erinnerung daran in ihr auslöste. Die beklemmende Antwort, die sie nur sich selbst gab und die sie nie laut ausgesprochen hätte, war – nichts! Nein, es löste rein gar nichts in ihr aus, oder doch, ein Gedanke kam immer wieder in ihr auf, gegen den sie sich nicht zu wehren vermochte: Heinrich hatte es verdient! Denn dass Astrid, die junge Frau, die ihm eine Porzellanscherbe in den Hals gerammt hatte, sich nur ihrer Haut hatte erwehren wollen, glaubte Käthe ihr ohne Wenn und Aber. Auch wenn sie dieses Abbild einer arischen Jungfrau weiß Gott nicht hatte ausstehen können, so zweifelte

Käthe die Notlage, in der diese sich befunden und mit der sie ihre Tat verteidigt hatte, nicht einen Wimpernschlag lang an.

Käthe hatte ja danebengestanden, als Heinrich das neue Dienstmädchen, das die Behörde ihnen als Ersatz für Inge nach deren Selbstmord ins Haus geschickt hatte, das erste Mal gesehen hatte. Wie ein Stück saftiges Fleisch hatte er sie betrachtet, mit einem Gesichtsausdruck, als freute er sich auf den Moment, da er davon kosten würde. Allein wenn sie daran dachte, überkam Käthe eine Gänsehaut. Sie wusste noch genau, wie sie sich in dieser Situation gefühlt hatte: verletzt. Zutiefst verletzt und beschämt. Vor allem aber regte sich ein Verdacht in ihr, den sie all die Jahre tief in ihrem Innern vergraben hatte. Doch er war da, dieser Verdacht, war immer da gewesen und hatte sie all die Jahre wie ein zugelaufenes Tier begleitet, das sich einfach nicht abschütteln lassen wollte, ganz gleich, was man tat. Fast vierzig Ehejahre! Die Zeit war nur so verflogen, und nun stand sie hier, mit ihren siebenundfünfzig Jahren, grauen Haaren und Erinnerungen, die von dem Bewusstsein überschattet wurden, jede Nacht mit einem Mann das Bett geteilt zu haben, der Frauen das Schlimmste antat. Sie hätte sich übergeben mögen bei dem Gedanken.

Es war bitterkalt gewesen, als sie Heinrich am 17. November des letzten Jahres zu Grabe getragen hatten. Monate später war es Frühling geworden, dann Sommer, und nun war bereits der 1. September gekommen, und es würde nicht mehr lange dauern, bis der Herbst über das Land zog. Ja, das Leben war weitergegangen, auch wenn Käthe das Gefühl hatte, dass es für sie nicht mehr dasselbe war. Nicht, weil Heinrich ihr fehlte, sondern weil sie das Gefühl hatte, nicht genug gelebt zu haben, und sie nun – da weit mehr Leben hinter ihr als vor ihr lag – nicht wusste, wie sie damit umgehen sollte. Es war diese Empfindung, einfach alles falsch gemacht zu haben, die ihr auch den Schlaf raubte. Was gäbe sie darum, endlich einmal wieder eine Nacht durchzuschlafen. Doch sie wusste nicht, was sie tun könnte.

Sie musste an das Gespräch denken, das sie am Tag vor Heinrichs Beerdigung mit ihrem Schwager Wilhelm geführt hatte. Sie hatte ihn um Ehrlichkeit gebeten und gefragt, ob er Kenntnis davon hatte, dass Heinrich eine solche Tat schon einmal versucht oder womöglich sogar begangen hatte. Wilhelm hatte sie auf eine Weise angesehen, die Mitgefühl und Bedauern ausdrückte, und ihr geraten, Vergangenes vergangen sein und die Toten ruhen zu lassen. Hatte sie vorher noch Zweifel gehabt, so war in diesem Moment das letzte bisschen Hoffnung, dass Heinrich nicht der gewesen war, für den sie ihn gehalten hatte, dahin gewesen. Im Grunde hatte es dieser Antwort seines Bruders nicht einmal bedurft. Doch immer wieder fragte sie sich, was wirklich geschehen war in all den Jahren, die sie verheiratet gewesen waren, und was genau Wilhelm wusste. Trug sie nicht eine gewisse Mitschuld an Heinrichs Verhalten? Schließlich hatte sie ihn geheiratet, als sie erst sechzehn und er achtzehn Jahre alt gewesen war. Wie viel konnte ein Mann dieses Alters in seinem bisherigen Leben schon verbrochen haben? Das, womit er sich schuldig gemacht hatte, musste also während ihrer Ehe geschehen sein und war damit, wenigstens ihrem Empfinden nach, ebenso auch ihre eigene Schuld. Wäre vielleicht alles anders gekommen, wenn sie ihn nie geheiratet hätte? Wenn er eine Frau gefunden hätte, mit der er glücklich gewesen wäre und die ihm womöglich mit Freude das gegeben hätte, was für Käthe stets nur Pflichterfüllung gewesen war? Sie hätte sich niemals darauf einlassen dürfen, ihn zu heiraten. Doch sie hatte gedacht, keine andere Wahl zu haben. Hätte sie eine Tochter bekommen und wäre diese heute in der gleichen Situation wie sie damals, würde Käthe ihr eindringlich davon abraten, diesen Weg zu wählen. Man hatte immer eine Wahl, das wusste sie heute. Doch damals … Sie schüttelte den Kopf. Was brachten diese Überlegungen schon? Ihre Gedanken drehten sich wie in einer Endlosschleife.

Ihr Blick fiel auf die Rose in ihrer Hand, dann auf das mit Blumen bepflanzte Grab. Wütend riss sie der Rose die Blüte ab und knickte den Stängel um, bevor sie beides auf Heinrichs Grab schleuderte. Sie würde noch mal mit Wilhelm sprechen müssen. Und dieses Mal würde sie nicht gehen, bevor sie eine Antwort von ihrem Schwager erhielt, ganz gleich, wie sehr er sich dagegen sträubte.

»Grüß Gott, Frau Lehmann, ist alles in Ordnung?«

»Oh«, stieß Käthe hervor. »Herr Pfarrer. Ich habe Sie gar nicht bemerkt.«

»Ich wollte Sie nicht am Grab Ihres verschiedenen Gemahls stören«, erwiderte er. »Doch mir dünkt, Sie wirken aufgewühlt.«

Käthe verdrehte innerlich die Augen wegen seiner gedrechselten Wortwahl. Warum nur mussten diese Pfaffen immer so betulich sein? Sie war nie besonders gläubig gewesen und hatte auch schon früher eigentlich nie die Kirche besucht. Das hatte sich auch nicht geändert, seit sie vom weit weniger frommen Leipzig hierher nach Bernried gezogen war. Sie konnte mit dem Getue von Pastoren und Priestern einfach nicht allzu viel anfangen. Und gerade jetzt, wo ihr so vieles durch den Kopf ging, war ihr Pfarrer Kleinschmidt überaus lästig.

»Sie sind ein guter Beobachter, Herr Pfarrer. Ich wünsche Ihnen noch einen schönen Tag«, sagte sie, nickte zum Abschied und ließ ihn einfach stehen. Sie wusste, dass es unhöflich war. Doch ihr fehlte gerade einfach die Geduld, ein anderes Verhalten an den Tag zu legen.

Sie ging den breiten mittleren Gang des Friedhofs entlang bis zur Pforte und trat hinaus. Obwohl sie die ganze Zeit an der frischen Luft gewesen war, atmete sie erleichtert aus.

Sie hatte ihr Fahrrad draußen an die Friedhofsmauer gelehnt, stieg nun auf und radelte zurück zum Gut Falkenbach.

Ferdinand hatte ihr angeboten, sie die gut drei Kilometer zum Friedhof zu fahren. Doch Käthe hatte dankend abgelehnt. Sie mochte es nicht, wenn ihr Sohn sie wie eine alte Frau behandelte. Sicher war sie in die Jahre gekommen. Doch das bedeutete durchaus nicht, dass sie körperlich nachließ. Nein, das würde sie sich nicht erlauben. Sie war noch längst nicht so weit, zu akzeptieren, dass sie älter wurde. Die Jahre vergingen zwar, ohne dass sie dagegen etwas tun konnte. Doch nur weil ihr Geburtsjahr immer weiter in der Vergangenheit lag, würde sie nichts an ihren Aktivitäten ändern. Ganz im Gegenteil. Seit Heinrich tot war, hatte sie sich angewöhnt, wieder regelmäßig im See zu schwimmen. Sie wusste selbst nicht, warum ihr das wieder in den Sinn gekommen war. Damals, als sie gerade von Leipzig nach Gut Falkenbach umgezogen waren, hatte sie das des Öfteren gemacht, seinerzeit allerdings vor allem, um ihrem Sohn Ferdinand das Schwimmen beizubringen. Leopold, Gustav und Wilhelmine hatte sie auch gleich mit einbezogen. Doch das war viele Jahre her und für eine sehr lange Zeit war das Schwimmen kein Thema mehr für Käthe gewesen. Seit Heinrichs Tod jedoch hatte sich vieles verändert. *Sie* hatte sich verändert. Es war, als wäre ihr eine riesige Last von den Schultern genommen, oder eher von der Brust, denn sie hatte tatsächlich das Gefühl, seit langer Zeit einmal wieder richtig durchatmen zu können. Und noch etwas bemerkte sie an sich selbst: Sie kümmerte sich mehr um ihr Äußeres. Nicht dass sie sich vorher hätte gehen lassen, das keinesfalls. Doch sie hatte während ihrer Ehe mit Heinrich stets darauf geachtet, sich nicht auffällig zu kleiden und auch ihre Haare nie aufwendig frisiert. Und inzwischen, da sie viel über sich nachgedacht hatte, ahnte sie auch, warum sie sich instinktiv so verhalten hatte. Die Erkenntnis, die ihr eines Abends, als sie ihr altes, graues Nachthemd angezogen und sich kurz im Spiegel betrachtet hatte, gekommen war, hatte sie in dem Moment selbst erschreckt. Es war wegen Heinrich. Sie war fast vierzig Jahre lang darum bemüht gewesen, nur nicht aufzufallen, hatte zu weite Kleidung getragen, obwohl Else ihr so oft gesagt hatte, sie sollte sich doch ruhig vorteilhafter kleiden bei der blendenden Figur, die sie hatte. Aber Käthe hatte abgewinkt und gesagt, sie bräuchte einen solchen Schnickschnack nicht. Doch in Wahrheit hatte sie es als junges Mädchen geliebt, sich hübsch zurechtzumachen und damals auch noch ganz lange Haare gehabt. Doch die hatte sie sich, kurz nachdem sie und Heinrich ein festes Paar geworden waren, abschneiden lassen. Als sie sich jedoch an dem bewussten Abend vor ein paar Wochen im Spiegel betrachtet hatte, war erstmals seit über vierzig Jahren der Wunsch in ihr aufgekommen, sich selbst als Frau sehen zu wollen. Sie würde Else um Rat bitten und sich ebenfalls solche Kostüme schneidern lassen, wie Else sie trug. Elses schlichter, aber eleganter Kleidungsstil gefiel ihr deutlich besser als der von Dorothea, die stets darauf bedacht war, mit ihren aus edelsten Stoffen gefertigten Kostümen Eindruck zu schinden. Else war da anders. Denn so bescheiden die Schwägerin auch war, sie sah stets adrett aus und gab sich mit ihrem Aussehen Mühe, auch wenn Wilhelm es wahrscheinlich gar nicht bemerkte, worüber sich Else schon so manches Mal beschwert hatte. Else hatte ihr einmal davon erzählt, dass sie ihren Wilhelm ausgeschimpft habe, sie könne sich auch gleich einen Kartoffelsack über den Kopf stülpen und er würde es nicht bemerken, da sie vom Friseur gekommen war und auch noch ein neues Kostüm trug, was Wilhelm jedoch nicht aufgefallen war. Mit einem Lächeln im Gesicht hatte Else Käthe berichtet, was Wilhelm darauf erwidert hatte – dass Else nämlich vollkommen falschliege. Das Kostüm hatte er nicht zur Kenntnis genommen und auch nicht die neue Frisur, das stimmte. Doch der Kartoffelsack über dem Kopf würde ihm auffallen, weil er dann nicht ihre wunderschönen Augen sehen könnte. Else war bei dieser Antwort ihres Mannes wohl geradezu dahingeschmolzen, und als die Freundin und Schwägerin ihr das erzählte, hatte Käthe das allererste Mal in ihrem Leben so etwas wie Eifersucht verspürt. Die Liebe, die Else und Wilhelm verband, war so tief und innig, dass jeder von ihnen beiden wusste, sie würde nicht nachlassen, ob nun nach zehn, dreißig, fünfzig oder noch mehr Jahren. Diese Liebe hatte Bestand, ohne Wenn und Aber. Und während Else sich für ihren Wilhelm stets so hübsch wie nur möglich machte und dieser es nicht zu bemerken schien, weil er weit mehr an ihr als Mensch interessiert war, hatte Käthe sich all die Jahre immer unscheinbarer gekleidet und frisiert, damit Heinrich möglichst wenig Notiz von ihr nahm. Vor allem aber hatte sie wohl erreichen wollen, dass er sie nicht als Frau sah, was ihr über lange Phasen auch gelungen war. Nun jedoch warf sie sich vor, dass er sich deshalb womöglich an andere Frauen herangemacht und sich bei ihnen das geholt hatte, was sie ihm nicht geben wollte – oder eben nur in dem Rahmen, in dem sie es als ihre Pflicht ansah. Aber jetzt, wo er nicht mehr da war, war sie in den letzten Monaten immer mehr aus ihrem Dasein als graue Maus herausgeschlüpft und verspürte jeden Tag mehr Lust, endlich die Frau zu sein, die sie über vierzig Jahre lang nicht hatte sein können.

Fast wäre sie vom Fahrrad gefallen, weil sie plötzlich abbremste. Ihr kam ein Gedanke, ein verwegener, aber auch unglaublich reizvoller.

Sie wendete und fuhr zurück in Richtung Ortsmitte Bernried. Vor dem Friseursalon Sulzbach lehnte sie ihr Fahrrad an und betrat den Laden, wo durch ein kleines Glöckchen über der Tür ihr Kommen angekündigt wurde.

»Guten Tag, Frau Lehmann. Heil Hitler«, grüßte das junge Fräulein freundlich, das sich gerade die Hände an einem Tuch abrieb und nun nach vorne trat. »Sie waren lange nicht hier.«

»Guten Tag, Fräulein Schneider«, erwiderte Käthe. »Ich würde gern meine Haare machen lassen. Passt es gerade?«

»Ja, sehr gern. Bitte kommen Sie mit.«

»Einen Moment noch«, bat Käthe. »Ich habe mich ganz spontan dazu entschieden, hier vorbeizukommen, und habe mein Portemonnaie zu Hause gelassen. Ginge es, dass ich später noch einmal rasch zum Bezahlen vorbeikäme?«

»Ich frage Herrn Sulzbach. Doch ich bin sicher, dass das in Ihrem Fall kein Problem darstellt. Bitte folgen Sie mir, und nehmen Sie Platz.«

Es war sonst niemand im Salon, was Käthe ungewöhnlich fand, da sonst stets mindestens zwei der sechs Stühle besetzt waren. Paul Sulzbach hatte einen guten Ruf weit über Bernried hinaus, und Käthe wusste, dass das, was der Friseurmeister bisher bei ihr zu tun hatte, unter dessen Möglichkeiten lag. Sie ließ sich die Haare immer nur schneiden und legen – schlicht, einfach, ohne etwas Besonderes. So war es die ganzen Jahre über gewesen.

»Frau Lehmann!« Der hochgewachsene, dunkelhaarige Mann kam mit einem breiten Lächeln und ausgestreckter Hand auf sie zu. Sie reichte ihm die Rechte, die er ergriff und galant küsste. Dann legte er seine Linke darüber und hielt ihre Hand noch kurz fest. »Wie schön, Sie wieder einmal zu sehen. Es muss Monate her sein.«

»Sogar schon über ein Jahr, Herr Sulzbach.«

Er beugte sich weiter vor. »Ich habe ja nur in aller Kürze nach der Trauerfeier kondoliert.« Er senkte die Stimme. »Darf ich fragen, wie es Ihnen geht?«

Käthe streckte den Rücken. »Wenn ich ganz offen sein darf, es geht mir sehr gut.« Sie blickte ihm in die Augen.

Er sah überrascht, aber auch erfreut aus. »Vortrefflich!«, erwiderte er. »Bitte nehmen Sie Platz, liebe Frau Lehmann.«

»Bevor Sie beginnen …«, sagte Käthe. »Ich habe es eben schon Fräulein Schneider mitgeteilt: Es war eine ganz spontane Idee, hier bei Ihnen vorbeizukommen, und ich habe mein

Portemonnaie nicht dabei. Ist es in Ordnung, wenn ich Ihnen später das Geld bringen lasse?«

»Aber liebe Frau Lehmann, das ist doch selbstverständlich. Ich freue mich, dass es Sie so spontan hierhergezogen hat.« Er deutete auf den Stuhl. »Wie immer?«

»Nein.« Käthe nahm auf dem Friseurstuhl Platz. Im Spiegel sah sie seinen überraschten Gesichtsausdruck.

»Ich würde mir gern die Haare blond färben lassen, ein kräftiges Blond, nicht zu hell. Und was die Frisur angeht, entspricht diese zwar wahrscheinlich meinem Alter, doch ich fühle mich jünger und würde das auch gern an meinen Haaren sehen.« Sie lächelte ihn im Spiegel an. »Sie sind der Maestro. Überraschen Sie mich!«

Er machte einen Schritt rückwärts und strahlte dann richtiggehend. »Frau Lehmann, Sie verblüffen mich. Ich bin begeistert!«

»Ja, ich auch.« Sie schmunzelte. »Hätten Sie eine Zeitschrift für mich? Am liebsten etwas mit Mode. Ich möchte mich gern ein wenig inspirieren lassen.«

»Frau Lehmann, Frau Lehmann!« Er schüttelte lächelnd den Kopf. »Die Zeitschrift kommt sofort. Und ich hole gleich noch etwas. Einen Moment.« Er sah zu seiner Angestellten. »Ein Glas Sekt für unsere Kundin und bring mir den Kosmetikkasten, Resi.« Er sah wieder in den Spiegel. »Ich glaube, ich weiß, womit ich Sie glücklich machen kann«, kündigte er an, sammelte dann dies und das zusammen und kam mit einem ganzen Schwung an Utensilien wieder zurück, die er auf der Ablage vor dem Spiegel platzierte. Dann versorgte er Käthe noch mit zwei Illustrierten. »Hier, bitte. Ich mische kurz die Farbe an und bin gleich wieder da.«

»Danke schön.« Käthe lächelte, und ein eigenartiges Gefühl des Aufbruchs überkam sie. Fräulein Schneider kam herbeigeeilt und stellte ein Glas Sekt auf dem kleinen Tischchen neben

Käthe ab, dann legte sie ihr einen Frisierumhang um und schloss diesen im Nacken.

Käthe sah kurz auf die Uhr. Es war gerade halb elf. Sie hatte zwar keine Ahnung, wie lange das Haarefärben dauern würde, doch wenn sie zu spät zum Mittagessen käme, dann wäre es eben so. Zwar war es überhaupt nicht ihre Art, ihrer Familie nicht Bescheid zu geben und einfach so wegzubleiben. Doch sie wollte das schlechte Gewissen, das sie gerade befiel, einfach nicht zulassen. Sie war eine erwachsene Frau von siebenundfünfzig Jahren. Und wenn sich jemand aus der Familie daran störte, gerade nicht zu wissen, wo sie war, dann war das sein Problem, nicht ihres. Sie hob das Sektglas an und trank fast trotzig einen Schluck. Mit einem Lächeln, nein, einem Grinsen, stellte sie das Glas schwungvoll wieder ab. Halb elf! Genau die richtige Zeit für ein Schlückchen Prickelwasser!

Über zwei Stunden wirbelte der Friseurmeister um Käthe herum, wobei sie fröhlich miteinander plauderten und sich über Gott und die Welt unterhielten. Nicht nur, dass er ihre Haare färbte und ihr einen Schnitt verpasste, der, wie Käthe fand, geradezu keck wirkte, sie vor allem aber viel jünger machte. Sulzbach fragte auch, ob er ihr einige der Kosmetikprodukte vorstellen dürfe, die er seit einiger Zeit in sein Sortiment aufgenommen hatte, was Käthe bejahte. Die Kosmetik stammte sämtlich von der Firma Avon, die, wie Sulzbach berichtete, schon vor über fünfzig Jahren in Amerika gegründet worden war und deren Produkte in jeder Hinsicht eine Bereicherung für die moderne Frau waren.

Käthe glaubte, den Namen der Firma schon einmal gehört zu haben. Also ließ sie sich von Sulzbach diverse Töpfchen und Döschen zeigen, probierte das eine oder andere aus und ließ sich schließlich auch ein Make-up von dem Friseurmeister auflegen, mit dem sie frisch und attraktiv aussah. Als sie fertig war, besah sie sich im Spiegel.

»Eine ganz neue Frau«, urteilte Paul Sulzbach und zog ihr schwungvoll den Umhang ab.

Käthe stand auf, sah in den Spiegel und drehte sich einige Male zur einen, dann wieder zur anderen Seite. Wieder sah sie auf die Uhr. Es war schon fast eins. Gleich würde Alma das Mittagessen auftragen, und gewiss würde sich ihre Familie dann fragen, wo sie nur blieb. Und wenn schon! Zwar wollte sie nicht, dass man sich um sie sorgte, und sie würde sich auch kurz für ihre Verspätung entschuldigen. Mehr jedoch auch nicht. Ihr stand eine Zeit des Aufbruchs bevor, das spürte sie bis in die Zehenspitzen, und ein weiterer Blick in den Spiegel bestätigte ihr, dass als Nächstes eine neue Garderobe fällig war.

»Sie sehen hinreißend aus, wenn ich mir die Bemerkung erlauben darf«, sagte Friseurmeister Sulzbach.

»Vielen Dank. Sie haben wirklich einen ganz neuen Menschen aus mir gemacht. Ich schicke nachher unsere Bärbel mit dem Geld vorbei, Herr Sulzbach.«

»Und wenn sie es heute nicht schafft, dann einfach das nächste Mal, wenn Ihr Mädchen Besorgungen in Bernried zu erledigen hat. Es kommt auf einen Tag nicht an.«

»Sie sind zu freundlich. Ich denke, ich werde jetzt öfter kommen«, kündigte Käthe an. »Schließlich will ich ja nicht wieder ergrauen.«

»Das würde mich wirklich sehr freuen, Frau Lehmann. Und wenn ich mir noch eine Bemerkung erlauben darf, finde ich, dass Sie es genau richtig machen. Man darf in solchen Zeiten nicht den Kopf in den Sand stecken.«

»Ach, wissen Sie, es ist ja im November auch schon ein Jahr her, dass Heinrich gestorben ist. Es war wohl für mich an der Zeit.«

Er sah sie verwundert an. »Ah, ich verstehe. Nein, ich meinte es auf den Krieg bezogen.«

»Auf welchen Krieg?«

Sulzbach wirkte überrascht. »Na, haben Sie es denn noch nicht gehört? Der Führer ist in Polen eingefallen. Wir befinden uns wieder im Krieg, Frau Lehmann.«

Käthe brauchte einen Moment, um zu verstehen, was der Friseur ihr soeben gesagt hatte.

»Im Krieg?«

»Aber ja, seit heute Morgen.«

Käthe sah erneut in den Spiegel. Ihr Gefühl hatte sich mit einem Mal völlig verändert. Nun fand sie es schlicht unpassend, wie schick sie zurechtgemacht war.

4. Kapitel

Wenn es doch wenigstens einen einzigen Menschen hier gäbe, der mich versteht.

Ferdinand Lehmann

Hatte er gerade die Tür gehört? Ferdinand sah kurz zu Elisabeth und seinem Bruder Johannes, mit denen er zum Mittagstisch im Esszimmer zusammengekommen war, stand dann auf und ging in den Flur. »Da bist du ja«, stellte er erleichtert fest. »Na, Gott sei Dank. Wir haben uns schon Sorgen gemacht.« Er ging auf seine Mutter zu und bemerkte dann ihre Frisur. »Was ist denn mit dir passiert?«, fragte er überrascht.

»Ich habe mir erlaubt, zum Friseur zu gehen«, gab Käthe trotzig zurück.

»Warum?«

»Herrgott, Ferdinand, was ist denn das für eine dumme Frage?«, beschwerte sich Käthe. »Stimmt es, was Herr Sulzbach mir eben sagte? Befinden wir uns im Krieg?«

»Ja, Mutter, das stimmt«, antwortete Ferdinand, der noch immer nicht anders konnte, als auf die blonden Haare seiner Mutter zu starren. Außerdem trug sie Lippenstift, und ihre

Haut wirkte getönter als sonst und auch irgendwie frischer. Sie sah für ihn vollkommen verändert aus.

»Würdest du bitte aufhören, mich anzustarren, als wenn ich einen Vogel auf dem Kopf sitzen hätte?« Sie schüttelte den Kopf und ging ins Esszimmer, wo sie Elisabeth, Johannes und ihren Enkelsohn begrüßte. Der kleine Johannes, den alle in der Familie nur liebevoll Jojo nannten, saß im Hochstuhl neben seiner Mutter.

»Käthe?« Elisabeth sah die Schwiegermutter mit offenem Mund an. »Du … du siehst fantastisch aus.«

»Da kann ich Elisabeth nur zustimmen.« Käthes ältester Sohn, Johannes, war aufgestanden und gab seiner Mutter einen Kuss auf die Wange. »Wirklich, die neue Frisur steht dir sehr gut.«

»Danke.« Käthe nahm ihren Platz bei Tisch ein, und auch Johannes und Ferdinand setzten sich wieder.

»Wir haben eben erst angefangen«, erklärte Elisabeth. »Wir wussten ja nicht, wann du kommst.«

»Das ist völlig in Ordnung«, sagte Käthe. »Das mit dem Friseurbesuch war eine ganz spontane Idee, und … ach«, sie winkte ab, »jetzt kommt es mir ganz und gar albern vor. Ich hatte ja keine Ahnung, was sich …« Sie brach ab, als Alma in diesem Moment mit einer Gemüseplatte in den Händen das Esszimmer betrat.

»Da sind Sie ja, gnädige Frau. Wir haben uns schon gesorgt«, sagte Alma und dann nur »oh!«, als ihr Käthes Haare auffielen.

»Danke, Alma«, sagte Käthe und nahm ihr die Platte ab. Die Haushälterin knickste und verließ wieder den Raum.

»Bitte sagt mir, was passiert ist«, forderte Käthe.

»Der Führer ist entschlossen, Danzig zu befreien«, antwortete Ferdinand der Mutter. »Ich bin sicher, dass es nur wenige Tage dauern wird, bis alles wieder seine Ordnung hat.«

»Was genau meinst du mit *befreien* und *Ordnung?*«, fragte Käthe und sah ihn kopfschüttelnd an. »Weshalb sollte Danzig befreit werden und wovon?«

»Danzig gehört zu Deutschland, Mutter. Und die Belagerung dort muss ein Ende haben«, klärte Ferdinand sie auf.

»Ja, genau wie wir dringend die früheren deutschen Kolonien in Afrika zurückhaben müssen«, spottete sein Bruder.

»Das ist ja wohl etwas ganz anderes«, erwiderte Ferdinand gereizt.

»Ach ja? Und wo ist da der Unterschied?«

Ferdinand schüttelte nur den Kopf. »Ich habe wirklich keine Lust zu streiten, Johannes.« Er stach mit der Gabel in ein Stück Fleisch und ließ es in seinem Mund verschwinden.

»Das ist doch Wahnsinn!«, sagte nun Käthe. »Danzig gehört den Polen und dabei hat es auch zu bleiben.«

»Bitte, Mutter, urteile nicht über etwas, das du nicht verstehst«, wies Ferdinand sie zurecht, sah jedoch sofort, dass diese Bemerkung ein Fehler gewesen war.

»Wie bitte?« Käthe ließ ihre Gabel sinken und funkelte ihn wütend an. »Wenn es so weit ist, dass ich mir von jemandem, dessen Windeln ich gewechselt habe, das Wort verbieten lasse, dann schießt mir in den Kopf und bringt mich auf den Friedhof.«

»Bitte, Käthe«, flehte Elisabeth mit Blick auf Jojo, der mit seinen gut neun Monaten zwar nicht verstand, worum es ging, aber durchaus in der Lage war, die angespannte Stimmung bei Tisch wahrzunehmen.

»Entschuldige bitte, Elisabeth«, sagte Käthe an ihre Schwiegertochter gewandt. Dann richtete sie das Wort wieder an ihren Jüngsten: »Doch ich kann nicht mehr anders, als dir zu sagen, dass ich dich fast nicht mehr wiedererkenne, Ferdinand.

Du solltest dich mal eine Weile von deinen Nazi-Freunden fernhalten, damit du wieder zu klarem Verstand kommst.«

Ferdinand atmete geräuschvoll aus. »Ich wollte nicht respektlos erscheinen, Mutter. Doch ich habe manchmal das Gefühl, dass manche in der Familie die Gegebenheiten einfach nicht akzeptieren wollen.«

»Und mit *manche* meinst du mich, nicht wahr?«, fragte Käthe herausfordernd.

»Er meint damit auch mich, Mutter«, versicherte Johannes fast gleichmütig.

»Wie ich eben schon feststellte, Ferdinand, erkenne ich dich nicht mehr wieder, und offen gesagt wundere ich mich, sollte es dir, liebe Elisabeth, nicht ähnlich ergehen.«

Elisabeth sah kurz zu Käthe, sagte aber nichts, sondern senkte den Kopf und schob sich eine Gabel voll Gemüse in den Mund.

»Ganz wie du meinst, Mutter. Hast du noch etwas auf dem Herzen, oder können wir jetzt weiteressen?«

»Wir können gern später unter vier Augen darüber sprechen«, bot Käthe an.

»Nein, nein, meinetwegen können wir direkt hier bei Tisch über mein vermeintliches Fehlverhalten diskutieren«, entgegnete Ferdinand fast gleichgültig. »Wir sind ja hier schließlich als Familie unter uns.«

»Nun gut, wie du willst.« Käthe ließ das Besteck sinken. »Ich habe noch vor einigen Monaten geglaubt, dass du nur so tust, als würdest du die Sache der Nazis unterstützen. Doch inzwischen bin ich mir da nicht mehr sicher.«

»Was meinst du damit: Du hast geglaubt, ich würde nur so tun? Schließlich bin ich nicht umsonst zur Wehrmacht gegangen.«

»Mein lieber Sohn, darf ich dich an die wahren Motive dafür erinnern?« Käthe richtete sich kerzengerade auf ihrem Stuhl auf.

»Du lagst im ewigen Streit mit deinem Vater und wusstest, er würde nie zulassen, dass du in der Fabrik einen Fuß auf den Boden bekämst. Deine Entscheidung für die Wehrmacht lag darin begründet, dass es deiner Meinung nach damals der einzige Weg für dich war, dir endlich einmal seinen Respekt zu verdienen. Elisabeth und ich haben dich angefleht, nicht zu gehen. Doch du warst nicht umzustimmen.« Käthe war rot angelaufen vor Zorn. »Und wenn ich dich des Weiteren daran erinnern darf, war doch dein Motiv, in die Waffenproduktion einzusteigen, allein der Tatsache geschuldet, dass du krampfhaft einen Rückweg heraus aus dem Schlamassel gesucht hast, den du selbst angerichtet hast. Nun hier zu sitzen und Reden zu schwingen, als hättest du irgendetwas davon aus Überzeugung getan, ist lachhaft.« Sie war lauter geworden, nahm sich aber jetzt wieder zurück. »Du weißt, dass ich von der ersten Sekunde an gegen die Waffenproduktion war. Ich habe das niemals gutgeheißen. Du hattest deine Motive, dich dafür zu entscheiden, und die konnte ich sogar irgendwie nachvollziehen. Doch dass du nun so redest, dass ich dich fast nicht wiedererkenne, macht es für mich noch hundert Mal schlimmer. Zu erleben, wie du deine wahren Werte so mit Füßen trittst, ist einfach unerträglich.«

Ferdinand hielt ihrem Blick stand. »Bist du fertig? Kann ich jetzt etwas dazu sagen?«

»Bitte«, gab Käthe knapp zurück.

»Ich habe durchaus nicht vergessen, weshalb ich zur Wehrmacht gegangen bin, und du hast vollkommen recht, wenn du sagst, dass der Einstieg in die Waffenproduktion für mich der einzige Weg vom Stützpunkt nach Hause war.« Er hob den Zeigefinger. »Doch es überrascht und bestürzt mich, dass du als kluge Frau deinem eigenen Sohn nicht zugestehen willst, dass bei ihm ein Umdenken stattgefunden hat.«

»Ein Umdenken?«

»Allerdings. Ich habe den Führer persönlich in München getroffen, und er selbst hat mich zum Hauptmann befördert. Es war ein großer Moment für mich, und ich teile die Auffassung Hitlers, dass wir Deutschen lange genug unter dem uns aufgezwungenen Versailler Vertrag gelitten haben und es an der Zeit ist, uns von den Repressalien zu befreien. Wo bliebe unser Stolz, wenn wir weiter vor den Siegermächten von damals zu Kreuze kriechen, die glauben, sich alles erlauben zu können?«

Käthe wirkte wie erstarrt. »Wie kannst du nur so reden, Ferdinand?« Sie sah zu Elisabeth, die eilig den Blick senkte. Der kleine Jojo begann zu weinen, worauf Elisabeth ihren Sohn aus dem Hochstuhl nahm und ihn an sich drückte.

»Ich bringe ihn hinauf und lege ihn zum Mittagsschlaf hin«, kündigte sie an. »Esst bitte ohne mich weiter. Ich habe keinen Hunger mehr.« Damit verließ sie eilig mit ihrem Kind auf dem Arm den Raum.

Käthe sah zu Ferdinand, dann zu Johannes. Sie hatte Tränen in den Augen. »Ihr seid meine Söhne«, sagte sie. »Und ich könnte nicht glücklicher sein, nach all den Jahren wieder mit euch vereint zu sein.« Sie öffnete die Hand und reichte sie Ferdinand, der rechts neben ihr saß. Kurz zögerte er, dann legte er seine Hand in ihre, und sie bot Johannes ihre Linke, die dieser ebenfalls ergriff. »Ich verstehe, dass es aufwühlende Zeiten sind. Und vielleicht hast du recht mit deinem Zorn gegen mich, Ferdinand, weil du Dinge anders wahrnimmst als ich. Ich versichere dir und euch, dass ich stets versucht habe und auch weiterhin versuchen werde, euch zu verstehen. Wir werden in vielen Dingen vermutlich nicht einer Meinung sein. Auch ihr beide seid es ja nicht. Doch ich bitte euch, lasst uns nie vergessen, wer wir tief in unserem Innern sind.« Sie sah Ferdinand an. »Ich sehe in dir nicht den Hauptmann, sondern den Künstler, der so gern besondere Dekore für unser Porzellan entwerfen wollte.« Dann blickte sie zu Johannes. »Und dich, mein Sohn, lerne ich überhaupt erst wieder kennen, nachdem ich so viele Jahre ohne dich sein musste. Wir dürfen nicht zulassen, dass all das uns auseinandertreibt.«

Ferdinand sah seine Mutter an und atmete tief durch, unsicher, ob er seine Gedanken mit ihr teilen sollte. Tatsächlich hatte er eine Weile eine große Zerrissenheit in sich gespürt und sich gefragt, was richtig oder falsch war. Doch das war bereits seit einiger Zeit nicht mehr so. Es stimmte, was seine Mutter sagte. Er war damals nur deshalb zur Wehrmacht gegangen, weil er in der Porzellanfabrik für sich keine Zukunft sah, solange sein Vater sie führte. Er wollte nur ein einziges Mal Stolz im Blick seines Vaters sehen, wenn der ihn betrachtete. Und das war ihm gelungen. Was hatte er nicht alles für Erniedrigungen erfahren während seiner Zeit auf dem Stützpunkt. Und manchmal, wenn er eine Waffe in den Händen hielt, hatte er nicht gewusst, ob er damit auf einen derjenigen, die ihm dort zusetzten, zielen oder sie sich selbst an den Kopf halten sollte. Er hatte nichts von beidem getan. Doch wie aussichtslos er seine eigene Lage bei der Wehrmacht in München beurteilt hatte, wusste er noch ganz genau. Und ebenso genau wusste er, dass er solche Demütigungen nie wieder zulassen würde, nie wieder, solange er lebte. Aber durch seine Idee mit der Waffenproduktion und durch die Unterstützung, die er vonseiten der Reichsbehörde und anschließend auch von der Partei und sogar dem Führer selbst erfahren hatte, hatte sich sein Denken verändert. Er war nun jemand, ein Hauptmann, ein angesehenes Mitglied in den Reihen der Nationalsozialisten, dem niemand mehr mit Geringschätzung begegnete. Ganz im Gegenteil. Er wurde geachtet, seine Meinung wurde gehört, und er hatte es binnen weniger Monate zu weit mehr Wohlstand gebracht als sein Vater in vielen Jahren. Bisher wusste seine Mutter ja nicht einmal, dass das, was ihr Ehemann hinterlassen hatte, nichts als ein Haufen Schulden war, und dass es an ihm, Ferdinand war, die finanzielle Lage der Familie wiederherzustellen und stabil zu halten. Vor allem aber, und das war für ihn das Wichtigste, hatte er während seiner Zeit bei der Wehrmacht und dann in der Zusammenarbeit mit der Reichsbehörde gelernt, wie das System, von dem er nun ein Teil war, funktionierte, und wozu die Spitze dieses Machtgefüges bereit war, um zu bekommen, was sie wollte.

»Ich bin dir treu verbunden«, versicherte er nun und blickte seine Mutter an. »Und dir ebenso«, sagte er zu seinem Bruder. »Doch ich erkenne auch, dass sich die Zeiten geändert haben.« Er zögerte, doch dann sprach er aus, was ihn schon seit Monaten bedrückte. »Es tut mir leid, Mutter, dir etwas berichten zu müssen, doch ich kann es nicht länger aufschieben.«

Käthe sah ihren jüngeren Sohn fast ängstlich an. »Was ist es denn?«, fragte sie.

»Es geht um die Porzellanfabrik.« Er schluckte. »Du erinnerst dich doch an den Tag, als …«, er zögerte, »ich meine den 17. November.«

»Der Tag, an dem dein Vater starb«, wurde Käthe deutlich. »Natürlich erinnere ich mich daran. Worauf willst du hinaus?«

»Neben all dem, was geschah, gab es da ein Detail, das die ganze Zeit niemand in der Familie erwähnt hat.«

Käthe sagte nichts, blickte nur fragend.

»Der Koffer.« Ferdinand sah erst sie, dann seinen Bruder an. »Vater hatte seine Sachen gepackt. Er wollte offenbar fortgehen, bevor all das andere geschehen ist«, umschrieb er seines Vaters versuchte Vergewaltigung von Astrid und seinen von ihr herbeigeführten Tod.

»Ich erinnere mich, dass der Koffer im Flur stand«, bestätigte Käthe.

»Gut. Ich denke, Vater wollte verschwinden, weil er genau wusste, dass es hier keine Zukunft für ihn gab. Die Porzellanfabrik ist pleite, Mutter. Pleite – und noch mehr als das. Sie ist hoch verschuldet. Ich habe sie in den letzten Monaten mit meinem eigenen Geld am Laufen gehalten, weil ich dir den zusätzlichen Kummer ersparen wollte. Doch es ergibt keinen Sinn, noch mehr Geld zum Fenster hinauszuwerfen.«

Käthe legte die Hand auf den Mund. »Aber wie kann das denn sein?«, fragte sie fassungslos.

»Misswirtschaft«, fasste es Ferdinand in einem Wort zusammen. »Ich will nicht schlecht über ihn reden, doch Vater war kein guter Geschäftsmann. Einige Jahre hat er klug agiert, und offenbar hatte er Rücklagen gebildet, die es ihm möglich machten, von Zeit zu Zeit Geld in die Fabrik zuzuschießen. Doch er hat den Absprung verpasst und das, was wir seinerzeit gemeinsam noch auf den Weg gebracht haben, nicht weitergeführt.«

»Was meinst du?«

»Die Hotels, die Gaststätten, die Großabnehmer. Aus welchem Grund auch immer wurden die Verträge mit diesen Kunden nach und nach gelöst. Die Produktion ist so, wie sie aufgestellt ist, nicht rentabel.«

»Kann ich irgendetwas tun, um dich zu unterstützen?«, fragte nun Johannes, was ihm einen dankbaren Blick Käthes einbrachte.

»Wir können ja hier ganz offen reden. Offiziell gibt es dich gar nicht, Johannes«, stellte Ferdinand fest. »Wenn jemand erfährt, dass du noch lebst, droht dir wegen der damaligen Fahnenflucht auch heute noch ein Verfahren.«

»Ganz abgesehen davon, dass es dich in ein schlechtes Licht rücken würde, nicht wahr?«, fragte Johannes.

Ferdinand war nicht sicher, ob es als Angriff auf ihn gemeint war, doch eigentlich schätzte er seinen großen Bruder so nicht ein. Johannes, den er im Grunde erst in den letzten Monaten richtig kennengelernt hatte, war ein bescheidener, friedliebender Mensch, der einfach froh war – wenn auch mit Abstrichen –, wieder in seiner Familie leben zu können. Alma und Bärbel, die als Personal mit im Haus lebten, wussten Bescheid, wer er war und dass niemals ein Wort davon nach außen dringen durfte. Darüber machte Ferdinand sich auch keine Sorgen, denn die beiden waren treue Seelen, auf die man sich verlassen konnte. Doch was, wenn einmal überraschend Besuch von den Behörden vorbeikäme und Johannes ihnen direkt in die Arme lief? Wie sollte Ferdinand dessen Anwesenheit dann erklären? Dass er zur Familie gehörte, war schon an der Ähnlichkeit der Brüder zu erkennen. Nein, der Bruder musste nach außen hin unsichtbar bleiben. Sie hatten gar keine andere Wahl.

»Ja, das stimmt«, antwortete er Johannes nun. »Entschuldige meine Offenheit, doch so ist nun einmal die Situation.«

»Es war damals meine Entscheidung, mich von der Truppe zu entfernen und vor dem Krieg zu fliehen, nicht deine«, erwiderte Johannes ohne jede Emotion.

Käthe sah Ferdinand an. »Du hast also vor, die Porzellanherstellung aufzugeben?« Sie schluckte schwer.

Ferdinand nickte. »Es geht nicht anders.«

»Und ich vermute, du willst stattdessen in der Porzellanfabrik eine Waffenproduktion unterbringen?«, fragte Johannes.

»Ganz recht«, bestätigte Ferdinand. »Es ist das Einzige, das Sinn ergibt. Und darüber hinaus werde ich mit Paul-Friedrich sprechen, ob er mir das Areal des angrenzenden Waldes verkauft.«

»Die ganze Fläche?«, fragte Käthe überrascht. »Weshalb? Mit so vielen Waffen könntest du ganz Europa versorgen.«

»Nicht für Waffen, sondern für Arbeiterunterkünfte«, formulierte Ferdinand.

»Für Arbeiterunterkünfte?«, echote Käthe. »Wer soll denn da wohnen? Unsere Arbeiter haben doch alle ein Zuhause.«

Ferdinand atmete tief durch, doch Johannes kam ihm mit einer Antwort zuvor.

»Er will auf Gut Falkenbach ein Konzentrationslager errichten, Mutter.«

Käthe war trotz ihres so sorgfältig geschminkten Gesichts kreidebleich geworden. »Das stimmt nicht, oder, Ferdinand? Du hast nicht vor, etwas derart Scheußliches zu tun?«

»Du hast einen völlig falschen Eindruck von all dem, Mutter. Sieh mal, auf der Baustelle haben zur Fertigstellung der neuen Halle bei der Villa Liebermann auch zahlreiche Männer gearbeitet, die in solchen Unterkünften gelebt haben.«

Johannes stieß den Atem aus. »Du weigerst dich ja sogar, den Begriff Konzentrationslager in den Mund zu nehmen, Ferdinand, weil du ganz genau weißt, was das wirklich bedeutet, und dass es eben keine nette Wohneinheit ist, in der die Männer leben und schlafen und am Tag gemütlich zur Baustelle herüberkommen, um dort ihrer Arbeit nachzugehen.«

»Ich habe mir nicht ausgesucht, wie die Zeiten sind«, verteidigte sich Ferdinand.

»Nein, aber du trägst dazu bei, dass alles immer noch schlimmer wird«, empörte sich Käthe.

»Ich muss euch ganz ehrlich sagen, dass ich es überaus kritisch finde, wie ihr über den Führer und das bestehende System sprecht«, wurde Ferdinand nun laut. »Ich bin Hauptmann, und wir alle hier leben sehr gut davon, was uns die Waffenproduktion einbringt. Ein wenig Dankbarkeit wäre meiner Ansicht nach die bessere Einstellung.«

Seine Mutter sah ihn an. »Du hast in gewisser Weise recht«, lenkte sie ein. »Es ist heuchlerisch, wenn wir so tun, als würden wir all das ablehnen, um andererseits am Ende doch Profiteure zu sein.«

»Ich danke dir für diese klare Einschätzung, Mutter.« Ferdinand blickte die beiden an, dann stand er auf, schloss die Esszimmertür, die Elisabeth offen gelassen hatte, und kam dann wieder zurück an den Tisch. »Glaubt ihr denn, dass ich die Missstände nicht sehe?«, fragte er im Flüsterton. »Glaubt ihr, es ließ mich kalt, wenn mir Männer auf die Baustelle geschickt wurden, die fast nur noch aus Haut und Knochen bestanden?« Er schüttelte den Kopf. »Ich sehe das menschliche Leid genau wie ihr auch. Und wegen einiger meiner Entscheidungen und Handlungen könnte ich meine Stellung als Hauptmann verlieren.« Er sah zu Käthe. »Du weißt genau, dass ich es im Grunde nicht gutheißen konnte, wenn du mit dem vielen Essen zur Baustelle gekommen bist und die Männer täglich mit weit mehr versorgt hast, als sie in ihren Unterkünften in einer Woche bekommen hätten.« Er beugte sich noch weiter vor. »Natürlich habe ich dann bei den Aufsehern über dich geschimpft, Mutter, und dich sogar verunglimpft als labile alte Frau, die wir einfach machen lassen sollten, weil sie nicht mehr ganz klar im Kopf ist. Ja, so habe ich über dich gesprochen, Mutter, und zwar ganz bewusst.« Er sah sie an und wartete, ob sie ihn deshalb zurechtwies. Doch in Käthes Gesicht spiegelte sich nur Interesse, was er als Nächstes zu sagen hätte.

»Für die Wachen, die täglich dort auf der Baustelle waren, habe ich ein Schauspiel gegeben. Sie sollten denken, dass du und ich vermutlich keine zwei Sätze am Tag miteinander sprechen. Nur so konnte ich dich gewähren lassen. Und wenn dann Vater herkam und ihm anzumerken war, wie groß seine Verachtung für die Arbeiter war, so boten wir das gute Bild einer deutschen Familie, die die Überzeugungen des Führers teilt und lediglich eine dumme alte Hausherrin hat, auf deren Gerede niemand sonst etwas gibt.« Er fasste ihre Hand. »Natürlich habe ich dir das nicht gesagt. Doch jetzt tue ich es, damit du verstehst, dass ich tief in mir noch immer derselbe bin.«

Käthe und Johannes tauschten einen Blick, der Verwunderung ausdrückte.

»Ach, Ferdinand«, sagte Käthe dann und blickte ihn voller Liebe an.

»Doch die Zeiten sind, wie sie sind«, fuhr er eindringlich flüsternd fort. »Du kannst dich nicht einmal frei bewegen, ohne dass wir Gefahr laufen, entdeckt zu werden«, sagte er zu Johannes. »Und du zeigst so offen dein Missfallen über das, was geschieht, dass ich gar keine andere Wahl habe und dich als senile alte Frau verunglimpfen muss.« Er deutete auf ihre Frisur. »Wonach du im Übrigen jetzt noch weniger als zuvor aussiehst.«

»Ich nehme das einfach mal als Kompliment«, stellte Käthe trocken fest.

Ferdinand sah sich um. »Ich weiß ja nicht einmal, inwieweit ich ehrlich mit Elisabeth sein kann«, zischte er. »Ihr hättet das Funkeln in ihren Augen sehen sollen, damals in München. Sie war zweifellos angetan vom Führer, und wenn ich ehrlich bin, konnte auch ich mich nicht vollends seiner Ausstrahlung entziehen.« Er schnaufte und raufte sich die Haare. »Und irgendwie ist es mir so in Fleisch und Blut übergegangen, strammzustehen und den rechten Arm hochzureißen, dass ich fast selbst an das ganze Nazi-Gehabe glaube. *Fast.*« Er hob kurz den Zeigefinger, dann sackte er in sich zusammen. »Vor allem aber habe ich nicht die Kraft, alles zusammenhalten und dabei noch gegen euch kämpfen zu müssen, nur um nicht Gefahr zu laufen, von der Gestapo abgeführt zu werden.«

Käthe waren Tränen in die Augen getreten, und sie schüttelte den Kopf. »Wie sollten wir das aber wissen?«, fragte sie nun leise. »Noch vorhin, als ich mich hier an den Tisch gesetzt habe, hast du so voller Inbrunst und Leidenschaft die Ziele Hitlers zum einzig Wahren erklärt.« Sie sah auf die Uhr. »Vor einer halben Stunde noch habe ich eine hässliche Nazi-Fratze in deinem

Gesicht gesehen und war erschrocken. So erschrocken, wie ich schon seit Monaten immer wieder bin.«

»Ich weiß.« Ferdinand rieb sich die Augen. »Und manchmal habe ich das Gefühl, ich kann selbst nicht mehr sagen, wer oder was ich bin. Versteht mich nicht falsch, ich bin fest davon überzeugt, dass wir Danzig zurückholen sollten. Dort leben Deutsche als Minderheit und werden unterdrückt, nur weil andere Mächte befohlen haben, dass sie nicht mehr zu unserem Volk gehören sollen. Aber ich möchte ebenso wenig wie ihr, dass das Leid sich ausweitet. Und glaubt mir, es ist besser, dass ich mich so verhalte, wenn wir nicht riskieren wollen, uns durch irgendetwas zu verraten.«

»Und du glaubst tatsächlich, Elisabeth nicht vertrauen zu können?«, fragte Käthe, in deren Gesicht sich Bestürzung zeigte. »Ich schätze sie da ganz anders ein.«

»Ich weiß es einfach nicht. Sie ist – wie soll ich sagen? – manchmal recht naiv. Ich habe Angst, dass sie eine unbedachte Bemerkung gegenüber den falschen Leuten macht.«

»Du vertraust also nicht einmal deiner eigenen Frau«, erkannte Johannes nachdenklich. »Der Druck, unter dem du stehst, muss immens sein.«

Ferdinand antwortete zunächst nicht darauf, dann sagte er: »Ich vertraue euch. Euch, Paul-Friedrich, Gustav und Wilhelm. Wir alle vertreten dieselben Werte.« Er sah seine Mutter an. »Doch du, Mutter, und Wilhelm – ihr seid die Schwachstellen, um es offen zu sagen, da ihr beide euch im Zorn zu einer unbesonnenen Äußerung hinreißen lassen könntet.« Er sah sie an. »Verzeih mir die Offenheit, Mutter. Doch genau aus diesem Grund habe ich dich vor anderen schlecht und lächerlich gemacht, wo ich nur konnte.«

Käthe wiegte den Kopf. »Ich fürchte, dass du da recht hast. Wenn mich der Zorn packt …«

Ferdinand nickte.

»Doch eines verstehe ich nicht«, sagte Johannes nun. »Weshalb der Plan mit dem KZ?«

Ferdinand legte den Kopf schräg. »Nach dem, was ich euch soeben anvertraut habe, ist das denn nicht offensichtlich?« Er sah erneut von Johannes zu seiner Mutter.

»Du willst helfen«, erkannte Käthe mit kratziger Stimme, und ihr traten Tränen in die Augen, als sie es aussprach.

Ferdinand nickte. »Die Lager werden so oder so gebaut, auf Gut Falkenbach oder anderswo. Ebenso wie Waffen produziert werden. Es ist wie ein Zug, der immer mehr an Fahrt aufnimmt und einfach alles überfährt, was vor ihm auf den Gleisen liegt.« Er schüttelte traurig den Kopf. »Das können wir nicht verhindern. Doch wenn wir Waffen produzieren, die von der Regierung gut bezahlt werden, und hier ein Arbeitslager errichten, können wir beeinflussen, wie die Menschen dort behandelt werden. Zwar unter Aufsicht, aber das, was ich vielfach gehört habe, wie es in den Konzentrationslagern zugeht, könnten wir so zumindest den Menschen, die bei uns arbeiten, ersparen. Um es genau zu sagen: Ich möchte mich dafür einsetzen, ein Außenlager zu bauen und kein Außenkommando.«

Als er die fragenden Blicke von Käthe und Johannes sah, erklärte er: »Bei einem Außenkommando, wie wir es beim Umbau der Liebermann-Villa hatten, kehren die Arbeiter abends in das KZ zurück. Bei einem Außenlager können sie hier schlafen. Ich werde so argumentieren, dass auf diese Weise die unproduktiven langen Wege nach Dachau vermieden werden können.«

Käthe presste die Lippen aufeinander, stand auf, trat hinter Ferdinands Stuhl und umarmte den Sohn von hinten. »Mein Sohn ist noch immer da drin, in dieser Hülle mit der hässlichen Uniform. Ich bin so stolz auf dich«, sagte sie, drückte ihn und gab ihm einen Kuss auf die Wange. »Sprich mit Paul-Friedrich.

Und dann bau dein Arbeitslager, um so viele zu retten, wie du nur kannst.«

Ferdinand berührte mit der Hand ihren Arm, ergriff die Hand seiner Mutter und küsste sie. »Ich werde alles tun, was ich kann, Mutter«, versprach er und hatte zum ersten Mal seit Monaten nicht mehr das Gefühl, allein dazustehen. »Alles, bis dieser ganze Wahnsinn endlich ein Ende findet.«

5. Kapitel

Die Hoffnungslosigkeit ist das Schlimmste. Seit Monaten denke ich, dass es bald besser werden muss. Doch in Wahrheit wird es nur immer schlimmer.

Wilhelmine von Falkenbach

Nachdem Else und Wilhelm nach Hause und ihr Vater und Gustav wieder zu ihrer Arbeit zurückgekehrt waren, hatte sie sich zu den Stallungen begeben und dort Peter gebeten, Luzifer für sie zu satteln. Dann war sie mit dem Rappen ausgeritten, um irgendwie einen klaren Gedanken zu fassen.

Es herrschte also Krieg, provoziert von dem Mann, der in Deutschland das Sagen hatte. Wilhelmine konnte es nicht fassen. Die ganze Unterdrückung, die Menschenverachtung und die Willkür waren Hitler also nicht genug, er wollte noch mehr. Er wollte sich weitere Feinde machen, nicht nur im eigenen Land, sondern über die Grenzen Deutschlands hinaus. Das durfte doch einfach alles nicht wahr sein! Sie ließ Luzifer im Schritt gehen, war vollkommen gedankenverloren und achtete nicht einmal darauf, wohin sie überhaupt ritt. Luzifer folgte ganz selbstverständlich dem Weg, der hinüber zum früheren Grundstück der Liebermanns führte und den sie schon Hunderte Male mit ihm entlanggeritten war. Hatte sie noch vor einem Jahr Bedauern verspürt, dass die Liebermanns, eine jüdische Familie, nach so vielen Jahren der Nachbarschaft alles an ihren Vater verkauft hatten und von Bernried weggegangen waren, konnte sie schon seit November nichts als Erleichterung empfinden, weil ihre Nachbarn sich noch rechtzeitig in Sicherheit gebracht hatten. Auch vorher waren die Juden im Land schon Repressalien ausgesetzt gewesen. Doch seit der Reichspogromnacht im November letzten Jahres war alles noch einmal auf eine andere Stufe gehoben worden. Und nun reichte Hitler offenbar nicht einmal mehr der Kampf gegen die Juden im eigenen Land, sodass er sich etwas Neues überlegt hatte, um unschuldige Menschen zu drangsalieren und töten zu können. Wie und wann würde dieser Wahnsinn endlich ein Ende finden?

Wilhelmine ritt durch das kleine Wäldchen, das die Grundstücke miteinander verband, und sah hinauf zur Villa, neben der vor einigen Monaten der hässlichste Anbau, den sie jemals gesehen hatte, fertiggestellt worden war und der nunmehr genutzt wurde, um hier Waffen und immer noch mehr Waffen zu produzieren. Gewehre und Munition für den Führer, den Wilhelm, vollkommen zu Recht, wie sie fand, stets nur als *den Irren* oder *den klein gewachsenen Wahnsinnigen* bezeichnete. Und Ferdinand, der für sie früher so etwas wie ein zweiter großer Bruder gewesen war, betrieb die Fabrik und förderte diesen Wahnsinn, so gut er konnte. Sie schüttelte den Kopf bei diesem Gedanken. Das durfte einfach alles nicht wahr sein; es war wie ein Albtraum, aus dem sie einfach nicht aufwachte.

Sie ritt nun an der Hütte vorbei, die sie seinerzeit hatte herrichten wollen, um sich dort heimlich mit Johannes, Ferdinands Bruder, der offiziell nicht mehr am Leben war, treffen zu können. Sie bedauerte, dass sie zu Johannes, seit er nach Heinrichs

Tod ins Haus der Familie Lehmann gezogen war, nur noch so selten Kontakt hatte. Sie hatte Ferdinand versprechen müssen, niemandem davon zu erzählen, dass sein älterer Bruder nun wieder zu Hause lebte. Vor allem Leopold durfte keinesfalls davon erfahren, denn Johannes könnte noch immer jederzeit wegen seiner damaligen Fahnenflucht verhaftet werden. Wilhelmine hatte Ferdinand selbstverständlich ihr Versprechen gegeben; war es doch im Grunde nur noch ein Geheimnis mehr, das sie für sich zu behalten hatte. Es war ganz anders als früher, wo sie jedem vertraut hatte und nie hatte aufpassen müssen, was sie wem sagte. Außer ihr selbst wussten nur Käthe, Elisabeth, Ferdinand und die Bediensteten Alma und Bärbel davon, dass Johannes in den Kreis seiner Familie zurückgekehrt war. Sicher wäre das Geheimnis bei Wilhelm und Else auch gut aufgehoben gewesen, ebenso wie sie für ihren Bruder Gustav die Hand ins Feuer gelegt hätte. Doch darüber hinaus? Vielleicht noch ihr Vater, aber nur, wenn dieser nicht befürchtete, dass dadurch die Familien in Gefahr geraten könnten. Wilhelmine schüttelte den Kopf, weil die Gedanken schon wieder so laut gegen ihre Stirn zu hämmern schienen, dass sie Kopfschmerzen bekam. Sie gönnte ja Johannes von Herzen, dass er nun endlich wieder mit seiner Familie vereint war. Doch ihre Freundschaft, die Wilhelmine als so besonders empfunden hatte, war seither nicht mehr dieselbe. Vielleicht sollte sie öfter im Haus der Lehmanns vorbeischauen, aber sie wollte nicht aufdringlich sein und womöglich stören. Irgendwie hatte sie das Gefühl, dass sie früher wichtiger für Johannes gewesen war, weil er da noch nicht so viele Menschen um sich hatte. Nun jedoch fühlte sich das anders an, auch wenn sie wusste, dass es egoistisch war, so zu denken. Schließlich konnte sie Johannes nur von Herzen gönnen, dass er wieder im Schoß der Familie angekommen war.

Doch sie scheute davor zurück, zu den Lehmanns zu gehen, auch wegen Ferdinand. Der Gedanke betrübte sie so sehr, dass sie am liebsten geweint hätte. Ferdinand, ihr Ferdinand, der sich so sehr verändert hatte. Er war zur Wehrmacht gegangen und nun sogar zum Hauptmann befördert worden. Ihm war eine Karriere in dieser elenden Nazi-Sippschaft sicher. Für Wilhelmine war das alles unbegreiflich.

Sie fragte sich, was dieser Krieg für sie persönlich und die Menschen hier auf Gut Falkenbach bedeuten würde. Polen war weit weg, doch wirklich weit genug? Würden die Polen sich rächen und ihrerseits in Deutschland einfallen? Wie lief so ein Krieg eigentlich ab? Sie fand sich geradezu dumm, so wenig darüber zu wissen. Für sie war ein Krieg ein Relikt aus vergangener Zeit. Ihr Vater war im Krieg gewesen, damals hatte er ja auch Wilhelm und Heinrich kennengelernt. Doch waren die Menschen seitdem wirklich so gar nicht schlauer geworden? Wie war es möglich, dass all das geschehen konnte?

Was wurde jetzt wohl aus Martin, der als Kommunist verhaftet worden war? Würde man ihm zur Strafe, sich gegen Hitler gerichtet zu haben, eine Waffe in die Hand drücken und zum Kampf an der Front zwingen? Wäre das womöglich eine Chance für Martin, wieder freizukommen? Wie verfuhr man mit Männern wie ihm? Konnte Hitler es sich jetzt überhaupt noch leisten, sie weiter einzusperren, wo er doch so viele Wehrfähige an der Front benötigte?

Sie ritt weiter, ohne einen klaren Gedanken fassen zu können. Sie dachte an ihren Vater, der im letzten Krieg sein linkes Bein verloren hatte und seither nicht mehr in der Lage war, seine Pferde zu reiten, was er früher geliebt hatte. Vor einiger Zeit hatte er etwas sehr Liebevolles zu Wilhelmine gesagt, als er sie bat, ihm die Beine zu ersetzen, und sie fortan als zuständig dafür erklärte, die Pferde zu reiten und ihr Potenzial zu beurteilen, um die Zucht auf Gut Falkenbach weiter auszubauen. Drei weitere Pferde hatten sie in letzter Zeit erworben, und sie hatten sich weitestgehend schon jetzt rentiert, da man sie gut in der Zucht einsetzen konnte. Mindestens bei einem der drei, er hieß Apollon, war Wilhelmine sicher, dass er in der Dressur zu Bestleistungen imstande war. Sie selbst war eher Springreiterin und Heinz Lochner, der Bereiter auf Gut Falkenbach, wesentlich versierter im Umgang mit Dressurpferden. Wilhelmine hatte beobachtet, wie sanft er die Pferde über den Zügel lenkte und sein Gewicht verlagerte, um nur minimal einzugreifen und das Pferd möglichst frei agieren zu lassen. Es war wirklich ein Vergnügen, Heinz zuzusehen, während ihr selbst einfach das Gefühl für die Dressur zu fehlen schien.

Sie ritt weiter und ließ ihre Gedanken schweifen. Wie es wohl für ihren Vater sein mochte, zu erleben, dass Deutschland sich wieder in einem Krieg befand? Immerhin hatte der letzte ihn für sein ganzes weiteres Leben gezeichnet. Sollte es ein Trost für sie sein, dass ihr Vater schon aus diesem Grund nicht mehr eingezogen werden konnte? Auch Wilhelm würde dieser Krieg erspart bleiben. Wilhelmine schluckte. Um Himmels willen. Sie hatte bisher überhaupt nicht daran gedacht, nicht daran denken wollen: Gustav! Und auch Ferdinand und Leopold! Heinz, ihr Bereiter, und Peter, der Stallknecht! Was war mit ihnen? Weshalb war ihr der Gedanke nicht früher gekommen? Zwar war Ferdinand der einzige richtige Soldat unter ihnen, doch auch ihr Vater, Wilhelm und Heinrich waren damals zu Anfang keine Soldaten gewesen. Wie hatte sie das bisher ignorieren können? Ein kalter Schauer lief ihr über den Rücken. Sie war ja so naiv gewesen! Sie zügelte Luzifer, machte kehrt und ritt auf direktem Weg zu Gustavs Praxis. Sie musste dringend mit ihrem Bruder sprechen. Bestimmt lag sie falsch mit ihrer Befürchtung, und gleich würde Gustav ihr sagen, dass sie einfach keine Ahnung hatte. Ja, so würde es sein. Er war Arzt und half den Menschen. Er konnte keinesfalls als Soldat eingezogen werden, wo es seine Aufgabe wäre, andere zu verletzen oder gar zu töten. Das würde gegen seinen hippokratischen Eid verstoßen. Nein, das ginge auf keinen Fall.

Sie trieb Luzifer an, galoppierte den Weg zurück durch das Wäldchen und dann erst nach rechts bis zur Weggabelung und von dort aus weiter zu Gustavs Praxis. Wenn sie ihren Bruder dort nicht antraf, wäre er vermutlich schon wieder im Gutshaus.

Wilhelmine spürte die Panik, die in ihr aufstieg. Als sie die Praxis erreichte, sprang sie vom Pferd und ließ Luzifer einfach stehen, ohne seine Trense irgendwo festzubinden. Das war auch nicht nötig. Luzifer war ihr ein treuer Freund, der sich nie einfach so davonmachen würde.

Sie drückte die Klinke mehrfach, konnte die Tür aber nicht öffnen.

»Gustav! Gustav!«, rief sie laut und wartete kurz, ob von drinnen etwas zu hören war. Dann rief sie abermals den Namen ihres Bruders, worauf die Tür endlich geöffnet wurde.

»Mine? Was ist passiert?«, fragte Gustav erschrocken, als er seine Schwester sah.

»Du wirst doch nicht in den Krieg müssen, nicht wahr? Ich meine, sollte es weitergehen. Also, wenn Hitler Danzig erobern sollte und die Polen klein beigeben und er dann doch noch nicht genug hat, dann wirst du doch trotzdem nicht eingezogen, richtig?«

Gustav sah sie an, als wäre sie nicht ganz zurechnungsfähig. »Komm erst mal rein.«

»Nein! Sag es mir! Sag mir sofort, dass du nicht in den Krieg musst.«

»Aber das kann ich nicht.« Er streckte ihr die Hand entgegen. »Willst du nicht erst mal reinkommen, damit wir uns in Ruhe unterhalten können?«

Wilhelmine konnte nicht verhindern, dass ihre Augen sich mit Tränen füllten. Langsam bewegte sie sich, nahm seine Hand und ließ sich von ihrem Bruder in die Praxis führen.

Sie war schon eine kleine Ewigkeit nicht mehr in der Praxis gewesen, bestimmt schon fast ein Jahr, und da auch nur, weil sie sich während eines Reitausflugs verletzt hatte, als sie über einen quer liegenden Baum gesprungen war und die von der Seite in den Weg ragenden Zweige übersehen hatte, die ihr schmerzhaft ins Gesicht schlugen und einige recht tiefe Schürfwunden in ihrem Gesicht hinterließen. Gustav hatte sie damals behandelt, und wie er versprochen hatte, waren keine Narben zurückgeblieben. Danach war sie nicht mehr hier gewesen, weil Gustav seit geraumer Zeit eigentlich immer so sehr beschäftigt war, dass er ohnehin keine Zeit für seine kleine Schwester gehabt hätte. Dass heute, an einem Freitag, gar kein Patient da war, führte in der Praxis zu einer völlig veränderten Atmosphäre. Fast fand Wilhelmine es ein wenig unheimlich.

»Warum hast du keine Patienten?«, sprach sie ihren Gedanken aus.

»Wahrscheinlich, weil die Leute heute etwas anderes zu tun haben, als mit ihren Wehwehchen hierherzukommen.« Er deutete zu seinem Büro. »Komm, setzen wir uns.«

»Danke.« Wilhelmine ging voran und nahm sogleich auf einem der Stühle Platz.

»Also, was regt dich denn nun so auf?«

»Rede nicht mit mir wie mit einem deiner Patienten!«, wies sie ihn streng zurecht. »Du weißt, was mich aufregt. Ich habe es dir gerade gesagt. Ich will sichergehen, dass du nicht in den Krieg musst.«

»Und darauf bist du während des Reitens gekommen?«

»Ganz genau.«

Gustav hatte sich seiner Schwester gegenüber gesetzt und hob nun verwundert die Augenbrauen. »Entschuldige, wenn ich blöd frage, aber hast du vorhin, als wir die Ansprache Hitlers im Rundfunk gehört haben, wirklich nicht daran gedacht?«

Sie schüttelte den Kopf. »Nein«, sagte sie dann leise, »das habe ich tatsächlich nicht.« Sie senkte den Kopf, weil sie sich gerade unglaublich dumm vorkam. »Irgendwie ist für mich der Krieg und das Reden darüber stets nur damit verbunden gewesen, dass Vater, Wilhelm und auch Heinrich gedient haben.« Sie schüttelte abermals den Kopf, als könnte sie es selbst nicht glauben. »Ich habe nicht eine Sekunde daran gedacht, dass es dich treffen könnte. Bis eben«, fügte sie noch ergänzend hinzu.

»Erst einmal«, sagte Gustav, »sollten wir das Beste hoffen. Vielleicht ist das auch nur ein kurzer Angriff, und in ein paar Tagen ist schon alles wieder vorbei. Zuerst sind jüngere Männer an der Reihe, die ihren Kriegsdienst verrichten, sich freiwillig melden oder zur Reserve gehören. Vielleicht wird das ausreichen.«

»Glaubst du das?«

Gustav zuckte die Schultern. »Frag mich so was nicht, ich habe keine Ahnung. Ich sehe es wie Wilhelm: Hitler ist wahnsinnig. Und solchen Menschen ist erfahrungsgemäß alles zuzutrauen.«

»Was meinst du mit *alles?*«

»Na ja, gestern war es Österreich, das er haben wollte und auch gekriegt hat, heute ist es Polen – und morgen?«, Gustav zuckte erneut mit den Schultern. »Wer weiß das schon?«

»Mir macht das alles schreckliche Angst«, gestand Wilhelmine, und wieder traten ihr Tränen in die Augen.

»Ja, mir auch. Wahrscheinlich den meisten von uns.« Gustav stand auf und trat ans Fenster. »Wir hätten ihn viel früher aufhalten müssen«, sagte er nun. »Die ganzen faulen Kompromisse, die unsere Politiker eingegangen sind, um ihn irgendwie im Zaum zu halten, waren falsch.« Er drehte sich zu Wilhelmine um. »Es ist sinnlos, mit jemandem diskutieren zu wollen, der irrsinnig ist, weil so ein Mensch für Argumente nicht zugänglich ist.« Er drehte sich wieder zum Fenster. »Wenn du mich fragst, will Hitler nicht weniger, als die Welt regieren. Ich glaube nicht einmal, dass er für alle Deutschen Macht und Einfluss will. *Er* will diese Macht, er allein. Er will als Herrscher der Welt angesehen werden und wird nicht ruhen, bis er von jemandem aufgehalten wird.«

»Doch wer sollte das sein, Gustav? Wer würde es wagen, sich ihm in den Weg zu stellen?«

»Wir alle«, antwortete er und sah sie wieder an. »Wir alle, die in Frieden leben wollen und die wir die Grenzen anderer respektvoll akzeptieren.«

»Und wie?«

Gustav kam wieder zu ihr zurück und setzte sich. »Ich weiß es nicht, Mine. Doch ich fürchte mich davor, wie viele ihr Leben verlieren werden, bis es endlich so weit ist und dieser Mensch hoffentlich in ein Gefängnis gesperrt wird und dort verrottet.«

Wilhelmine schlug die Hände vors Gesicht. »Du klingst, als hättest du keine Hoffnung.«

Gustav sah seine kleine Schwester an und strich ihr eine blonde Strähne aus dem Gesicht, die sich aus ihrer Frisur gelöst hatte. »Ich habe Hoffnung, Mine. Immer. Doch das Leid, das dieser Mann schon über uns alle gebracht hat und auch weiterhin bringen wird, ist für mich kaum zu ertragen.«

»Du darfst nicht in den Krieg ziehen, Gustav«, kam sie nun unter Tränen auf das Thema zurück, das sie hergeführt hatte.

»Ich hoffe auch, dass ich das nicht muss. Sicher nicht gleich. Erst einmal sind andere dran. Aber später …« Er ließ den Satz unvollendet.

»Sprich mit Vater. Er hat gute Kontakte und wird gewiss alles tun, damit du nicht eingezogen wirst.«

»So wie ich unseren alten Herrn kenne, zieht er wahrscheinlich ohnehin schon die Fäden, um das zu verhindern.« Er lächelte. »Mach dir also nicht allzu große Sorgen, Mine. Es wird sich alles finden.«

Sie nickte und schnäuzte dann herzhaft in ein Taschentuch, das Gustav ihr reichte. »Was machst du eigentlich hier, wenn du doch gar keine Patienten hast?«

»Ich wollte nur in der Klinik nach dem Rechten sehen. Doch das war unnötig.«

Wilhelmine sah ihn fragend an.

»Als ich ankam, teilte mir Frieda mit, dass alle Patienten gegangen seien, nachdem sie die Ansprache im Rundfunk gehört hatten. Alle wollten nach Hause zu ihren Familien.«

Wilhelmine schlug die Hand vor den Mund. »Aber ging das denn? Ich meine, sie waren ja nicht ohne Grund hier in der Klinik.«

»Es bestand für keinen von ihnen Lebensgefahr, und schließlich ist das hier kein Gefängnis«, erklärte Gustav.

»Willst du dann nicht einfach wieder mit zurückkommen?«, fragte Wilhelmine. »Wenn du doch hier sowieso gerade nichts mehr zu tun hast?«

Gustav überlegte kurz, dann stand er auf und zog auch sie hoch. »Eigentlich hast du recht. Komm, gehen wir heim.«

»Aber erst müssen wir noch beim Stall vorbei und Luzifer dorthin bringen.«

»Sicher«, erklärte sich Gustav einverstanden. »Und nun hör endlich auf, so ein Gesicht zu machen. Ich verspreche dir, dass ich, wenn ich es irgendwie vermeiden kann, nicht in den Krieg ziehen werde. In Ordnung?«

»In Ordnung.« Sie umarmte ihn und hielt ihn einen Moment fest. »Ich könnte es nicht ertragen, wenn dir etwas geschieht.«

»Das, Schwesterchen, ist wirklich nicht besonders wahrscheinlich, und das sage ich nicht, um dich zu beruhigen.«

»Ach nein? Und woher nimmst du die Gewissheit?«

»Ganz einfach. Ich bin Arzt. Solche wie mich schickt man nicht mit einem Gewehr an die Front, sondern mit einem Kittel ins Lazarett.«

Ein kleines Lächeln huschte über Wilhelmines Gesicht. Wieder etwas, worüber sie nicht nachgedacht hatte. Doch es war die beste Nachricht, die sie heute gehört hatte.

6. Kapitel

Ich drohe, die Kontrolle zu verlieren. Das darf ich nicht zulassen.
Clara von Falkenbach

Clara ging in ihrem Schlafzimmer auf und ab, setzte sich auf das Bett und stand sogleich wieder auf. Sie machte die wenigen Schritte bis zum Fenster und sah hinaus. War es wirklich so heiß, oder kam es ihr nur so vor? Das durfte doch alles nicht wahr sein! Wie hatte sie nur so dumm, so naiv sein können und nicht gleich verstanden, was mit ihr los war? Sie öffnete das Fenster, lockerte ihre Bluse. Die Luft, die ihr entgegenströmte, war mindestens genauso warm wie die im Raum, womöglich sogar wärmer. Also schloss sie das Fenster eilig wieder, blieb jedoch dahinter stehen, um nach Gustav Ausschau zu halten.

In einer halben Stunde war es Zeit für das Mittagessen, und es galt als eine Art heiliges Ritual in der Familie von Falkenbach, es stets gemeinsam einzunehmen. Hatte ihr genau dieses geordnete Leben in den drei Jahren, die sie nun schon auf Gut Falkenbach lebte, immer gefallen, erdrückte es sie heute fast, sodass sie glaubte, keine Luft mehr zu bekommen. Sie wollte jetzt nicht mit dem Rest der Familie bei Tisch sitzen. Sie musste los und hatte keine Zeit für so etwas. Vor allem aber würde sie sich kaum beherrschen können und fürchtete, bei Tisch womöglich die Fassung zu verlieren.

Wieder ging sie zum Bett hinüber und setzte sich. Dann ließ sie sich nach hinten fallen und blieb auf dem Rücken liegen. Es durfte einfach nicht sein!

Sie berührte mit der Hand ihren Bauch, zog sie aber rasch wieder weg, ganz so, als könnte sie sich daran verbrennen. Dann setzte sie sich wieder auf und versuchte, ihre Atmung zu beruhigen, weil sie das Gefühl hatte, gleich zu kollabieren.

Noch einmal rechnete sie nach, wann sie ihre letzte Regelblutung gehabt hatte, und versuchte den Zeitpunkt an irgendetwas genau festzumachen. Doch ihr Kopf schien so leer, dass sie einfach keinen klaren Gedanken fassen konnte. Ende Juni hatte sie ihre Periode auf jeden Fall gehabt, da war sie sicher. Da war das Fest in Feldafing gewesen, auf das sie sich so gefreut hatte. Doch dann, als der Abend gekommen war, hatte sie dermaßen starke Unterleibsschmerzen bekommen, dass sie Gustav bat, ohne sie zu gehen. Letzten Endes war er dann auch daheim geblieben, weil er ohne sie keine Lust hatte. Es war ganz zauberhaft gewesen, wie er sich um sie gekümmert und ihr sogar eine Wärmflasche gefüllt hatte, um die Schmerzen ein wenig zu lindern. Ende Juni also. Und danach? Warum nur fiel ihr danach einfach nichts ein? Bestimmt hatte sie ihre Periode auch danach noch gehabt und erinnerte sich jetzt nur nicht daran, versuchte sie sich zu beruhigen. Doch es gelang ihr einfach nicht. Denn seit drei Tagen war ihr morgens stets so übel gewesen, dass sie sich hatte übergeben müssen. Und sonst? Müsste sie nicht noch irgendetwas spüren, wenn sie wirklich in anderen Umständen war? Sie wusste es nicht, hatte nie zuvor eine Schwangerschaft erlebt. Und wenn es nach ihr ging, dann wollte sie das auch nicht. Niemals und auf gar keinen Fall!

Clara war schlicht zum Heulen zumute. Sie hatte doch stets alles getan, um genau das zu vermeiden. Ihre Erinnerungen wanderten zu dem einen Abend, es musste Anfang Juli gewesen sein, als sie und Gustav nach dem Abendessen noch einige Gläser von dem Weißwein getrunken hatten, den Gustav von der Mutter eines kleinen Jungen geschenkt bekommen hatte, den Gustav erfolgreich behandelt hatte. Die Frau konnte nicht bezahlen, was nicht gerade selten vorkam und für Clara ein ewiges Ärgernis bedeutete. Doch Gustav sah das viel weniger eng, und nachdem die Mutter unter vielfachen Entschuldigungen beteuerte, sie würde das Geld später noch bringen und er solle doch zumindest den Wein als Zeichen ihrer Dankbarkeit annehmen, hatte Gustav gesagt, dass dieser gute Tropfen für ihn Honorar genug sei. Er war einfach ein unverbesserlicher Träumer und Idealist.

Clara und Gustav waren darüber in Streit geraten, wie schon so oft in ähnlichen Situationen, weil Clara fand, dass sich ihr Ehemann nur allzu schnell übervorteilen ließ. Doch Gustav hatte nur die Flasche geöffnet, zwei Gläser geholt, ihnen die Liegen auf der Terrasse zusammengestellt und Clara gesagt, dass sie einfach den Moment genießen und den Sternenhimmel betrachten sollten. Erst hatte sie noch gezögert, dann jedoch nachgegeben und ein Glas mit ihm getrunken. Sie trank sonst nie Alkohol, weil sie sich niemals in eine Lage bringen wollte, in der sie womöglich die Kontrolle verlor. Entsprechend wenig vertrug sie. Doch an diesem Abend war das erste Glas kaum geleert, da hatte Gustav auch schon nachgeschenkt, und sie hatte auch das zweite schnell ausgetrunken. Clara erinnerte sich noch, dass sie beim Aufstehen das Gleichgewicht verloren und sich sofort wieder gesetzt hatte. Gustav und sie hatten gelacht und waren dann zusammen nach oben ins Schlafzimmer gewankt, wo sie sich geliebt hatten. Es war herrlich gewesen. Einzig war Clara im Gegensatz zu sonst, wenn sie zusammen waren, nicht gleich danach ins Bad gegangen, um sich zu spülen, sondern war einfach in Gustavs Armen eingeschlafen. Sie war erschrocken, als sie am nächsten Morgen erwachte. Schließlich lag eine solche Fahrlässigkeit nicht in ihrer Natur. Ein paar Tage war sie danach in Sorge gewesen, ob ihr leichtfertiges Verhalten womöglich Folgen haben könnte. Doch irgendwann hatte sie einfach nicht mehr darüber nachgedacht. Schließlich war sie sonst immer vorsichtig, obwohl Gustav natürlich nichts ahnte. Er hatte sogar schon mehr als einmal das Gespräch mit ihr gesucht, weil sie nun schon über vier Jahre verheiratet waren und sich noch kein Nachwuchs angekündigt hatte. Und Gustav wollte Kinder, das hatte er Clara mehr als einmal gesagt und wohl auch angenommen, dass es ihr genauso erging. Wie schlecht ihr Ehemann sie doch kannte!

Aber wahrscheinlich ging er deshalb davon aus, weil es wohl gang und gäbe war, dass eine Frau immer einen Kinderwunsch verspürte. Nun, das mochte für andere gelten. Für Clara jedoch nicht. Sie wollte keine Kinder, auf gar keinen Fall! Das stand für sie schon fest, als sie noch ein junges Mädchen war. Was für eine Mutter wäre wohl jemand wie sie? Gewiss keine gute. Es war nicht so, dass sie Kinder nicht mochte. Beispielsweise Irmas und Leopolds Kinder, Sophia und Charlotte, fand sie einfach zauberhaft, genau wie der kleine Johannes sie entzückte. Doch es war eben etwas anderes, die Kinder anderer Eltern gelegentlich zu beaufsichtigen und mit ihnen zu spielen, als sie lieben zu müssen wie sonst niemand auf der Welt. Doch tatsächlich war sie tief in ihrem Innern davon überzeugt, genau dazu nicht in der Lage zu sein. Sie wäre eine schlechte Mutter wegen all der schrecklichen Erfahrungen, die sie mit ihrer eigenen Mutter gemacht hatte. Nie würde sie ein Kind mit einer solchen Hingabe lieben können, wie beispielsweise Irma es tat. Also wäre es doch ungerecht, einem Kind das Leben zu schenken, wenn man genau wusste, dass man nur versagen konnte.

Und nun das!

Seit ihr das erste Mal bewusst geworden war, dass sie ihre Periode längst hätte bekommen müssen, war sie ein reines Nervenbündel. Sie brachte kaum Essen hinunter, achtete auf jedes Anzeichen ihres Körpers, das ihr verraten könnte, ob sie schwanger war, und rannte ständig zur Toilette, um zu kontrollieren, ob sie nicht endlich ihre Blutung bekommen hatte.

Mit ihrem Mann konnte sie keinesfalls darüber reden, denn er würde sich garantiert unbändig freuen und wahrscheinlich noch am selben Tag ein Kinderzimmer herrichten. Nein, sie musste zu einem anderen Arzt, einem Gynäkologen, allerdings zu so einem, der ihr nicht nur sagen konnte, ob sie in anderen Umständen war, sondern das Kind auch gleich wegmachen könnte, und zwar ohne dass jemand davon erfuhr. Es gab solche Ärzte, das wusste sie. Genau genommen fielen ihr gleich zwei Namen ein, die ausgerechnet Gustav ihr genannt hatte, weil er sich furchtbar über diese Kollegen aufgeregt und gesagt hatte, dass das, was sie taten, Mord sei.

Clara schauderte beim Gedanken daran. Natürlich war so etwas gegen das Gesetz. Und die beiden waren ja nicht einmal Gynäkologen, sondern Allgemeinmediziner. Es handelte sich sicher nur um Gerüchte, sonst wären die beiden bestimmt längst verhaftet worden. Aber Gustav hatte von dem Fall einer Frau gehört, die eine Abtreibung hatte durchführen lassen und daran verstorben war. Allerdings war sie da bereits wieder zwei Tage zu Hause gewesen, und man hatte dem Arzt, bei dem sie gewesen war, weder die Abtreibung nachweisen können noch stand fest, dass sie daran gestorben war. Natürlich graute Clara vor dem, was geschehen konnte. Aber was hatte sie denn für eine Wahl?

Gleich heute Morgen hatte sie nun nach Bernried fahren und Dr. Schellwald – also nicht den Arzt, dem die Patientin gestorben war – aufsuchen wollen. Doch da hatte es bereits geheißen, dass der Führer eine Ansprache halten würde, und die ganze Familie war in heller Aufregung gewesen.

Nun saß sie hier und wartete auf dieses dämliche Mittagessen, obwohl sie ohnehin keinen Bissen hinunterbringen würde. Sie schloss kurz die Augen und atmete tief durch. Dann fasste sie einen Entschluss, verließ das Schlafzimmer und ging auf den Flur, wo sie den Telefonhörer abnahm.

»Grüß Gott, Frau Garnisch, hier ist Clara von Falkenbach. Ist die Eva wohl zu sprechen?«, sagte Clara laut. »Was?«, gab sie dann noch lauter von sich. »Das ist ja furchtbar. Ich mache mich gleich auf den Weg.« Dann legte sie auf, eilte die Treppe hinunter und ging ins Wohnzimmer.

»Dorothea, bitte verzeih, doch ich kann heute nicht beim Mittagessen dabei sein«, kündigte sie ihrer Schwiegermutter an.

»Ist etwas passiert?«, erkundigte sich Dorothea, die mit einer Handarbeit beschäftigt war.

»Meine Freundin Eva ist die Treppe hinuntergestürzt und braucht Hilfe. Ich habe gerade mit ihrer Vermieterin gesprochen.«

Dorothea schlug erschrocken die Hand vor den Mund. »Wie schrecklich! Ist sie schwer verletzt?«

»Ich weiß es nicht genau. Aber ich möchte doch lieber zu ihr.«

»Selbstverständlich. Sag doch Hans Bescheid, er kann dich fahren.«

»Aber nein. Ich fahre rasch mit dem Rad.«

»Wenn aber Eva noch ins Hospital gebracht werden muss, wäre es gut, ein Automobil dabeizuhaben.«

»So schlimm wird es bestimmt nicht sein. Ich fahre jetzt los. Bitte entschuldige nochmals. Bis später.«

»Ja, bis später, Clara.«

Clara eilte hinaus und lief zum Schuppen, in dem zwei Fahrräder standen. Sie wollte auf keinen Fall riskieren, nun doch noch Gustav in die Arme zu laufen. Denn die Geschichte, die sie sich bisher zurechtgelegt hatte, war nicht ganz glaubhaft. Zwar reichte sie für ihre Schwiegermutter aus, doch Gustav war ganz sicher nicht so naiv. Vor allem aber würde er darauf bestehen, sie zu fahren, und dann wäre alles vergebens.

Sie griff sich eines der Räder, prüfte, ob ausreichend Luft in den Reifen war, zog den Riemen ihrer Tasche, in der sich ihr Portemonnaie befand, fester über die Schulter, stieg auf und trat kräftig in die Pedale. Sie trug ein leichtes hellgrünes Sommerkleid, was sie beim Radeln nicht behinderte. Einzig ihre Schuhe waren nicht gerade ideal. Aber das war ihr in diesem Moment einerlei. So rasch sie konnte ließ sie die Zufahrt hinter sich und war erleichtert, als der Weg sich gabelte und sie kurz darauf den Abzweig zur Straße erreichte. Erst jetzt verlangsamte sie etwas, um nicht vollkommen durchgeschwitzt zu sein, wenn sie die Praxis erreichte.

Sie brauchte knappe zwanzig Minuten bis zum Kirchweg, in dem Dr. Schellwald seine Praxis betrieb. Dort stieg sie vom Fahrrad und lehnte es an die Hauswand. Dann sah sie an der Fassade hinauf. Anders als viele Häuser des Ortes war es nicht mit Lüftlmalerei verziert, sondern hatte nur eine schlichte hellgelbe Fassade. Auch das Praxisschild war eher bescheiden, und alles wirkte ein wenig in die Jahre gekommen. Sie fragte sich nun das erste Mal, wie alt Dr. Schellwald wohl sein mochte.

Clara atmete noch einmal tief durch, dann drückte sie die Klinke und war erleichtert, dass die Tür sich öffnen ließ. Im Innern war es recht dunkel. Die trübe Lampe an der Decke vermochte den Gang nicht vernünftig zu beleuchten. Clara ging einfach geradeaus, wo es zu ihrer Erleichterung auch heller wurde, und trat schließlich an einen Empfangstisch, hinter dem ein junges Fräulein, vermutlich jünger als Clara selbst, saß und mit irgendwelchen Unterlagen beschäftigt war.

»Heil Hitler!«, grüßte das Fräulein und sah auf.

»Heil Hitler«, erwiderte Clara. »Ich würde gern mit Dr. Schellwald sprechen.«

»Waren Sie schon einmal bei uns?«

Clara schüttelte den Kopf.

»Dann brauche ich bitte Ihren Namen und Ihre Anschrift.« Die Sprechstundenhilfe schob Clara einen Block und einen Stift zu.

Clara nickte und schrieb Namen und Anschrift auf.

»Gut, Fräulein Spiller«, las die Angestellte nun den Namen ab, den Clara notiert hatte. »Heute ist es sehr ruhig. Sie werden gleich zu Dr. Schellwald vorgelassen. Setzen Sie sich doch noch einen Augenblick.«

»Danke.« Clara ging zu der Sitzecke, auf die die Sprechstundenhilfe gedeutet hatte, während diese aufstand und in einen Nebenraum verschwand. Clara nahm Platz und wartete.

Die Sprechstundenhilfe kam zurück und lächelte ihr kurz zu, bevor sie ihre Arbeit wieder aufnahm. Dann öffnete sich die Tür, und ein Mann, Clara schätzte ihn auf Mitte fünfzig, kam mit ausgestreckter Hand auf sie zu.

»Fräulein Spiller, bitte kommen Sie.«

Clara erhob sich sofort, reichte ihm die Hand und folgte ihm dann in sein Sprechzimmer.

»Bitte nehmen Sie Platz. Was kann ich für Sie tun?«

Clara sah sich kurz um. Die Praxis war, im Vergleich zu der ihres Mannes, eher altmodisch, aber durchaus gepflegt. Zumindest hatte sie kein schlechtes Gefühl dort, was ihre Nervosität ein wenig milderte.

»Ich … nun ja, ich habe den Verdacht, womöglich in anderen Umständen zu sein«, stieß sie hervor.

»Wie erfreulich«, sagte der Arzt. »Oder etwa nicht?«

»Ich bin ledig«, log sie. »Aus diesem Grund …« Sie brach ab.

»Ich verstehe. Nun, ich bin Allgemeinmediziner und kein Gynäkologe. Ganz abgesehen davon, kann man da gar nichts machen. Wenn Sie mit einem Kind gesegnet sind, sollten Sie dem Herrn dankbar dafür sein. Sie sollten mit dem Vater des Kindes sprechen und ihn bitten, Sie zu heiraten, Fräulein Spiller.«

Clara atmete laut vernehmlich aus. »Das will ich aber nicht. Ich habe mich leichtfertig benommen, doch ich möchte meinen Fehler wiedergutmachen. Keinesfalls kann ich ein Kind zur Welt bringen.«

»Wie gesagt, ich kann Ihnen da leider nicht helfen. Ich habe nicht einmal die Möglichkeit festzustellen, ob Sie schwanger sind.«

Clara sah ihn eindringlich an. »Aber ich habe gehört, dass Sie …«

»*Was* haben Sie gehört?« Er hob die Augenbrauen.

»Nun, dass Sie helfen können.«

»Ich verstehe sehr wohl, was Sie meinen, Fräulein. Doch was auch immer Sie gehört haben, es entspricht nicht der Wahrheit.«

Clara wusste nicht, was sie darauf sagen sollte. Verzweiflung stieg in ihr auf, weil sie befürchtete, dass der Arzt jeden Moment aufstehen und sie zum Gehen auffordern könnte.

»Können Sie mir nicht doch irgendwie helfen?« Ihr traten Tränen in die Augen.

Er sah sie eindringlich an. »Sie wissen doch, dass das, worum Sie mich bitten wollen, verboten ist.«

Clara senkte den Kopf und nickte.

»Woher haben Sie überhaupt die Information, dass ich in solchen Fällen helfen kann?«

»Von einer Freundin«, log sie ein weiteres Mal.

»Und wie heißt die Freundin?«

»Maria.« Es war der erste Name, der ihr einfiel, in der Hoffnung, dass eine Frau dieses Namens, der hier in der Gegend überaus verbreitet war, sich schon einmal hilfesuchend an ihn gewendet hätte.

»Maria und weiter?«

»Maria Mayr.« Es klang wie eine Frage.

»Nun, ich kenne keine Maria Mayr«, stellte Dr. Schellwald fest und stand dann auf.

»Vielleicht hat sie einen falschen Namen benutzt«, sagte Clara schnell.

»Sie meinen, so wie Sie, Frau von Falkenbach?« Er stand noch immer und sah nun zu ihr herab.

Clara zuckte erschrocken zusammen.

»Sie dachten also wirklich, ich wüsste nicht, wer Sie sind? Ihr Ehemann hält sich doch offensichtlich für die höchste moralische Instanz in ganz Bernried.«

Clara schluckte schwer. »Ich kann mir vorstellen, was Sie vermuten, doch so ist es nicht«, sagte sie verzweifelt.

»Ach, und was vermute ich?«

»Wahrscheinlich halten Sie das für eine Falle oder irgendetwas in der Art. Aber das stimmt nicht.« Sie legte die Hand auf den Bauch. »Ich … ich befürchte wirklich, schwanger zu sein. Doch ich will kein Kind.« Sie brach in Tränen aus.

Dr. Schellwald sah sie prüfend an, dann setzte er sich wieder.

»Nur aus dem Grund habe ich auch den Namen einer Freundin genannt. Ich wollte nicht zugeben, wer ich bin, um nicht erklären zu müssen, weshalb eine verheiratete Frau kein Kind bekommen will.«

»Mal angenommen, ich glaube Ihnen«, sagte der Arzt. »Weshalb sind Sie zu mir gekommen?«

»Können Sie sich das nicht denken? Weil mein Mann wegen der Art, wie Sie Frauen helfen, schlecht über Sie spricht.«

»Das klingt für mich tatsächlich ehrlich.«

»Ich lüge nicht, also: nicht mehr«, stellte sie richtig. »Mein Mann will Kinder, doch ich nicht.«

»Und weshalb nicht?«

Sie presste die Lippen zusammen und senkte den Blick. »Weil ich keine gute Mutter wäre.« Sie sah wieder auf, die Tränen liefen ihr über die Wangen. »Es … es ist wegen meiner eigenen Kindheit.« Sie schüttelte den Kopf. »Ich möchte es nicht. Ich möchte es wirklich nicht.«

»Mhm«, machte er.

»Ich versuche nicht, Sie in eine Falle zu locken, Herr Dr. Schellwald. Wenn mein Mann wüsste, dass ich mich an Sie wende …« Sie ließ den Satz unvollendet.

»Dann was?«

»Dann würde er mich hinauswerfen und sich von mir scheiden lassen«, antwortete Clara und war selbst überrascht, weil ihr die Folge ihres Handelns vielleicht erst in diesem Augenblick wirklich bewusst wurde.

»Ich bedauere, Ihnen trotzdem nicht helfen zu können«, sagte er.

»Aber warum denn nicht?«

»Weil ich für niemanden mehr meinen Hals riskiere.«

Zunächst wusste sie nicht, wie sie reagieren sollte. Dann fragte sie: »Aber können Sie in mir nicht nur die Patientin sehen, die Ihrer Hilfe bedarf?« Clara sah ihn flehend an.

»Würden wir in anderen Zeiten leben, vielleicht«, antwortete er nachdenklich. »Doch wissen Sie, ich kann ja nicht einmal mehr den Schwangerschaftstest so durchführen, wie ich es möchte, ohne zum Kollaborateur zu werden.«

»Wie meinen Sie das?«, fragte Clara, die nicht die geringste Ahnung hatte, worauf der Arzt hinauswollte.

»Nun, Ihr Ehemann ist selbst Mediziner. Arbeiten Sie in seiner Praxis mit?«

»Gelegentlich«, gab Clara zögernd Auskunft. »Aber eigentlich nur beim Abstimmen der Termine und beim Empfang der Patienten.«

»Ich verstehe. Sagen Ihnen die Namen Selmar Aschheim und Bernhard Zondek etwas?«

»Offen gestanden, nein«, erwiderte Clara.

»Nun, sie sind Forscher, die einen Test für den sicheren Nachweis einer Schwangerschaft entwickelt haben.«

»Aber das ist doch gut, oder?«, antwortete Clara zögerlich.

»Grundsätzlich ja, mit einem kleinen Beigeschmack: Sie sind Juden.«

»Oh«, sagte Clara nur.

»Ja, oh. Und aus diesem Grund darf ich den in meinen Augen hervorragenden Test, den diese fähigen Kollegen am Universitätsfrauenklinikum der Charité in Berlin entwickelt haben, nicht anwenden.« Die Wut über das, was er ihr berichtete, stand dem Arzt ins Gesicht geschrieben.

»Und wie finden Sie dann heraus, ob eine Schwangerschaft vorliegt?«, fragte Clara nun.

»Sehr einfach: gar nicht.« Er sah sie an. »Denn ohne diese Wissenschaftler und deren Erkenntnisse entwickeln wir uns nur in eine einzige Richtung, und zwar rückwärts! Und jemand wie Ihr Ehemann trägt mit seinen überholten Ansichten dazu bei.«

»Wie können Sie so etwas behaupten?«, empörte sich Clara. »Sie kennen Gustav nicht. Er ist nun wirklich alles andere als das, was Sie ihm vorwerfen.«

»Das mag wohl sein. Doch rückständiges Denken führt, wie ich bereits sagte, in nur eine Richtung, nämlich rückwärts. Wir sind weiter von einer Selbstbestimmung der Frau und ihres Körpers entfernt als je zuvor. Und ohne Demokratie und entsprechendes Handeln wird es auch nie anders sein. Also, ob Sie es nun wahrhaben wollen oder nicht: Weil es Mediziner wie Ihren Ehemann gibt, die keine Diskussion zulassen und bei denen man fürchten muss, dass sie einem jederzeit die Gestapo in die Praxis schicken könnten, versagen Ärzte wie ich lieber einen Dienst, als sich selbst und die eigene Familie zu gefährden.« Wieder erhob er sich und sah auf sie herab. »Ich denke, ich habe meinen Standpunkt deutlich gemacht.«

Clara presste erneut die Lippen zusammen. Dann stand sie ebenfalls auf und reichte ihm die Hand. »Mein Mann mag Mediziner wie Sie verurteilen«, sagte sie dann. »Doch Sie vertreten Ihre wahren Grundsätze nicht, indem Sie diejenigen bestrafen, die genau wie Sie in einem System leben, dessen Änderung Sie nicht herbeiführen können.« Sie nickte ihm zu und verabschiedete sich von ihm. »Leben Sie wohl, Herr Dr. Schellwald. Ich wünsche einen guten Tag und verlasse mich darauf, dass die Vertraulichkeit unserer Unterhaltung gewahrt wird.« Damit verließ sie seine Praxis. Sie hatte Tränen in den Augen, sodass sie das vertraute Gesicht des Mannes gar nicht bemerkte, der von schräg gegenüber genau beobachtete, wie sie aus dem Gebäude kam, und eilig den Arm, den er zum Gruß gehoben hatte, wieder zurückzog, als er sah, dass sie weinte.

Clara stieg auf ihr Fahrrad und schlug den Weg zum Gut Falkenbach ein, ohne zu wissen, was sie nun tun sollte. Den anderen Arzt, diesen Dr. Vogl, aufsuchen, von dem Gustav behauptet hatte, dass seine Patientin nach dem Eingriff gestorben sei? Nein, dazu konnte sie sich jetzt nicht durchringen. Doch sie wusste, dass sie die Entscheidung nicht allzu lange würde aufschieben können, bis ihr Mann bemerkte, was mit ihr los war. Und dann, das war sicher, war es zu spät.

7. Kapitel

Noch weiß ich nicht, wie ich damit umgehen soll. Doch es muss einen Weg geben, wie ich dem entgehen kann. Über alles andere darf ich nicht einmal nachdenken.

Leopold Lehmann

Leopold senkte rasch den Arm wieder, den er schon zum Gruß erhoben hatte, als er den aufgelösten Zustand erkannte, in dem Clara sich befand, als sie die Praxis verließ, die ihm nur allzu gut bekannt war. Er hatte Gustavs Frau einfach grüßen und ihr anbieten wollen, sie in seinem, oder besser gesagt: in dem Auto seines Vaters, mit dem er in Bernried war, zurück nach Gut Falkenbach mitzunehmen. Doch von diesem Gedanken nahm er Abstand, als er etwas genauer hinsah.

Er wusste genau, wer Dr. Schellwald war, wie vielleicht auch viele andere, die schon einmal in seiner Situation und froh gewesen waren, dass es einen Mediziner gab, der einem auch mal aus der Klemme half. Er hatte dem Arzt eine hübsche Stange Geld dafür bezahlt, dass das Kind, das er mit Traudl gezeugt hatte, die als Bardame in dem einzigen Etablissement Bernrieds arbeitete, in das man als Mann gehen wollte, nicht das Licht der Welt erblickte. Es hatte ihn seinerzeit nicht allzu viel Überredungskunst gekostet, schließlich wollte Traudl das Balg ebenso wenig wie er. Neben den Kosten für Dr. Schellwald hatte er noch ein kleines Geldbündel direkt in Traudls Tasche wandern lassen, und schon war das Thema geklärt. Genau genommen konnte er nicht einmal sicher sein, dass er überhaupt für die Schwangerschaft verantwortlich gewesen war, schließlich war Traudl kein Kind von Traurigkeit. Aber er hatte es lieber nicht drauf ankommen lassen wollen, dass sie das Kind kriegte und es bei seinem Pech womöglich genauso aussah wie er, sodass ein Abstreiten sinnlos wäre. Nein, noch so eine Sache hätte Irma ihm nicht durchgehen lassen, und er wollte nicht riskieren, dass seine fragile Ehe abermals litt. Er hatte sich geändert, zumindest gab er sich wirklich Mühe, sich zu bessern. Da konnte er es nicht gebrauchen, dass so ein längst vergangener Ausrutscher alles ruinierte.

Doch was machte eigentlich Clara bei diesem Arzt?

Er sah zu Boden und zog sich den Hut ins Gesicht, als Clara nun auf ihr Fahrrad stieg und in Richtung Ortsausgang davonradelte. Erst als sie schon fast außer Sichtweite war, richtete Leopold sich wieder auf. Was hatte das zu bedeuten? Die einzig logische Erklärung war, dass Clara in anderen Umständen, doch Gustav womöglich nicht der Vater des Kindes war. Leopold grinste. Diese kleine Schlampe. Das hätte er ihr gar nicht zugetraut. Fast konnte ihm Gustav leidtun. Er verstand es offenbar bis heute nicht, eine Frau wirklich an sich zu binden. Irma hatte er damals an ihn, Leopold, verloren, obwohl die beiden verlobt gewesen waren. Und nun vergnügte sich seine Ehefrau anderweitig, wie es schien, während er seine Zeit in der Arztpraxis verbrachte. Gustav war ein solcher Schwächling geworden. Was hatte Gustav sich immer schlau gefühlt, als sie noch Kinder gewesen waren. Immer hatte Leopold das Gefühl gehabt, sich anstrengen zu müssen, um mit Gustav mithalten zu können.

Immerzu Gustavs kluges Gerede und diese herablassende Art, die Leopold bis aufs Blut gereizt hatte. Dabei hätte er gar nicht erklären können, was genau es gewesen war. Es war wie ein Wettkampf, zumindest von Leopolds Seite aus. Vielleicht weil Gustav schon mit dem silbernen Löffel im Mund geboren wurde, während er selbst noch die harten Zeiten, als sein Vater im Krieg war und seine Mutter und Käthe sich sowohl um die Fabriken als auch um die Kinder hatten kümmern müssen, erlebt hatte.

Es graute ihn, wenn er daran zurückdachte. Und heute Morgen, als die Nachricht im Rundfunk übertragen worden war, dass Hitler Polen den Krieg erklärt hatte, war für einen kurzen Moment lang so etwas wie Panik in ihm aufgestiegen. Er hatte die schlimmsten Erinnerungen an die Zeit, in der sein Vater nicht da gewesen war, um ihn zu beschützen. Doch er hatte den Gedanken mit aller Macht verdrängt. Er war kein kleiner Junge mehr, sondern ein erwachsener Mann, und er brauchte niemanden, der ihn behütete. Er konnte auf sich selbst aufpassen und würde auch nicht zögern, einem Menschen das Leben zu nehmen, sollte es hart auf hart kommen. Und dabei dachte er zu seiner eigenen Überraschung als Erstes an seine beiden Töchter Sophia und Charlotte. Auch wenn er sonst gewiss alles andere als ein guter Ehemann und Vater war, war ihm am heutigen Morgen bewusst geworden, dass er alles tun würde, um seine Kinder zu beschützen. Er würde nicht zulassen, dass einer seiner Töchter womöglich das Gleiche widerfuhr wie ihm damals. Er würde jeden töten, der sich den Mädchen näherte, und das unerwartete Gefühl, doch so tief zu empfinden, verblüffte ihn selbst.

So gern Leopold sich auch als großen Macher sah, bildete er sich dennoch nicht ein, ein guter Mensch zu sein. Es lag einfach nicht in seiner Natur. Er konnte das Denken und Handeln anderer einfach nicht verstehen. Es war schließlich sein Leben, also sollte er doch der wichtigste Mensch für sich selbst sein, oder nicht? Doch nun, bei der Ankündigung des Krieges und der Folgen, die er womöglich haben würde, hatte ein Umdenken bei ihm stattgefunden. Nicht, weil er es für seine Pflicht hielt, sondern weil er das Gefühl hatte, dass Irma womöglich nicht stark genug wäre, die Mädchen zu beschützen. Die beiden waren sein eigen Fleisch und Blut, und was immer sie später über ihren Vater denken mochten: Sie sollten nicht sagen können, dass er sie, als es wirklich darauf ankam, im Stich gelassen hätte. Allerdings musste er auf jeden Fall einen Weg finden, dass er nicht an die Front einberufen wurde, sondern auf Gut Falkenbach bleiben konnte.

Das Einfachste wäre, wenn sein Vater ihm die Fabrik komplett übertragen und sich so weit aus dem Geschäft zurückziehen würde, dass ein Einsatz Leopolds an der Front für die Nazis mehr Schaden als Nutzen darstellte. Schließlich war er bis auf ein paar Prügeleien kein besonders geübter Kämpfer, und auch eine Waffe hatte er bisher nur ein paar Mal in der Hand gehabt, wenn auf Gut Falkenbach eine Jagd stattfand und er sich angeschlossen hatte. Aber das war sehr selten der Fall gewesen, weil er es langweilig und sinnfrei fand, das Gewehr anzulegen und Tiere abzuknallen.

Insofern war er wohl das, was man gemeinhin Kanonenfutter nannte, doch es war ganz sicher nicht akzeptabel für ihn, auch als solches zu enden. Nein, er würde mit seinem Vater und vor allem auch mit Paul-Friedrich sprechen, denn gerade der hatte doch immer schon einen guten Plan parat, wenn alle anderen noch kopflos durch die Gegend rannten.

Er nahm das Geld, das er soeben von der Bank abgehoben hatte, und kehrte zurück zu dem Horch 850 seines Vaters, stieg ein und machte sich auf den Rückweg. Sein Vater hatte ihn angewiesen, die Wechsel, die sie von der Regierung für die Waffenherstellung ausgestellt bekommen hatten, sogleich zur Bank zu bringen und einzulösen. Zunächst hatte Leopold nicht verstanden, weshalb ein Grund zur Eile bestehen sollte, und das Verhalten seines Vaters als übertrieben abgetan. Als er dann jedoch zur Bank gekommen war und sah, dass sich dort vor den Schaltern bereits eine lange Menschenschlange gebildet hatte, hatte er erkannt, dass sein alter Herr durchaus recht haben mochte mit seiner Besorgnis. Die Bankangestellte hatte, als sie die Summe sah, die zur Auszahlung stehen sollte, geschluckt, sich entschuldigt und war nach hinten gegangen. Dann war Herr Klüpper, der Geschäftsführer, gekommen, hatte ihn begrüßt und zu sich in sein Büro gebeten. Dort hatte er Leopold offenbart, dass die *kurzzeitige Krise in Polen,* wie er es ausgedrückt hatte, der Bank gewisse Schwierigkeiten bereite, denn nun wollten zu viele Menschen auf einmal Geld abheben, was die Bank hier in Bernried, die nur eine kleine Filiale war, in arge Bedrängnis brachte. Also fragte er Leopold, ob es möglich wäre, ihm nicht die volle Summe auszuzahlen, sondern damit noch bis nächste Woche zu warten, da ja davon auszugehen sei, dass sich die Lage dann bereits wieder erholt haben dürfte. Schließlich konnte es sich ja nur um Tage handeln, da die Polen rasch einsehen würden, dass Hitler in der weit besseren Position war und es keinen Sinn hatte, den Widerstand aufrechtzuerhalten. Der Führer wollte doch lediglich den Korridor nebst Danzig zurückerobern, wie er gesagt hatte, und bei der Streitmacht, die ihm zur Verfügung stand, würde er innerhalb weniger Tage, womöglich sogar nur innerhalb von Stunden sein Ziel erreichen. Leopold hatte die Bitte des Bankangestellten rundweg abgelehnt und auch gleich darauf hingewiesen, dass er der Behörde, die den Wechsel ausgestellt hatte, mitteilen müsste, dass er seine Produktion herunterfahren und womöglich einstellen werde, wenn die Zahlung nicht erfolge. Darauf war der Mann kreidebleich geworden, hatte sich entschuldigt und war kurz darauf mit der gesamten Summe in gebündelten

Scheinen zurückgekommen. Woher er das Geld genommen hatte, wusste Leopold nicht. Doch es war ihm auch egal. Er hatte sogleich eines der Geldbündel in der Innentasche seines Jacketts verschwinden lassen und die anderen in den Koffer sortiert, den er bei sich hatte. Ganz gleich, ob es nur wenige Tage oder womöglich doch Wochen dauerte, die Hitler in Polen wütete – die Familie Lehmann hätte genug Geld zur Verfügung. Und das war Leopold in diesem Moment das Wichtigste.

Auf dem Rückweg hielt Leopold immer mal wieder nach Clara Ausschau. Doch wahrscheinlich hatte sie die kleinen Wege abseits der Hauptstraße benutzt, um auf das Gut zurückzukehren. Kurz überlegte er, ob er aus seiner Beobachtung einen irgendwie gearteten Nutzen ziehen konnte. Noch fiel ihm keiner ein, doch er kannte sich gut genug, um zu wissen, dass ihm vermutlich schon bald eine Idee kommen würde.

Er bog von der Hauptstraße nach links in Richtung Zufahrt des Gutes Falkenbach, dann an der Gabelung wieder rechts, sodass er das Gutshaus links von sich ließ, und hielt auf das Privathaus seiner Familie zu. Dort stellte er den Horch direkt vor der Tür ab, betrat das Haus und rief: »Ich bin zurück!«

»Im Wohnzimmer«, hörte er die Stimme seines Vaters, dem schon bei den zwei Worten anzuhören war, welche Laune er hatte.

Leopold betrat den Raum, wo außer Wilhelm, der in seinem Sessel am Fenster saß, niemand war. Die Zeitung lag unberührt auf dem kleinen Tisch neben ihm. Normalerweise las sein Vater sie immer gleich zu Beginn des Tages, und nun war es schon Mittag. Doch offenbar hatte ihm die Rundfunkansprache gereicht, um sich so aufzuregen, wie er es normalerweise beim Lesen der Zeitung tat.

»Hast du alles bekommen?«, fragte sein Vater, kaum dass Leopold eingetreten war.

»Hab ich.« Er deutete auf den Koffer. »Doch du hattest recht, es war gut, das Geld gleich heute zu holen. So voll wie heute habe ich die Bank noch nie gesehen, und Klüpper hat darum gebeten, ob er nur einen Teil des Wechsels auszahlen könnte und den Rest dann nächste Woche.«

»Du hast hoffentlich abgelehnt?«, fragte Wilhelm grimmig und zog die Stirn in Falten.

Leopold hob den Koffer an. »Wie ich bereits sagte: Ich habe alles bekommen.«

»Gut«, befand Wilhelm unwirsch. »Wenn sie die Summen nicht auszahlen wollen, sollte die Bank keine Geschäfte mit den Nazis machen und deren Wechselstellungen akzeptieren«, fügte er hinzu.

»Ich hätte etwas mit dir zu besprechen«, kündigte Leopold an.

»Mit mir allein, oder reicht es beim Essen?«

»Mit dir allein.«

»Nun gut. Dann setz dich.«

Leopold nahm in dem anderen Sessel Platz, sodass sie nur durch den kleinen Tisch mit der Zeitung voneinander getrennt waren.

»Ich weiß nicht, wie ich anfangen soll«, begann Leopold. »Am besten ist also, ich spreche es offen aus: Ich möchte dich bitten, mir die Firmenleitung komplett zu übertragen.«

»Um der Einberufung an die Front zu entgehen?«, fragte Wilhelm sofort.

Leopold zögerte, dann nickte er.

»Das sehe ich genauso«, stimmte ihm Wilhelm zu. »Dieser Schwachkopf von einem Führer stürzt genug Menschen ins Unglück und führt Soldaten in den sicheren Tod. Mein Sohn wird gewiss nicht darunter sein.«

Leopold war erleichtert. Er hatte sich auf ein schwieriges Gespräch mit seinem Vater eingestellt, ja sogar mit einer klaren

Zurückweisung; hatte Leopold sich in der Vergangenheit doch alles andere als loyal gezeigt und war die meiste Zeit – wenn nicht sogar immer – nur auf seinen eigenen Vorteil bedacht gewesen.

»Danke«, sagte er nun.

Wilhelm nickte. »Ich hoffe nur, dass das reichen wird.«

»Was meinst du damit?«

»Nun ja, wir hatten auch Fabriken seinerzeit, 1914. Doch das hat die damalige Führung nicht interessiert. Wir wurden eingezogen, ob wir wollten oder nicht, und die Frauen konnten zusehen, wie sie euch Kinder versorgten, die Fabriken führten und auch noch die Arbeiter, die an die Front mussten, durch andere Frauen ersetzten. Sie waren es, die eigentlich die Fabrik am Laufen gehalten haben.« Er zog die Stirn in Falten. »Ein Krieg richtet sich so sehr gegen ein bestehendes, funktionierendes System, dass es die Lage stets unberechenbar macht. Meine einzige Hoffnung ist daran geknüpft, dass wir nun Waffen herstellen und der reibungslose Ablauf hier in deren eigenem Interesse gewährleistet bleiben muss.« Er gab einen verächtlichen Laut von sich. »Von daher muss ich dir wohl sogar dafür danken, dass du mich damals hintergangen und die Verträge mit der Behörde geschlossen hast. Nun sind wir wichtig, während die Herstellung von Töpfen und Pfannen vernachlässigbar gewesen wäre.«

Leopold wusste nicht recht, was er dazu sagen sollte. Eigentlich hätte er die Worte des Vaters als eine Art Lob auffassen können, hatte er damit doch anerkannt, dass Leopolds Weg der richtige gewesen war. Doch die Bitterkeit, von seinem eigenen Sohn betrogen worden zu sein, sprach ebenso aus ihm. Und tatsächlich empfand Leopold inzwischen so etwas wie Reue. Nicht wegen der Waffenproduktion, sondern weil er seinen Vater so schlecht behandelt hatte, als der, von seinem Schlaganfall niedergestreckt, sich nicht hatte wehren können. Er wusste selbst nicht mehr, warum er sich so schändlich benommen hatte. Heute, so glaubte er, würde er sich anders verhalten.

»Noch einmal würde ich dich nicht hintergehen«, stellte Leopold fest, worauf sein Vater aufblickte.

»Ach nein?« Wilhelm hob die Augenbrauen. »Und da bist du dir sicher?«

»Ja«, sagte Leopold. »Ich will dir hier gar nicht vormachen, dass ich vom Saulus zum Paulus geworden bin.«

»Das würde ich dir auch gar nicht abnehmen.«

»Doch auch mich hat die letzte Zeit geprägt«, fuhr Leopold fort. »Ich weiß, dass du mir nicht vertraust und alles genau so zugeschnitten hast, dass du die Kontrolle hast und nicht ich, und …«, er zögerte und zuckte die Achseln, »na ja, dass ich eben nicht allzu viel Schaden anrichten kann.«

Wilhelm blickte ihn an, kurz zuckte ein Mundwinkel.

»Ich habe mich wie ein Schwein aufgeführt, Vater. Und ich versuche gar nicht mehr, eine Entschuldigung dafür zu finden. Doch du, Irma und auch Mutter habt mir noch eine Chance gegeben. Und ich habe längst erkannt, dass ich nicht weiterkomme, wenn ich gegen euch arbeite.«

»Hört, hört. Und das aus deinem Mund.«

»Ganz recht.« Leopold nahm den Stift, der neben der Zeitung lag, und drehte ihn zwischen den Fingern. »Ich weiß nicht, warum ich mich so verhalten habe. Wahrscheinlich bin ich einfach von Grund auf schlecht.« Er wartete, ob der Vater ihm widersprach. Doch Wilhelm sagte nichts.

»Doch ich habe nicht mehr vor«, sprach er weiter, »das, was schlecht in mir ist, gegen euch einzusetzen.« Er drehte den Stift weiter zwischen den Fingern und hielt den Blick starr darauf gerichtet. Dann sah er wieder seinen Vater an. »Ich glaube, das, was uns allen jetzt blüht, können wir nur überstehen, wenn wir zusammenhalten und uns darauf konzentrieren, dass der Gegner nicht in unseren Reihen zu finden ist.«

»Rede weiter«, forderte Wilhelm und sah ihn interessiert an.

»Auch wenn viele es zu glauben scheinen, denke ich nicht, dass dieser Krieg in ein paar Tagen vorbei ist und wir dann wieder unser gewohntes Leben weiterführen können. Wir sollten uns darauf vorbereiten, dass es dauern wird.«

Wilhelm beugte sich zu ihm und berührte kurz Leopolds Arm. »Ich fürchte, dass du mit deinen Überlegungen richtigliegst.«

Leopold legte den Stift weg und sah seinen Vater an. »Vielleicht wäre es klug, heimlich ein paar fertige Gewehre aus der Fabrik mit nach Hause zu nehmen und sie hier zu verstecken. Denn wer weiß schon, was passiert, wenn Polen zurückschlägt?«

Wilhelm nickte. »Ich habe noch nicht darüber nachgedacht, aber ich glaube, schaden kann es nicht. Und nicht nur hier, sondern auch drüben bei Heinrich«, er räusperte sich, »also, bei Käthe meine ich natürlich, und auch im Gutshaus.«

Leopold nickte. »Ich werde nicht zulassen, dass Sophia und Charlotte etwas geschieht«, sagte er nun. »Und auch euch nicht.« Er bemerkte selbst, dass er seine Ehefrau aus der Aufzählung herausgelassen hatte, wollte seine Worte jedoch nicht korrigieren. Denn das, was er eben gesagt hatte, war aus tiefster Überzeugung aus ihm herausgesprudelt. Irma fand für ihn in dieser Aufzählung keinen Platz.

Er wusste nicht, ob sein Vater es bemerkt hatte. Zumindest ging er nicht darauf ein.

»Ich werde mich morgen mit Paul-Friedrich treffen und alles besprechen. Noch habe ich die Hoffnung, dass jemand so schlau ist und Hitler eine Kugel verpasst, damit dieser Irrsinn ein Ende findet.«

»In unser aller Interesse wäre es gut, wenn du deine Ansichten nicht in Gegenwart anderer offen aussprichst«, warnte Leopold.

»Ich weiß, mein Sohn.« Er deutete auf die kleine Nadel an seinem Revers, die ihn als Parteimitglied auswies. »Auch wenn ich in deinen Augen ein Hitzkopf sein mag, bin ich mir sehr genau darüber im Klaren, was ich laut äußern darf und was nicht.«

Leopold nickte. Er wusste nicht, wann er zuletzt ein so gutes, offenes Gespräch mit seinem Vater geführt hatte.

»Wenn ich etwas tun kann, lass es mich wissen«, bat Leopold. »Auch wenn bei dem Gespräch mit Paul-Friedrich herauskommt, dass ihr etwas von mir erledigt haben möchtet.«

»Danke, mein Sohn«, sagte Wilhelm, als Leopold nun aufstand und ihm den Geldkoffer übergab. Er reichte dem Vater die Hand, die dieser kurz ergriff. »Ich bin stolz auf dich und den Weg, den du einzuschlagen scheinst«, bemerkte Wilhelm, worauf Leopold ein kurzes Lächeln erkennen ließ. »Danke, Vater. Bis später.«

Er machte kehrt und verließ das Wohnzimmer. Auf dem Flur traf er seine Mutter.

»Leopold?« Sie sah ihn forschend an. »Alles in Ordnung? Was machst du um diese Zeit hier? Ist etwas in der Fabrik geschehen?«

»Nein. Vater hatte mich gebeten, zur Bank zu fahren und den Wechsel einzulösen.« Er deutete mit dem Kopf zum Wohnzimmer. »Ich habe nur das Geld hergebracht und gehe noch kurz rauf zu Irma und den Mädchen, bevor ich wieder in die Fabrik fahre.«

»Die drei sind nicht oben«, informierte ihn seine Mutter. »Irma ist mit den Mädchen zum Schwimmen gegangen.«

»Zum Schwimmen? Aber Charlotte ist doch erst drei Jahre alt und Sophia vier. Wie sollen sie da schon schwimmen lernen?«

»Deine Frau weiß schon, was sie tut. Und je früher, desto besser, wenn du mich fragst. Schließlich ist der See nicht weit von hier entfernt. Da ist es nur klug von Irma, es ihnen so früh wie möglich beizubringen.«

Leopold wollte etwas dagegenhalten, doch er hielt sich zurück. Irmas und sein Verhältnis mochte nicht gerade von übermäßiger Liebe füreinander geprägt sein. Doch was die Kinder anging, konnte man seiner Ehefrau gewiss nichts nachsagen. Sie war Tag und Nacht für die beiden da, wenn es sein musste. Wäre da nicht Anita, das Kindermädchen, die Irma die Kinder regelmäßig abnahm, würde sie sich durchgehend nur um die beiden kümmern.

»Und Anita ist auch mit dabei«, fügte seine Mutter hinzu. »Willst du noch etwas essen, bevor du wieder in die Fabrik gehst?«

»Nein.« Leopold schüttelte den Kopf. »Ich habe noch meine Brote und esse gleich dort etwas, wenn ich zurück bin.« Er beugte sich vor und gab seiner Mutter einen Kuss auf die Wange – wie zuletzt als kleiner Junge. »Wir essen wie immer heute Abend zusammen«, erklärte er dann.

Else sah ihn an und legte ihre Hand an seine Wange. »Ist alles in Ordnung, Leopold?«, erkundigte sie sich besorgt.

»Aber ja, Mutter. Ich mache mir wohl nur wie jeder im Land Sorgen, wie das alles weitergehen wird.«

»Ja, ich auch«, gab sie zu und verzog den Mund.

Leopold zögerte, dann machte er einen Schritt vor und nahm seine Mutter in den Arm. Wie lange es her war, dass er das getan hatte, wusste er nicht einmal mehr. War sie schmaler geworden? Zumindest kam es ihm so vor. Er hörte ein leises Schluchzen. Als er sich von ihr löste, sah er, dass sich ihre Augen mit Tränen gefüllt hatten.

»Ach, mein Leopold«, schluchzte sie und berührte abermals seine Wange. »Es wird schon alles gut werden, nicht wahr?«

»Ja, Mutter, das wird es.« Er nickte ihr zu. »Sorg dich nicht.«

Sie lächelte, konnte aber nicht verhindern, dass nun die Tränen über ihre Wangen liefen. Leopold zog sein Stofftaschentuch hervor und reichte es ihr. Dann verabschiedete er sich eilig und ging hinaus. Draußen atmete er tief durch, weil er spürte, wie sehr ihn der verletzliche Anblick seiner Mutter mitgenommen hatte. Er hasste dieses Gefühl der Hilflosigkeit, das nun in ihm aufstieg. Vielleicht hatte er deshalb sonst nur Spott, Hohn und Verachtung für das Leid anderer übriggehabt. Er konnte wesentlich besser damit umgehen, ein Widerling zu sein, als sich wehrlos dem gegenüber zu fühlen, was er nicht ändern konnte.

Er stieg in den Horch, obwohl er sonst immer zu Fuß zur Fabrik ging, ließ ihn an und trat das Gaspedal durch. Wie ein Wahnsinniger raste er den Weg entlang und krallte seine Hände um das Lenkrad, als könnte er so der ohnmächtigen Verzweiflung entfliehen.

8. Kapitel

Eine gute Mutter zu sein, verlangt mir alles ab.

Irma Lehmann

Irma sah auf, weil sie glaubte, ein Motorengeräusch gehört zu haben. Doch sie konnte aus ihrer Position im See heraus kein Fahrzeug ausmachen.

»Also, Sophia, noch einmal. Aber nicht wieder springen. Du setzt dich an die Kante des Stegs und stößt dich ab. Versuch dann so zu mir hinzuschwimmen, wie ich es dir gezeigt habe.«

»Aber dann hältst du mich wieder?«

»Natürlich, meine Kleine.«

Sophia sah hinunter ins Wasser. »Aber ich kann dort nicht bis auf den Grund sehen«, wandte sie ein.

»Das musst du auch nicht. Ich bleibe genau hier, und du musst nur drei Schwimmzüge machen, bis du mich erreichst. Und wenn ich sehe, dass es dir zu viel wird, bin ich sofort bei dir und halte dich.«

Sophia presste ihre Hände flach auf den Steg.

»Wenn du nicht willst, mache ich es«, mischte sich nun ihre Schwester Charlotte ein, die sogleich ein paar Schritte nach vorn machte, jedoch von Anita zurückgehalten wurde.

»Erst ist Sophia dran«, mahnte das Kindermädchen.

»Aber sie traut sich ja gar nicht«, beschwerte sich Charlotte.

Sophia drehte sich kurz zu ihrer Schwester um. Dann sah sie wieder zu Irma, die erkennen konnte, dass ihr alles andere als wohl bei dem Gedanken war, das zu tun, was ihre Mutter vorgeschlagen hatte.

»Du musst nicht, wenn du nicht möchtest«, sagte Irma nun und wollte ihr schon entgegenschwimmen, als Sophia rief: »Ich mach's!« und sich dann augenblicklich ins Wasser gleiten ließ. Sofort ging sie unter, kam aber dann wie ein Korken sogleich wieder an die Oberfläche und hielt sich japsend am Steg fest. Sie paddelte mit den Beinen, und kurz glaubte Irma, eingreifen zu müssen. Dann stieß sich Sophia ab und machte hektisch ein paar Schwimmzüge. Irma fasste zu und zog ihre ältere Tochter in die Arme. Anita jubelte auf, und Irma drückte Sophia an sich und hob sie ein wenig in die Höhe.

»Toll gemacht, mein Schatz!«, lobte sie, während Sophia sich an ihren Hals klammerte. »Du bist richtig geschwommen. Wenn wir das nachher Oma und Opa erzählen, werden sie es kaum glauben können.«

Sophia strahlte ihre Mutter an und schluckte kurz Wasser, das sie gleich wieder ausspuckte.

Irma hielt sie und schwamm mit ihr die wenigen Meter zurück zum Steg und dann bis zu der Stelle am Ufer, an der man gut aus dem Wasser steigen konnte. Als Sophia sicheren Stand gefunden hatte, schwamm Irma wieder zurück.

»Jetzt ich!«, rief ihre jüngere Tochter und versuchte sich so weit von Anitas Händen zu befreien, dass sie die Stegkante erreichen konnte.

»Nicht so wild«, versuchte das Kindermädchen, sie zu bremsen. »Charlotte, du wartest jetzt.«

Irma machte eine Schwimmbewegung und drehte sich dann um. »Charlotte, wenn du nicht auf das hörst, was wir dir sagen, komme ich aus dem Wasser, und du darfst es gar nicht erst versuchen, verstanden?«

»Ja, Mutter«, maulte die Dreijährige, die sonst von ihrer Mutter stets nur Lotte gerufen wurde. Sie wusste, dass es kein gutes Zeichen war, wenn sie bei ihrem vollen Namen genannt wurde.

Irma machte noch ein paar Schwimmzüge und brachte sich dann in die gleiche Entfernung vom Steg, die sie zuvor auch bei Sophia gehabt hatte. Dann nickte sie Anita zu, die ihre Hände von Charlottes Schultern nahm und stattdessen Sophia in eines der mitgebrachten Handtücher hüllte.

»So, Lotte. Jetzt du. Mach es genau wie Sophia.«

Charlotte robbte bis an die Kante vor, sah kurz hinunter und ließ sich gleich fallen. Anders als zuvor ihre große Schwester, hielt sie sich nicht an dem Steg fest, sondern schwamm sofort auf ihre Mutter zu, die sie strahlend in Empfang nahm.

»Ausgezeichnet, Lotte! Das war fabelhaft.«

»Ich war schneller als Sophia, hast du das gesehen?«

»Lotte«, mahnte Irma. »Das hier ist kein Wettkampf.«

Die Tochter schien es nicht gehört zu haben oder aber sie wollte es nicht hören, denn sie rief immer wieder: »Ich war schneller, ich war schneller!«

Irma fasste sie unter und bugsierte sie zurück an Land. Es ärgerte sie, dass ihre jüngere Tochter stets ihre Schwester zu übertrumpfen versuchte. Ganz gleich, was es war, sie musste schneller laufen, höher springen und sich auch sonst stets hervortun, ganz gleich in welchem Bereich. Vor allem aber störte Irma, dass Lotte es auch mit der Wahrheit nicht immer so genau nahm, wenn sie etwas haben wollte, das die Mutter verboten hatte oder aber der Schwester gehörte. Beispielsweise hatten die Mädchen beide mit bunten Perlen besetzte Haarspangen bekommen, die sich zwar ähnelten, aber doch gut voneinander zu unterscheiden waren.

Irgendwo hatte Lotte ihre Haarspange verloren und war traurig darüber gewesen. Irma hoffte immer noch, sie wiederzufinden. Doch vor zwei Tagen war Sophia dann weinend zu ihrer Mutter gekommen und hatte sich darüber beschwert, dass ihre Schwester ihr nun ihre Haarspange weggenommen habe, was Charlotte allerdings vehement abstritt. Dabei trug sie die Perlenspange ihrer Schwester sogar im Haar. Als Irma sie herauszog, um sie Sophia zurückzugeben, behauptete Charlotte steif und fest, dass diese eben nicht der Schwester gehörte, da sie, Charlotte, das Schmuckstück beim Spielen auf dem Rasen gefunden hätte und sie dort wohl jemand anderes verloren hätte.

Irma hatte ihr natürlich sofort gesagt, dass das vollkommener Unsinn sei und sie das auch wisse. Doch Charlotte hatte auf die Rückgabe der Spange bestanden, weil diese nun angeblich ihr gehörte. Sie war sogar so dreist gewesen, zu Leopold zu gehen und ihren Vater zu bitten, ihr beizustehen, da Irma sich auf Sophias Seite geschlagen hätte, weil sie die Schwester viel lieber habe als sie. Irma war dermaßen zornig geworden, dass sie Charlotte ohne Abendessen auf ihr Zimmer geschickt hatte. Wenigstens hatte Leopold vernünftig reagiert, ihr, Irma, zugestimmt und Charlotte gesagt, dass sie es zu unterlassen habe, Sophia Dinge wegzunehmen, vor allem aber, der Mutter zu widersprechen.

Es war einer der Momente gewesen, in denen sie ihren Ehemann als Unterstützung empfunden hatte. Doch wenn sie ehrlich zu sich selbst war, wusste sie, dass dies eine Ausnahme darstellte.

Die Ehe mit Leopold war nun einmal ein ständiges Auf und Ab, und inzwischen hatte Irma sich damit arrangiert. Sie war froh, dass die Gewalttätigkeiten in ihrer Ehe hinter ihr lagen, und hatte den Gedanken, die Kinder zu nehmen und ihn zu verlassen, längst verworfen. Zwar hatte sie sich deshalb ein wenig mit ihrer Mutter gestritten, weil die einfach nicht verstehen konnte, weshalb Irma an einer Ehe festhielt, die sie nicht glücklich machte. Doch Grete Vogel entsprach mit ihrem Denken und Handeln auch nicht gerade dem Durchschnitt einer deutschen Ehefrau, da sie zusammen mit Irmas Vater Albert teilweise in einer anderen Welt zu leben schien.

Kein Wunder, die beiden reisten, wegen der Engagements ihres Vaters an den großen Opernhäusern, um die Welt und führten ein losgelöstes Leben fern von jedem herkömmlichen Alltag. Und auf Irmas Frage, wie sie es denn machen sollte, mit zwei Kindern im Gepäck einfach fortzugehen und die Eltern zu begleiten, wie von Grete Vogel vorgeschlagen, hatte diese nur erwidert, dass man dann einfach größere Hotelsuiten buchen würde, dort, wo ihr Vater jeweils auftrat. Das war alles gewesen, und Irma hatte über eine solche Einfältigkeit nur den Kopf geschüttelt.

Wenn es nach Grete und Albert Vogel ging, gab es nur dann Probleme, wenn man sie zuließ.

Irma brachte nun ihre jüngere Tochter zum Ufer und stieg dann ebenfalls aus dem Wasser.

»Noch einmal«, forderte Charlotte. »Biiiiiitte!«

Irma schüttelte den Kopf. »Nein, es wird langsam Zeit, nach Hause zurückzukehren.«

»Dann gehe ich allein noch mal rein«, entgegnete die Dreijährige widerspenstig.

»Charlotte Lehmann, es reicht mir jetzt«, wies Irma sie streng zurecht und fasste nach dem Arm ihrer Tochter, die schon wieder über den Steg ins Wasser wollte.

»Aua!«, gab die Kleine empört von sich und versuchte sich aus dem Griff der Mutter zu befreien, die sie jedoch weiter festhielt. Dann hob Irma die andere Hand. »Ich sage es jetzt ein einziges Mal. Wenn du noch einen weiteren Schritt machst und erneut ins Wasser springst, wirst du beim nächsten Mal, wenn wir schwimmen gehen, zu Hause bei Oma und Opa bleiben, hast du verstanden?«

Charlotte sah die Mutter an, offenbar abwägend, ob sie es wagen sollte oder nicht. Doch es musste etwas in Irmas Blick liegen, das der Tochter deutlich machte, wie ernst es ihr war.

»Na gut«, fügte sie sich. »Aber können wir nachher noch mal herkommen?«

»Nachher nicht, aber morgen.«

»Ich will aber …«, setzte Charlotte zum erneuten Protest an, doch es genügte eine warnende Geste ihrer Mutter, um ihr Einhalt zu gebieten.

»Morgen, sagte ich.«

Charlotte ließ die Schultern hängen, nahm Anita das Handtuch ab, das die für sie bereithielt, und schlang es sich um die Schultern. Trotzig verließ sie den Steg und stapfte einfach voraus, während Irma, Anita und Sophia die Badesachen einräumten und erst dann folgten.

»Das hast du wirklich sehr gut gemacht«, lobte Irma ihre ältere Tochter nochmals, als sie neben ihr und Anita herging.

»Danke.« Sophia lächelte. »Aber ich war nicht so gut wie Lotte, oder?«, fragte sie dann traurig.

»Aber natürlich warst du das«, hielt Irma dagegen. »Du wirst doch wohl nicht darauf hereinfallen, was Lotte da gesagt hat? Nur weil sie schneller und besser sein will, heißt das noch lange nicht, dass sie es auch ist.« Irma ärgerte sich maßlos darüber, dass es ihrer jüngeren Tochter offenbar gelungen war, das Erfolgserlebnis, das Sophia gehabt hatte, sogleich wieder zu zerstören. Sie würde wirklich mit Leopold darüber sprechen müssen, dass ihre jüngere Tochter sich immer egoistischer benahm und ihr Verhalten dringend Konsequenzen haben müsste, wollten sie dem entgegenwirken.

Irma hatte ihre Jüngste aus den Augen verloren, als die hinter der Biegung, die zum Haus führte, verschwand, und war kurz beunruhigt. Als sie dann jedoch weitergingen, sah sie, dass Charlotte bereits die Stufen zum Haus hinauflief und gerade durch die Eingangstür trat. Sie warf Anita einen vielsagenden Blick zu, sagte jedoch nichts. Dann legten sie den Rest des Weges zurück und erreichten kurz darauf auch das Haus ihrer Schwiegereltern.

»Wir sind zurück!«, rief Irma laut, hörte aber schon, dass Charlotte offenbar im Wohnzimmer den Großeltern von ihrem Erlebnis erzählte.

» … und dann bin ich abgesprungen und gleich geschwommen«, plapperte Charlotte in diesem Moment. »Sophia hat sich das nicht getraut. Sie hat sich noch am Steg festgehalten.«

»Um sich orientieren zu können, damit sie die Richtung beim Schwimmen so einschlagen konnte, wie ich es ihr gesagt habe«, rückte Irma beim Eintreten die Ausführungen ihrer Jüngsten zurecht. »Du bist nass, Charlotte. Anita ist mit Sophia nach oben gegangen zum Umziehen. Geh bitte auch hinauf.«

Charlotte verdrehte die Augen, gehorchte aber und ging hinaus. »Bis später«, sagte sie noch zu ihren Großeltern.

»Was ist denn passiert?«, fragte nun Else, der die gereizte Stimmung zwischen Mutter und Tochter nicht entgangen war. »Hat sie etwas ausgefressen?«

Irma seufzte und wollte sich auf die Sesselkante setzen, ließ es aber gleich wieder bleiben, als ihr bewusst wurde, dass auch sie noch ihre nassen Sachen trug. »Sie ist so dermaßen anstrengend«, stöhnte sie. »Immer muss sie sich mit Sophia messen und unbedingt herausstellen, dass sie alles besser macht. Das zerrt wirklich an meinen Nerven.«

»Mach dir keine Gedanken, Irma. Leopold war früher genauso«, versuchte Else zu beschwichtigen.

»Ich glaube, genau das macht ihr Sorgen«, sagte Wilhelm auf seine unnachahmlich trockene Art, was Irma mit einem Schmunzeln quittierte.

»Ich muss da einfach mehr durchgreifen. Sophia nimmt sich schon immer mehr zurück und traut sich kaum noch etwas zu, weil sie weiß, dass Charlotte sie ohnehin zu übertrumpfen versucht. Und oft gelingt es Charlotte sogar.«

»Das findet sich schon alles«, beschwichtigte Else. »Das ist vollkommen normal unter Geschwistern.«

»Mag sein, doch ich kann dieses Verhalten nicht gutheißen«, beharrte Irma. »Ich gehe mich dann jetzt auch mal umziehen.« Sie sah Wilhelm an. »Oder gibt es irgendetwas Neues?«

Ihr Schwiegervater legte den Kopf schräg. »Ich kann in deinem Blick lesen, welche Antwort du zu erhalten hoffst.« Er schüttelte den Kopf. »Doch ich muss dich enttäuschen, Irma. Selbst wenn es so sein sollte, dass Polen sich ergibt, brauchen wir nicht nach nur wenigen Stunden darauf zu hoffen, dass dieser Albtraum endet.«

Irma nickte, dann ging sie hinaus. Natürlich wäre es überaus naiv gewesen, anzunehmen, dass die Krise, die sich nun schon seit Monaten abgezeichnet hatte, binnen weniger Stunden beigelegt werden könnte. Doch irgendwie war da das Gefühl in Irma, dass nicht sein konnte, was nicht sein durfte. Wozu sollte denn ein Krieg überhaupt gut sein?

Sie hatte nicht wirklich viel von der Rede Hitlers mitbekommen, weil sich Sophia und Charlotte gestritten und laut angeschrien hatten. Zwar hatte Irma die Mädchen einige Male ermahnt, dann hatte sie jedoch das Rundfunkgerät ausgeschaltet und war nach oben gegangen, um den Streithennen Einhalt zu gebieten. Anita war bei den Mädchen gewesen, vermochte diese jedoch nicht zu besänftigen. Also war es an Irma gewesen, Ruhe und Ordnung wiederherzustellen.

Sie war heilfroh, dass Else und Wilhelm in der Zeit drüben im Gutshaus bei den von Falkenbachs gewesen waren, denn sosehr Wilhelm seine Enkelinnen auch liebte und stets viel Geduld mit ihnen hatte, gab es doch zwei Dinge, die er nicht leiden konnte: wenn er dabei gestört wurde, die Tageszeitung zu lesen oder etwas im Rundfunk zu hören. Denn Wilhelm hielt sich wohl mehr als jeder andere über die politische Lage im Land auf dem Laufenden und war stets darauf bedacht, alles mitzubekommen, was geschah. Und Irma konnte das nur zu gut verstehen. Wilhelm hatte dieses Haus seinerzeit bauen lassen und auch selbst mit Hand angelegt, als die Familien von Leipzig hier nach Gut Falkenbach umgesiedelt waren, wie er ihr einmal erzählt hatte. Leopold war da noch ein Junge gewesen, gerade einmal zehn oder elf Jahre alt. Das Haus war ganz offensichtlich von Anfang an darauf ausgelegt gewesen, mehr als nur eine Familie zu beherbergen, hatten doch nicht nur Irma und Leopold ihr eigenes Schlafzimmer, sondern auch die Mädchen je einen Raum für sich, und neben den weiteren Räumlichkeiten, die von Else und Wilhelm bewohnt wurden, und den Zimmern, die alle gemeinsam nutzten, gab es unabhängig von den Bedienstetenkammern noch mindestens drei weitere Räume, die unbewohnt waren. Es war also ein großes Haus, das allen reichlich Platz bot und mit Weitsicht errichtet worden war. Doch manchmal, wenn Sophia und Charlotte gar zu laut waren, fragte sich Irma, ob sich Else und Wilhelm nicht ein ruhigeres Leben wünschten.

Als sie nun die Stufen zum oberen Stock hinaufging, hörte sie schon von der Treppe aus Anitas Stimme, die die Kinder ermahnte, jetzt sofort mit irgendetwas aufzuhören. Irma verdrehte die Augen. Nicht nur Wilhelm, auch sie selbst wünschte sich manchmal mehr Ruhe. Doch das würde wohl noch einige Jahre dauern.

9. Kapitel

Mir tut jeder einzelne Knochen in meinem Körper weh.
Martin Reinders

Martin war so müde, dass er vermutlich sofort einschlafen würde, wenn er sich auch nur an eine Wand lehnte. Doch er wusste, dass seine Aufpasser es ihm nicht durchgehen lassen würden und er mit drakonischen Strafen zu rechnen hätte, sollte er es wagen, auch nur eine kurze Pause einzulegen.

Es lag ohnehin irgendetwas in der Luft, die Wachleute wirkten angespannt, und Martin fragte sich, ob heute womöglich eine neue *Lieferung* frischer Männer käme. Wie schauderhaft es auch war, so zu denken, er konnte dennoch nicht umhin, sich zu wünschen, dass wenigstens einer dabei wäre, der Schwester Pia genauso gut oder möglichst noch besser gefiele als er selbst.

Sie war vorhin kurz vorbeigekommen und hatte sich angesehen, wie die Arbeiten vorangingen. Dabei hatte sie ihm und auch den anderen angekündigt, dass sie sich alle auf den Abend freuen könnten, da es etwas Großartiges zu feiern gebe. Martin fragte sich nicht, was es wohl sein könnte, das sie so in Feierlaune versetzte. Er würde es schon beizeiten erfahren. Er konnte nur hoffen, dass es – was immer es war – sie nicht zu einer so ausgelassenen Stimmung animierte, wie er es in letzter Zeit nur allzu oft erlebt hatte, denn sie schien an solchen Tagen dann geradezu unersättlich. Und was das für ihn bedeutete, wusste er leider nur zu genau. Sie würde ihn zu sich holen lassen, wie an so vielen Abenden in dem nunmehr über einem Jahr, das er bereits hier lebte. Er würde von dem Aufseher unter die Dusche geschickt, bekam etwas Frisches zum Anziehen, aß mit ihr, trank mit ihr – und dann musste er ihr zu Willen sein. Allein bei dem Gedanken daran spürte er Übelkeit in sich aufsteigen. Bitte nicht! War es wirklich schlimmer, ins KZ Dachau zurückgeschickt zu werden? Oder war dieser Gedanke zynisch, weil die Menschen dort noch weit mehr litten als er hier? Peter war zurückgeschickt worden, genau wie Matthias und Heinz, mit denen er einige Monate lang hier zusammengearbeitet hatte. Von Peter zumindest wusste Martin, dass Schwester Pia auch ihn einige Male zu sich bestellt hatte. Doch offenbar war sie seiner rasch überdrüssig geworden und hatte sich daher wieder auf Martin konzentriert. Und soweit er es beurteilen konnte, war er zurzeit der Einzige, den sie sich von den Wachen bringen ließ – und das fast jeden verdammten Abend.

Dabei waren ihre Wünsche im Laufe der Monate immer abartiger geworden, und wann immer Martin dachte, dass es kaum noch eine Steigerung geben könnte, überraschte, oder vielmehr, schockierte sie ihn aufs Neue mit abscheulichen Forderungen. Dabei wurden die Abende auch immer länger, letzte Nacht war es fast drei Uhr gewesen, als er endlich in seinen Schlafraum hatte zurückkehren dürfen. Anders als ihm schienen Schwester Pia die langen Nächte nichts auszumachen, ganz im Gegenteil: Sie wirkte morgens frisch und ausgeruht, sodass man meinen konnte, sie hätte weit mehr Schlaf bekommen als er. Wahrscheinlich war es ihre Leidenschaft für all die unerträglichen, unaussprechlichen Dinge, die sie ihm antat, die diese widerliche Frau so belebten.

»Bring noch die Querverlattung an, und dann ist es für heute genug«, ordnete nun Ernst, der Wachmann, an, der jeden Tag die Arbeiter einteilte und auch den anderen Wachleuten gegenüber weisungsbefugt war.

Martin nickte nur, hielt einen der langen Nägel in der linken Hand und schlug ihn dann mit ein paar kräftigen Hammerschlägen in das Brett. Das Gleiche tat er noch auf der anderen Seite, dann ließ er die Arme sinken. »Gut so?«, fragte er Ernst.

Der kam herum, um die Arbeit zu begutachten. Dann nickte er. »Ja«, befand er. »Schluss für heute.«

Martin atmete erleichtert aus, nahm den Hammer und verstaute ihn in der Kiste mit dem übrigen Werkzeug. Dann schlurfte er zusammen mit Lothar, der Peters Stelle als Elektriker übernommen hatte, und Walter, der genau wie Martin Maurer war, aber nebenher Tischler- und Zimmermannsarbeiten versah, in Richtung Unterkünfte. Dort angekommen, ließ sich Martin auf sein Bett fallen und schloss sofort die Augen. Wenigstens etwas Ruhe würde er noch bekommen. Er dachte an Wilhelmine und fragte sich, ob es die richtige Entscheidung gewesen war, ihr und auch ihrem Vater und Gustav zu schreiben. Er hatte dies in den Monaten zuvor, seit ihnen das Schreiben von Briefen erlaubt war, immer abgelehnt, aus Angst, damit womöglich weiteren Schaden anzurichten. Schließlich hatte er die Familie von Falkenbach schon genug in Gefahr gebracht mit seinem Verhalten. Doch so, wie er die Briefe verfasst hatte, ging er fest davon aus, dass sie einer Prüfung standhielten: Er hatte darin ausdrücklich erwähnt, dass keiner von ihnen irgendetwas mit Martins Verschwörung zu tun gehabt hatte. Ganz im Gegenteil.

Bilder von Wilhelmine erschienen vor seinem inneren Auge, und er lächelte unwillkürlich. Sie war so hübsch mit ihren blonden Locken, die blauen Augen strahlten so fröhlich, und um die Nase herum hatte sie Sommersprossen, die Martin so niedlich gefunden hatte. Er erinnerte sich daran, wie sie über die Wiesen geritten war, ihm zugelächelt hatte, wenn sie zur Villa heraufgekommen war, und wie es sich angefühlt hatte, sie zu lieben. Wie sehr wünschte er sich, sie noch einmal in den Arm nehmen zu können, ihr zu sagen, was er für sie empfand, ihr Gesicht mit seinen Händen zu umfassen und ihre Sommersprossen zu küssen. Sie war ein so reines, wunderbares Wesen, so bemüht darum, dass es ihren Pferden gut ging. Wilhelmine war ebenso leicht zu begeistern, wie wütend zu machen, wenn ihr etwas nicht gefiel oder gegen ihre Werte verstieß. Sie war bei Weitem der wunderbarste Mensch, den er jemals getroffen hatte, und er war ständig im Zwiespalt, an sie zu denken und sich genau das gleichzeitig zu verwehren. Denn so gern er auch an sie dachte und von ihr träumte, so schmerzhaft war es, wenn er die Augen wieder öffnete und sich in dem Elend wiederfand, das nun sein Leben geworden war.

Immer wieder hatte er sich all die Monate hier gefragt, ob es das wirklich wert gewesen war. Er hatte mit seiner politischen Einstellung und seinen Aktionen nicht das Geringste bewirkt. Niemand da draußen war durch Martin Reinders schlauer geworden, niemand wollte wissen, was er dachte. Er hatte lediglich sein eigenes Leben verwirkt. Vermutlich würde er hier oder aber, wenn Schwester Pia seiner überdrüssig war, im KZ sterben. Tatsächlich war ihm das im Laufe der Monate immer gleichgültiger geworden. Er hatte aufgegeben – sich selbst und das, wofür er mal stand. Sein Wille war gebrochen. Vor allem aber wusste er, dass selbst wenn in dieser Sekunde Hitler und sein Regime gestürzt würden und er dann womöglich freikäme, er nie wieder derselbe wäre. Am meisten quälte ihn daran, dass er sich einerseits so sehr nach Wilhelmine sehnte, dass es ihm fast körperliche Schmerzen bereitete, und er andererseits vor dem Gedanken zurückschreckte, sie wiederzusehen. Denn nach all dem, was hier drinnen mit ihm geschehen war, würde er ihr nicht mehr unter die Augen treten können. Die Erniedrigungen waren zu groß, um sie je wieder vergessen zu können. Auch wenn er es fast nicht wagte, den Gedanken zu Ende zu führen, so konnte er nicht umhin, sich ehrlich einzugestehen, dass er geschändet worden war. Und auch wenn er sich wusch und schrubbte, würde er nie mehr ganz den Geruch von Schwester Pias widerlichem Parfüm loswerden oder den Speichel, der aus ihrem Mund floss, wenn sie die Dinge mit ihm tat, die nichts als Übelkeit in ihm erzeugten.

Bevor er hierhergekommen war, hatte er immer geglaubt, dass nur Frauen diese Art von Gewalt angetan werden konnte. Doch Schwester Pia hatte ihn auf die schrecklichste Weise eines Besseren belehrt, und so manches Mal, wenn er den Hammer zur Hand genommen hatte oder mit einem Schraubendreher werkelte, überlegte er sich, wie er es anstellen könnte, ihr den Schädel einzuschlagen oder aber den Schraubendreher in ihren widerlichen Leib zu rammen. Doch getan hatte er es nie.

Irgendwann, es musste jetzt ungefähr einen Monat her sein, hatte Martin sich gefragt, ob er nicht mit dem Werkzeug, zu dem er Zugang hatte, seinem Leben selbst ein Ende setzen sollte. Schließlich gab es keine Hoffnung mehr, je wieder freizukommen, und wenn doch – wohin dann mit ihm? Er könnte zurück nach Berlin gehen und versuchen herauszufinden, ob seine Mutter noch am Leben war. Und dann? Sollte er tagein, tagaus mit ihr in der schäbigen Küche sitzen und darauf warten, dass etwas geschah? Für ihn war jeder Atemzug sinnlos geworden. Früher hatte er für den Kampf gegen Hitler und das Regime gelebt und seine Energie daraus gezogen, dass er mit Feuereifer gegen das Geschwür des Nationalsozialismus ankämpfen und es ausmerzen wollte. Und dann, als er nach Gut Falkenbach gekommen und Wilhelmine lieben gelernt hatte, hatte er Bilder von einer glücklichen Zukunft mit ihr vor sich gesehen. Vielleicht auf Gut Falkenbach, vielleicht auch anderswo, umringt von mindestens vier Kindern. Er hatte sich ausgemalt, wie sie auf ihn zukam in dem hellblauen Kleid, das er so an ihr mochte, und dass sie ihm zulächelte und ihn küsste, ganz einfach so, voller selbstverständlich gelebter Liebe. All das war inzwischen dahin, und die Bilder, die er vor sich gesehen hatte, würden immer nur Traumschlösser bleiben und niemals Wirklichkeit werden können. Und das ließ jeden Mut in ihm schwinden.

»He, aufstehen. Für den Schlaf ist die Nacht da.« Einer der Wachleute, sein Name war Egbert, trat gegen Martins Bett. Martin blinzelte und brauchte einen Moment, um sich zu orientieren.

»Raus jetzt aus den Federn, oder ich mache dir Beine, faules Kommunistenschwein!«

Martin erhob sich langsam.

»Los jetzt!, sagte ich.« Egbert trat gegen Martins Bein. »Na, wird's bald. Du glaubst wohl, du kriegst eine Sonderbehandlung, nur weil du ihr Liebling bist, was? Aber da hast du dich geschnitten.« Wieder erhielt er einen schmerzhaften Tritt.

Martin wankte, als er auf die Füße kam, und rieb sich die Augen. Er war wohl tatsächlich fest eingeschlafen, denn er hatte das Gefühl, ein wenig Kraft getankt zu haben.

»Geh dich waschen!«, befahl Egbert.

Sofort war Martin hellwach. Waschen? Um diese Zeit? Hatte etwa Pia bereits jetzt, am helllichten Tag, nach ihm verlangt?

»Beeil dich, die anderen sind auch schon dort.«

»Warum?«, traute sich Martin zu fragen.

»Weil du nach Kommunistenscheiße stinkst«, gab Egbert zurück. »Und nun hau ab, sonst mach ich dir Beine.«

Martin folgte der Anweisung und ging zum Duschbereich hinüber, wo seine Mitgefangenen bereits dabei waren, sich zu waschen. Mechanisch zog Martin seine Sachen aus und stellte sich unter die Brause, als Lothar gerade fertig war und nun das Handtuch griff, um sich abzutrocknen. Martin hatte die Augen geschlossen, als das Wasser auf ihn niederprasselte, er die Seife nahm und sich wusch. Als er die Augen öffnete, sah er Schwester Pia, die im Türrahmen stand und in aller Ruhe die nackten Männer mit einem Lächeln betrachtete, das Martin nur allzu oft aus der Nähe hatte ansehen müssen. Er wollte sich umdrehen, weil er ihren Blick, der fest auf sein Geschlecht geheftet war, kaum ertragen konnte. Doch er scheute sich, ihr den Rücken zuzukehren, aus Angst, was sie dann womöglich vor den anderen mit ihm anstellen würde. Also stellte er nur die Dusche aus und griff sich ein Handtuch.

»Ihr werdet alle gleich besonders hübsche Kleidung tragen«, kündigte Schwester Pia nun an und lächelte erneut auf die ihr eigene kranke Art. »Und dann kommen wir im Speisesaal zusammen, und ich werde euch etwas verkünden, über das ihr staunen werdet«, frohlockte sie. Die Männer tauschten nur verängstigte Blicke, keiner von ihnen sagte etwas. Dann verschwand sie wieder, und Martin beeilte sich, die bereitgelegte frische Kleidung anzuziehen, auch wenn das unwohle Gefühl ihn begleitete, sich selbst für die Schlachtbank zurechtzumachen.

Als sie fertig waren, wurden sie in den Saal geführt, wo außer ihnen noch sieben Wachleute anwesend waren und der Tisch für elf Personen eingedeckt war. Nie zuvor hatte Martin es erlebt, dass derart wenige Arbeiter mit dem Umbau des Hauses beschäftigt waren. Sie waren zu Hochzeiten mehr als ein Dutzend gewesen und nun nur noch zu dritt. Weshalb, wusste Martin nicht. Und wieder war da die Hoffnung, dass neue Männer kämen. Alles, bloß nicht immer nur er.

»Setzt euch doch alle hin, ihr einfachen Seelen, setzt euch!« Schwester Pia hatte den Raum betreten und wurde von einem der Köche und drei Männern mit Tabletts in den Händen begleitet. Sie nahm als Erste am Kopfende des Tisches Platz, dann folgten nach und nach die Männer. Die Speisen, die auf den Tabletts standen, wurden auf dem langen Tisch verteilt, und kaum, dass die Männer hinausgegangen waren, kamen schon zwei andere mit weiteren Tabletts herein. Offenbar hatte es eine große Schlachtung gegeben, denn neben Kartoffeln und Gemüse wurden immer mehr zerteilte Hähnchen herbeigeschafft, deren Duft sich köstlich im ganzen Raum verbreitete.

Das hatte Martin tatsächlich während seiner Zeit hier noch nicht ein einziges Mal erlebt, auch nicht, wenn neue Männer gebracht worden waren, sodass er sich fragte, was der Grund für das Festmahl sein mochte.

Schwester Pia stand auf und hob das Glas. Erst jetzt bemerkte Martin, dass vor ihm wie auch vor den anderen Gefangenen und den Wachleuten Sektkelche standen.

»Voller Freude darf ich verkünden, dass unser Führer Adolf Hitler am heutigen 1. September des Jahres 1939 den mutigen Schritt getan hat, um die gepeinigten deutschen Seelen aus ihrer Unterdrückung zu befreien und Danzig wieder dem Deutschen Reiche zuzuführen«, brachte sie mit Verzückung hervor.

»Was für ein freudiger Tag für uns alle, für jeden Deutschen!« Sie hob das Glas noch ein wenig höher und prostete den Anwesenden zu. Sofort beeilten sich alle, ihre Gläser ebenfalls zu heben, und tranken.

»Wenn auch manch verirrte Seele unter euch gewesen sein mag, so muss doch spätestens jetzt der Stolz und die Dankbarkeit unserem Führer gegenüber so groß sein, dass auch der letzte Zweifel hinfort ist.« Sie atmete tief durch. »Welch ein Tag, welch eine Freude, welch eine Befreiung.« Sie setzte das Glas wieder an die Lippen und leerte es in einem Zug. »Trinkt, ihr einfachen Seelen, trinkt und esst! Lasst uns gemeinsam feiern, dass nun eine neue Zeit anbricht. Sieg Heil!«, rief sie laut, worauf die Wachen sofort ein lautes »Sieg Heil!« zurückschmetterten. Pia jubelte erneut, und die Wachen antworteten ebenso, dann blickte sie Martin an, der still geblieben war. Sie ließ sich nachschenken, hob dann den Kelch und schaute ihm direkt in die Augen.

»Sieg Heil«, sagte sie nun, jedoch nicht als Ausruf, sondern mit einem warnenden Unterton. Martin erwiderte den Blick, nahm dann sein Glas und sagte schwach und fast stimmlos: »Sieg Heil!« Dann setzte er an und trank einen kleinen Schluck.

Schwester Pia lächelte zufrieden. »Ja, so ist es recht«, befand sie. »Und nun lasst uns essen, trinken und feiern.« Sie lächelte Martin zuckersüß an. Ob es der Sekt war oder der Blick, den sie ihm zuwarf, wusste er nicht. Nur dass er gegen eine heftige Übelkeit ankämpfen musste und es ihn alle Anstrengung kostete, sich nicht augenblicklich zu übergeben.

10. Kapitel

Ich bin heimgekehrt. Doch der Gedanke an Entdeckung hält mich noch immer so fest in seinen Klauen, dass die Erleichterung nicht Einzug halten will.

Johannes Lehmann

Johannes war, nachdem sie gemeinsam zu Mittag gegessen hatten und er eine neue Seite an seinem Bruder hatte erleben dürfen, hinausgegangen, um sich ein wenig die Beine zu vertreten. Doch auch dabei musste er achtgeben, nicht entdeckt zu werden, selbst wenn es auf dem weitläufigen Grundstück genug Möglichkeiten gab, anderen aus dem Weg zu gehen.

Er ging auf direktem Wege hinunter zum See und verweilte dort einen Augenblick. Sein kleines Fischerboot war in unmittelbarer Nähe der alten Hütte auf dem ehemaligen Liebermann-Grundstück festgemacht. Auch wenn er nun seine Sachen aus der alten Hütte, die er sich eine Weile mit Gregor, einem anderen Fischer, geteilt hatte, geholt hatte und ganz ins Haus seiner Familie gezogen war, fühlte er sich hier am See und in der Nähe seines kleinen Bootes doch sicherer als im Haus. Wahrscheinlich lag es daran, dass er die Gegend hier unten aus dem Effeff kannte, weil er jahrelang von hier aus das Leben seiner Familie und auch das der von Falkenbachs beobachtet hatte – immer darauf bedacht, nur nicht bemerkt zu werden. Er war inzwischen einundvierzig Jahre alt und hatte die Hälfte seines Lebens fernab seiner Familie gelebt und sich stets versteckt gehalten, nachdem er damals Fahnenflucht begangen und sich unerlaubterweise von seiner Truppe und dem Krieg entfernt hatte.

Schon viele Male hatte er sich in den vergangenen Jahren gefragt, ob er sich später genauso verhalten hätte, wäre ihm bewusst gewesen, welches Leben er aufgrund seiner Flucht führen musste. Die Antwort war – dass er keine darauf hatte. Er wusste es einfach nicht, wie er auch damals nicht gewusst hatte, wie er sich verhalten sollte, vor allem aber, wie er jemals die Bilder wieder aus seinem Kopf kriegen sollte, die sich an der Front in seine Seele gefressen hatten. Darauf wusste er die Antwort inzwischen ganz genau: gar nicht! Denn er hatte es nie vergessen können und hörte noch heute die Schmerzensschreie, wenn es um ihn herum still war und seine Seele die Erinnerungen an damals aufrief, ohne dass er sich dagegen wehren konnte. In den Monaten, die er an der Front verbracht hatte, hatte er seine Kameraden ebenso fallen sehen wie den Feind. Doch an dem Tag, als Fritz genau neben ihm getroffen wurde und das Geschoss seinen Bauch aufriss, Fritz aber nicht sofort tot war, sondern in diesem erbärmlichen Zustand noch weitergelebt hatte, während seine Gedärme herausquollen und er es selbst mitansehen musste, da war etwas mit Johannes geschehen. Er wusste nicht, was er tun sollte, war selbst schockiert von dem Anblick, den Fritz bot. Ihre Blicke trafen sich und Fritz flehte ihn an, er möge ihm helfen. Immer und immer wieder bettelte Fritz, doch Johannes hatte ihn nur anstarren können und schließlich seine Waffe auf ihn angelegt. Fritz hatte geweint und schließlich genickt. »Drück ab!«, hatte er gebrüllt, doch

Johannes konnte es nicht. Seine Hand hatte so sehr gezittert und gekrampft, dass es ihm unmöglich war, den Abzug zu betätigen. Also hatte er nichts getan, und Fritz' Todeskampf, der vermutlich nur Sekunden dauerte, hatte sich wie ein endlos ablaufender Film in seinem Hirn eingeprägt, und manchmal, wenn er schlief, erschien ihm Fritz auch heute noch im Traum und klagte ihn dafür an, ihn damals nicht von seinen Qualen erlöst zu haben.

Wenn er jetzt daran dachte, begann sein rechtes Augenlid wieder zu flattern, sodass er rasch die Hand hob und den Zeigefinger dagegendrückte, um das Zucken in den Griff zu bekommen.

Nun war also wieder Krieg, zum zweiten Mal in seinem Leben. Für Johannes war es unbegreiflich. War er wirklich zu weich, zu wenig Mann? So viele andere schoben offenbar die Schrecken von damals beiseite und schritten nun erneut mit stolzgeschwellter Brust voran, um den Feind, der als solcher auserkoren worden war, zu bekämpfen. Er hatte nie die Gelegenheit gehabt, mit seinem Vater oder seinem Onkel Wilhelm, zu dem er früher ein so inniges Verhältnis gehabt hatte, über die Kriegszeit zu sprechen. Genau genommen hatte das einzige Gespräch damals mit Walter stattgefunden, seinem Kameraden, dem er davon erzählt hatte, wie elendig Fritz krepiert war und was dies in ihm bewirkte. Doch Walter, der genau wie er Tag für Tag wieder an der Front gewesen war, um zu tun, was von ihnen verlangt wurde, hatte ihm nur zugehört und auch keinen Rat gewusst, wie es möglich sein sollte, damit zu leben. Und so hatte Johannes damals mitten in der Nacht seine Jacke übergezogen und war zur Latrine gegangen. Und dann, als niemand hinsah, war er einfach weggelaufen. Wenn er sich recht erinnerte, war er nicht einmal besonders vorsichtig gewesen oder hatte sich zu verstecken versucht. Er war einfach nur gelaufen, immer und immer weiter, und als es hell geworden war und er sich das erste Mal umgesehen hatte, war von seiner Truppe nichts mehr zu sehen. Es war in Frankreich gewesen, und als er eine ganze Nacht und einen ganzen Tag gelaufen war, hatte er am folgenden Abend eine Scheune entdeckt, sich Zutritt verschafft, ins Heu gelegt und einfach dort geschlafen. Am nächsten Morgen wurde er wach, als jemand mehrmals gegen sein Bein trat. Johannes hatte aufgeblickt und direkt in den Lauf einer Schrotflinte gestarrt, die von einem Mann gehalten wurde. Dessen kleine Tochter stand neben ihm und beobachtete genau, was geschah. Johannes hatte keine Gegenwehr geleistet. Er hatte überhaupt keine Reaktion gezeigt. Auch nicht die Hände hochgenommen, zum Zeichen, dass er unbewaffnet war, oder mit seinem bruchstückhaften Französisch irgendetwas zu erklären versucht. Nichts von all dem. Er hatte einfach nur dagelegen, während der Mann seine Waffe auf ihn richtete, und gewartet, was geschah. Dann schließlich hatte der Mann das Wort ergriffen, ihn beschimpft und schließlich mit der Schrotflinte zum Ausgang gedeutet, bevor er erneut auf ihn anlegte.

Johannes erinnerte sich noch, dass er zum Scheunentor gesehen hatte, in diesem Moment jedoch gespürt hatte, dass er nicht die Kraft haben würde, sich zu erheben. Sollte er ihn doch einfach erschießen, dann müsste er auch die Leiche wegschaffen, und es bliebe Johannes erspart, sich selbst auf die Füße stellen zu müssen. *»Je ne peux pas«,* hatte Johannes dann stockend hervorgebracht, um auszudrücken, dass er nicht mehr konnte. Der Mann drohte erneut, stieß ihm die Schrotflinte mehrmals hart gegen die Brust. Doch Johannes schüttelte nur ermattet den Kopf und ließ sich zurück ins Heu sinken, in der Erwartung, dass sein Leben nur noch Sekunden dauern würde. Für ihn war es in Ordnung. Im Grunde hatte er ja ohnehin kein Leben mehr. Er atmete, doch das war auch alles. Also schloss er die Augen und wartete auf den Schuss.

»Non, Papa«, hörte er dann leise die Stimme des kleinen Mädchens, und ohne es wirklich zu merken, musste er wieder eingeschlafen sein, denn als er das nächste Mal die Augen aufschlug, stand der Mann mit der Schrotflinte erneut vor ihm, doch dieses Mal mit einer Frau an seiner Seite und wieder mit der Tochter, die neugierig den Blick auf Johannes ruhen ließ. Die Frau hielt eine Schale in den Händen, kniete sich nun neben Johannes und reichte sie ihm, der Mühe hatte, sich aufzusetzen, um die Suppe auslöffeln zu können. Als er schließlich aufgegessen hatte, nahm sie ihm die Schale wieder ab, und die Familie verließ gemeinsam die Scheune.

So ging es über mehrere Tage, in denen Johannes die Scheune nur immer kurz verließ, um auszutreten. Sobald er fertig war, ging er zurück, legte sich wieder ins Heu und schlief sofort wieder ein.

Heute wusste er nicht mehr genau, wie lange er dort geblieben war. Eine Woche vielleicht? Dann hatte er das Heu in Ordnung gebracht, sodass nichts mehr in der Scheune an ihn erinnerte. Er war zum Haus gegangen, hatte an die Tür geklopft und sogleich mehrere Schritte rückwärts getan, um deutlich zu machen, dass er nicht vorhatte, einzutreten.

Der Vater hatte geöffnet, die Schrotflinte wieder in der Hand. Johannes hatte die Hände aneinandergelegt und sich verbeugt, um so seinen Dank auszudrücken. Der Hausherr hatte nur kurz genickt, dann hatte Johannes sich umgedreht und war verschwunden. Einfach so.

Er wäre gern eines Tages dorthin zurückgekehrt, vielleicht mit Geld oder Geschenken, um der Familie zu danken. Doch er hatte es nicht getan.

Er sah über den See und beschattete seine Augen mit der Hand. Ein gutes Stück entfernt machte er ein Fischerboot aus, konnte aber nicht erkennen, welchem der Fischer es gehörte. Er hatte einige Jahre hier gelebt und auch mit den anderen

Fischern zu tun gehabt, doch war daraus weder so etwas wie Freundschaft entstanden noch ein Gefühl der Zugehörigkeit. Die anderen Fischer hielten zusammen, man kannte sich über Generationen, doch Johannes als Fremden hatten sie nie wirklich in ihren Kreis aufgenommen. Er kämpfte für sich allein – wie schon sein ganzes Leben lang.

Nun wandte er sich ab und verließ den Steg, ging dann durch das kleine Wäldchen hinüber zur Hütte, wo er sein Boot festgemacht hatte, löste das Tau und stieg ein. Er ruderte einige kräftige Schläge, und als er glaubte, weit genug vom Ufer entfernt zu sein, ließ er sein Netz ins Wasser gleiten. Ganz ruhig hielt er den Blick auf den See gerichtet, zog das Netz dann ein wenig in die Höhe und ließ es erneut absinken. Dann hob er es an und zog es vollends ein. Er musste ja nicht mehr fischen, um den Fang zu verkaufen, sondern nahm das, was er fing, und brachte es nach Hause, damit Alma ein Essen daraus zubereitete. Dieses Mal waren vor allem kleine Fische im Netz, die er sofort zurück ins Wasser warf. Doch es befanden sich auch insgesamt acht Renken darin, die Johannes herausnahm und gleich mit dem kleinen Holzhammer, der immer im Boot unter dem Netz lag, erschlug. Es war sicher keine reiche Ausbeute, doch daran war ihm auch nicht gelegen. Der Fang würde für eine gute Mahlzeit reichen, und er hatte das Gefühl, auf diese Weise einen kleinen Beitrag zum Haushalt zu leisten. Doch er spürte auch, dass er mit Ferdinand, der nun der Hausherr war, würde sprechen müssen, schließlich war es kein Zustand, dass Johannes sich letztendlich im Haus versteckte und sich durchfüttern ließ. Er war seinerzeit froh gewesen, als Ferdinand und er sich, wenn auch nur durch Zufall, wiederbegegnet waren. Und die heimlichen Treffen mit Ferdinand und weit häufiger mit Wilhelmine hatten Johannes nichts weiter ausgemacht. Irgendwie hatte es sich für ihn angefühlt, als würde am Ende doch noch alles gut. Als dann schließlich sein Vater Heinrich gestorben war, wusste er, dass der Zeitpunkt gekommen war, in den Kreis der Familie zurückkehren zu können. Doch nun hinterließ die Heimlichtuerei bei ihm ein schlechtes Gefühl. Vor allem als Ferdinand vorhin gesagt hatte, dass er selbst nicht wisse, ob er Elisabeth voll und ganz vertrauen könne, hatte Johannes aufgehorcht. Was, wenn die Schwägerin ihn verriet und eines Tages die Gestapo vor der Tür stand? Er dachte dabei nicht nur an die Folgen für sich, sondern vielmehr an die für die gesamte Familie. Vor allem seine Mutter hatte wahrlich genug durchgemacht, und es war ihr nicht zuzumuten, weiteres Leid zu erdulden. Johannes wusste aber auch gar nicht, ob die nun schon Jahrzehnte zurückliegende Fahnenflucht überhaupt noch eine Rolle spielte. Eigentlich hatte er sich in den Jahren, als er in der kleinen Fischerhütte gelebt hatte, vor allem vor Heinrich versteckt, denn der hätte keinesfalls Verständnis für einen Deserteur aufgebracht und ihn mit Sicherheit sofort den Behörden gemeldet. Dass seine Mutter völlig anderer Meinung war und es ihr nur darum ging, ihren Sohn wieder bei sich zu haben, war für Johannes die ganze Zeit klar gewesen. Sie war eben seine Mutter und liebte ihn – ganz gleich, was er getan hatte. Und allein das hatte ihn die ganze Zeit bewogen, hier in Bernried zu bleiben, auch wenn er es in einer größeren Stadt vermutlich einfacher gehabt hätte, unerkannt ein richtiges Leben zu führen.

Er legte das Netz so zusammen, dass es nicht verknotete, und ruderte dann mit langsamen Bewegungen zurück zum Ufer. Dann vertäute er das Boot, nahm die Fische und machte sich auf den Rückweg zum Haus. Als er näher kam, sah er oben am Fenster Elisabeth stehen, die zu ihm heruntersah und dann eilig die Gardine vorzog. Täuschte er sich, oder verriet ihm die etwas hastige Geste, dass die Schwägerin nicht gewollt hatte, dass er sie bemerkte? Ein ungutes Gefühl beschlich ihn. Was, wenn ihr wirklich nicht zu trauen war?

11. Kapitel

Es ist eigenartig, dass ich keine Angst vor dem habe, was kommen wird. Wir gehen wohl schon zu lange auf das Ende dieses Landes zu, als dass ich es noch fürchten könnte.

Gustav von Falkenbach

»Gustav, hättest du einen Augenblick Zeit?«, fragte Paul-Friedrich seinen Sohn, als sie zusammen zu Mittag gegessen hatten.

»Sicher«, stimmte Gustav zu und sah auf die Uhr. Es war zwar bereits fast zwei Uhr, und er fragte sich, wie lange Claras Besuch bei ihrer Freundin Eva noch dauern würde.

Clara hatte ihm durch seine Mutter ausrichten lassen, dass ihre Freundin wohl die Treppe hinuntergestürzt sei und nun Claras Hilfe brauche. Natürlich wäre es weit klüger von Clara gewesen, ihn direkt in der Praxis anzurufen und auf ihn zu warten, um zusammen mit dem Auto zu Eva zu fahren, damit Gustav sich die Folgen des Sturzes selbst hätte ansehen können. Schließlich war er Arzt. Kurz hatte er, nachdem er mit Wilhelmine zum Gutshaus zurückgekehrt war und davon erfahren hatte, überlegt, sich ins Auto zu setzen und nach Bernried zu fahren. Er wusste ja, wo Claras Freundin Eva wohnte. Doch andererseits war Clara erfahren genug im Umgang mit Patienten, um beurteilen zu können, ob wirklich ein Arzt erforderlich war oder ob auch ein kühlender Umschlag genügte. Also hatte er mit seiner Familie zu Mittag gegessen und würde ihr später noch anbieten, nach Eva zu sehen, sollte Clara es für erforderlich halten.

Zusammen mit seinem Vater ging er über den Korridor des Gutshauses bis zu dessen Arbeitszimmer, während Mutter und Schwester ebenfalls das Esszimmer verließen. Dorothea begab sich ins Wohnzimmer, während Wilhelmine sich zur Treppe wandte und die Stufen hinaufstieg.

»Bitte schließ die Tür, und setz dich«, bat Paul-Friedrich, als Gustav hinter ihm eingetreten war.

»Ich war's nicht«, erwiderte Gustav scherzhaft, um die angespannte Stimmung etwas aufzulockern, so wie er es als Junge immer getan hatte, wenn sein Vater ihn zu einem Gespräch beordert hatte und er sicher sein konnte, dass er etwas ausgefressen hatte.

Paul-Friedrich schmunzelte, nahm Platz und sah seinen Sohn an, der sich auf einem Besucherstuhl gegenüber dem Schreibtisch niedergelassen hatte.

»Ich muss dich um etwas bitten, nein, etwas von dir fordern, was dir vermutlich nicht gefallen wird«, kündigte der Vater an.

Gustav sah ihn erwartungsvoll an.

»Du musst mir dein Wort geben, dass nichts von dem, was wir hier besprechen, diesen Raum verlässt.«

Gustav zögerte. Ihm war nicht ganz wohl dabei, derart pauschal zuzustimmen, obwohl er nicht die geringste Ahnung hatte, worum es hier gehen könnte. Doch andererseits hatte er das Gefühl, tief in der Schuld seines Vaters zu stehen, wegen all dem, was dieser über die Jahre für ihn getan hatte. Manchmal waren es nur kleinere Schwierigkeiten gewesen, die sein Vater für ihn aus dem Weg geräumt hatte. Aber er hatte auch nicht gezögert, ihm damals aus der Klemme zu helfen, als Elisabeths Kind missgebildet zur Welt gekommen war, und sowohl für sie als auch für Gustav, der dies hätte melden müssen, alle Hebel in Bewegung gesetzt, um die Sache zu vertuschen. Schon aus diesem Grunde, aber noch wegen vieler anderer Dinge, war er es seinem Vater schuldig, nun nicht länger zu zögern.

»Du hast selbstverständlich mein Wort, Vater.«

»Gut.« Paul-Friedrich öffnete die unterste Schublade seines Schreibtischs und holte einen Brief hervor, den er Gustav überreichte. »Der hier ist für dich gekommen«, sagte Paul-Friedrich.

Gustav sah auf den Absender. »Von Martin?« fragte er überrascht.

Paul-Friedrich nickte. »Ja, von Martin. Ich habe auch einen Brief von ihm bekommen und …«, er zögerte, »Wilhelmine ebenfalls.«

Gustav atmete erleichtert auf. »Er ist also am Leben, dieser verrückte Kerl. Gott sei Dank!«

Der Vater nickte. »Er ist offenbar im Privathaus von Eleonore Baur untergebracht. Ich habe sie einmal flüchtig bei einem Empfang der Partei kennengelernt und dann bei Hitlers fünfzigstem Geburtstag im April wiedergetroffen«, erklärte Paul-Friedrich. »Interessante Frau«, urteilte er. »Allerdings nicht im positiven Sinn.«

Gustav wusste nicht recht, was er von dieser Beurteilung seines Vaters halten sollte. »Was genau meinst du mit *interessant?*«

Paul-Friedrich atmete tief durch. »Die Baur ist eine glühende Verehrerin Hitlers, und ich meine es wirklich so, wie ich es sage. Sie soll ihm sogar mal das Leben gerettet haben, geht während seiner Aufenthalte in München in seinen Privaträumen ein und aus und kann es sich auch erlauben, sich in Dachau an Arbeitern zu bedienen, die ihr Privathaus ganz nach ihren

Vorstellungen umbauen. Ich nehme mal an, dass dein Freund Martin deshalb bei ihr ist.«

»Wenigstens ist er dann nicht im KZ«, stellte Gustav fest.

Er sah seinem Vater an, dass diesem eine Erwiderung auf den Lippen lag, doch offenbar wollte er seinen Gedanken nicht aussprechen.

»Wie man sieht, ist es den Häftlingen dort erlaubt, Briefe zu schreiben, zumindest gibt Martin das in seinen Zeilen so an. In meinem Brief entschuldigt er sich bei mir für die Scherereien, die er mir gemacht hat.«

Gustav schluckte. Hoffentlich hatte sein Freund sich nicht dazu hinreißen lassen, ihm für die Hilfe, die Gustav ihm gewährt hatte, zu danken. Eilig riss er den Brief auf.

»Würde es dir etwas ausmachen, ihn laut vorzulesen?«, fragte Paul-Friedrich.

»Nein, natürlich nicht«, antwortete Gustav, wenngleich er fürchtete, dass Martin etwas geschrieben haben könnte, das für ihn zum Problem werden könnte. Wenn dies jedoch zutraf, dann war es erst recht richtig, dass sein Vater Bescheid wusste, könnte er ihm doch dann beistehen, um Schaden von ihm fernzuhalten.

> *»Lieber Gustav«*, begann er laut vorzulesen. *»Ich hoffe sehr, dass es Dir gut geht. Zuerst möchte ich mich bei Dir entschuldigen, dass ich Deine Familie und Dich in Gefahr gebracht habe, indem ich in die alte Villa eingebrochen bin, die Deinem Vater gehört.*
>
> *Sie haben mich befragt, ob ich Hilfe hatte, und ich habe die Wahrheit gesagt: dass weder Du noch Wilhelmine oder gar Dein Vater auch nur im Geringsten geahnt habt, was ich tat.«*

Gustav atmete erleichtert aus und fuhr dann fort:

»Du weißt aus unserer Zeit in Berlin, dass ich damals den kommunistischen Rednern nur allzu gern geglaubt und sogar versucht habe, auch Dich davon zu überzeugen. Es war klug von Dir, das alles als den Unsinn abzutun, der es war, und ich wünschte nur, ich hätte auf Dich gehört und früher erkannt, wie recht unser Führer mit seinen großen Plänen für unser Volk hat. Ich habe mich mitreißen lassen und unsere Freundschaft missbraucht, meine fehlgeleiteten Überzeugungen in die Welt hinauszuschreien. Bitte verzeih mir!

Ich lebe hier bei Schwester Pia, einer großherzigen Frau und Freundin Hitlers, den inzwischen auch ich als meinen Führer anerkenne. Ich werde gut versorgt und kann arbeiten, ob ich jedoch je wieder ein freier Mann sein werde, steht in den Sternen.

Auch wenn ich es kaum verlangen kann, bitte ich Dich, meiner Mutter Bescheid zu geben, dass es mir gut geht. Nur das und nichts weiter, bitte sag ihr keinesfalls, wo ich bin, damit sie mir nicht schreibt. Ich denke, Du verstehst, weshalb. Unser Verhältnis war nie besonders eng, und doch will ich nicht, dass sie sich fragen muss, ob ich noch am Leben bin.

Sofern du mir den Irrglauben an den Kommunismus verzeihen kannst und womöglich meine Entschuldigung akzeptierst, würde ich mich freuen, wenn Du mir zurückschreibst. Solltest Du jedoch den Kontakt ablehnen, so könnte ich es Dir nicht verdenken.

Wenn du mir aber vergeben kannst, dann lass mich bitte wissen, wie es Dir und Clara geht, ebenso Deiner Schwester Wilhelmine und dem Rest Deiner Familie. Wer weiß? Womöglich reicht die Großherzigkeit der Führung sogar so weit, dass ich doch noch eines Tages freikomme und die Möglichkeit erhalte, mich persönlich bei Dir und Deiner Familie zu entschuldigen. Ich wünsche mir nichts sehnlicher als das.

Nun schließe ich, alter Freund, und hoffe trotz allem, was ich tat, dass ich bald von Dir höre!

In Verbundenheit
Dein Freund Martin.«

Gustav ließ den Brief sinken. »Puh!«, entfuhr es ihm.

»Ich sehe dir die Erleichterung an, dass er gelogen hat, dass sich die Balken biegen.«

»Allerdings«, stimmte Gustav dem Vater zu. »Einen Moment lang habe ich wirklich befürchtet, dass er die Wahrheit geschrieben haben könnte.«

»Er ist nicht so dumm zu glauben, dass die Briefe nicht kontrolliert werden«, stellte Paul-Friedrich fest. »Er hat einen ganz ähnlichen Brief an Wilhelmine geschrieben.«

»Und? Wie hat Mine reagiert? Sie ist doch wahrscheinlich vor Freude an die Decke gesprungen«, mutmaßte Gustav und lächelte.

»Sie kennt den Brief nicht«, antwortete Paul-Friedrich mit ernster Miene. »Ich habe ihn ihr nicht ausgehändigt.« Wieder bückte der Vater sich, holte einen weiteren Brief hervor, der in einem geöffneten Umschlag steckte, und reichte ihn Gustav. Dieser las nur, dass er an Wilhelmine gerichtet und dass Martin der Absender war, und legte ihn dann, ohne ihn herauszunehmen, auf den Schreibtisch.

»Das ist es also, über das ich nicht sprechen darf.«

»Ganz genau.« Paul-Friedrich nickte. »Du kennst Wilhelmine. Sie ist der ehrlichste und warmherzigste Mensch, den man sich nur vorstellen kann. Doch sie ist impulsiv und redet drauflos, ohne darüber nachzudenken, was sie wem sagt.«

»Du hältst sie für so naiv, dass sie nicht wüsste, wie ernst die Lage ist und sie nichts unternehmen darf?«

»Ich würde es nicht naiv nennen. Wilhelmine ist ein Mensch, der die Welt zum Besseren wenden will, ohne über die Folgen ihres Handelns nachzudenken.«

Für Gustav war das genau die Beschreibung, die einen naiven Menschen charakterisierte, doch das sprach er nicht aus.

»Willst du ihr wenigstens sagen, dass Martin lebt?«

»Nun, darüber habe ich auch nachgedacht, bin aber noch zu keiner Entscheidung gekommen.« Paul-Friedrich tippte mit dem Zeigefinger auf den Brief. »Eleonore Baur wird am Sonntag ebenfalls zu meinem Geburtstag kommen. Sie und noch ein ganzer Schwung anderer Personen aus dem Umfeld des Führers. Es darf keinesfalls zu einer Begegnung zwischen der Baur und Wilhelmine kommen.«

»Du willst deinen Geburtstag also trotz allem, was zurzeit geschieht, feiern?«

»*Gerade* deshalb«, erklärte Paul-Friedrich mit Überzeugung in der Stimme. »Es ist wichtig, zu wissen, wer Freund und wer Feind ist. Beide sollte man am besten um sich scharen, um sie im Auge zu behalten. Ebenso von Bedeutung ist aber auch, dass meine Feinde sehen, wer meine Freunde sind und wie sehr sie ihnen schaden können.«

Gustav sah seinen Vater an. »Ich glaube, ich könnte das nicht«, meinte er dann.

»Was meinst du?«

»Du kommst mir vor wie ein Schachspieler, der stets jeden Zug seines Gegners voraussieht. Du entwickelst Strategien, und das am laufenden Band. Ich stelle mir das unglaublich anstrengend vor.«

»Du hast nicht ganz unrecht mit deinem Vergleich«, gab Paul-Friedrich zu. »Mein Vorgehen, das schon mein ganzes Leben bestimmt, gleicht tatsächlich einem Schachspiel. Doch ich empfinde es nicht als anstrengend. Ich gehe gern strategisch vor. Die Leichtigkeit des Seins scheint mir einfach nicht zu liegen.«

»Und diese Eleonore Baur, in deren Haus Martin ist«, kam Gustav auf die Ankündigung seines Vaters zurück, »wird also am Sonntag anwesend sein?«

»Ganz recht. Deshalb ist es wichtig, dass du Wilhelmine nicht aus den Augen lässt.« Paul-Friedrich räusperte sich. »Es gibt gewisse Gerüchte um diese Person, musst du wissen.«

»Um die Baur?«

Paul-Friedrich nickte. »Es heißt, dass sie die Männer, die für sie arbeiten, nicht nur nach deren handwerklichen Fähigkeiten auswählt.«

»Sondern?«, fragte Gustav. Sein Vater sah ihn nur an, antwortete aber nicht.

»Oh«, machte Gustav dann, wenngleich er nicht sicher war, ob er wirklich richtig verstanden hatte, worauf sein Vater hinauswollte.

»Und es heißt«, fuhr Paul-Friedrich fort, »dass diese Baur eine überaus besitzergreifende, eifersüchtige Person ist, was die Männer angeht, mit denen sie eine besondere Beziehung pflegt.«

Gustav schüttelte den Kopf. »Ich kenne Martin recht gut und habe mitbekommen, wie er und Wilhelmine sich angesehen haben. Ich glaube nicht, dass er sich auf ein Verhältnis einlassen würde.«

Paul-Friedrich sah seinen Sohn an. »Ich habe nicht behauptet, dass Martin sich freiwillig auf irgendetwas eingelassen hätte.«

Gustav überkam eine Gänsehaut. »Du meinst, sie …« Er sprach es nicht aus.

»Es könnten auch nur Gerüchte sein«, räumte Paul-Friedrich ein. »Doch wenn es welche sind, dann halten sie sich immerhin ziemlich hartnäckig. Diese Baur scheint nach allem, was man so hört, ein Mensch zu sein, der sich nimmt, was er will, und überaus rücksichtslos dabei vorgeht.«

»Als Frau?« Gustav konnte es nicht fassen.

»Die Baur hat vermutlich die Briefe an uns gelesen. Und wenn nicht sie selbst, dann ihre Leute. Unser Name ist somit erst kürzlich bei ihr gefallen, und sie wird daran interessiert sein, hier ein wenig herumzuschnüffeln.«

»Aber Martin hat uns doch mit seinen Zeilen entlastet«, widersprach Gustav. »Er hat ja sogar so getan, als hätte ich ihn von Hitlers Sache zu überzeugen versucht.«

»Das stimmt. Und in dem Brief an Wilhelmine hat er sich ganz identisch ausgedrückt. Allerdings …«, er seufzte, »hat er darin auch seine Gefühle ihr gegenüber beschrieben.«

»Aber das kann doch Mine nicht zum Vorwurf gemacht werden«, hielt Gustav dagegen.

»Nun ja, das kommt ganz darauf an, würde ich sagen«, stellte Paul-Friedrich fest. »Von Regierungs- und Parteiseite ist natürlich alles in Ordnung, doch wenn es stimmt, was man über diese Baur sagt, könnte sie eifersüchtig auf Wilhelmine sein.«

»Und du denkst, das könnte für Mine gefährlich werden?«

»Ich weiß zu wenig über die Baur, um das beurteilen zu können. Aber keinesfalls sollten wir den Fehler machen, sie zu unterschätzen.«

»Was kann ich tun?«, fragte Gustav, den die Sorge um seine Schwester unruhig machte.

»Wilhelmine weiß nichts von dem Brief und auch nicht davon, dass Martin bei Eleonore Baur lebt und arbeitet. Das ist gerade unser Vorteil. Aus diesem Grund darf sie zumindest bis Sonntag nichts davon erfahren.«

»Du befürchtest, dass sie sonst das Gespräch mit dieser Baur sucht, nicht wahr?«

Sein Vater nickte. »Ganz genau. Und wenn die dann merkt, was Wilhelmine für Martin empfindet, könnte das nichts weniger als sein Todesurteil sein.«

»Ich werde Wilhelmine nicht mal in ihre Nähe lassen.«

»Gut. Denn wenn diese Schwester Pia, wie die Baur auch genannt wird, die Gelegenheit bekommt, Wilhelmine auf Martin anzusprechen, und ihr erzählt, dass er bei ihr lebt, wird Wilhelmine alles tun, um Kontakt zu ihm aufzunehmen.«

»Ich werde mich darum kümmern, dass es nicht dazu kommt«, versicherte Gustav.

»Gut. Und da ist noch etwas, das ich mit dir besprechen möchte.«

»Ja?«

»In Bernried gibt es zusammen mit dir gleich vier niedergelassene Ärzte. Ziemlich viele für so einen kleinen Ort.«

»Worauf willst du hinaus?«

»Ich habe hin und her überlegt, doch mir ist kein sicherer Weg eingefallen, dich vom Dienst an der Front freistellen zu lassen.« Paul-Friedrich sah dem Sohn in die Augen. »Die anderen Ärzte sind alle älter als du. Die Chance, dass einer von ihnen, die im Übrigen auch Kinder haben, nicht eingezogen wird, ist weitaus größer als bei dir. Aus diesem Grunde habe ich vorhin telefoniert. Du kennst doch Dr. Hermann Pfannmüller von der Heil- und Pflegeanstalt Eglfing-Haar, nicht wahr?«

»Nicht persönlich. Ich habe ihn noch nie getroffen, lediglich von ihm gehört. Er hat sich auf die Behandlung von Nervenkrankheiten spezialisiert, nicht wahr?«

»Ja. Und soweit man hört, ist er auch forschend tätig und steht in der Gunst des Führers.«

»Und?«

»Ich habe heute Nachmittag dort angerufen und nachgefragt, ob er die Einladung zu meinem sechzigsten Geburtstag erhalten hat.«

»Du hattest ihn eingeladen?«

»Nein. Doch ich habe es behauptet und gesagt, dass ich verwundert gewesen sei, keine Rückmeldung erhalten zu haben, und deshalb nachfragen wollte. Er zeigte sich entsprechend überrascht, weil er natürlich keine Einladung bekommen hatte, sagte aber, dass er sich über die Einladung freue und gern dabei sein wolle.«

»Und was willst du von ihm?«

»Ist das nicht offensichtlich? Wenn du deine Fähigkeiten ohnehin in den Dienst der Nationalsozialisten zu stellen hast, ist es weit besser, es in einer Klinik hier in der Nähe zu tun als an den feindlichen Linien.«

»Ich soll also meine Praxis aufgeben?«

»Nicht aufgeben, aber für eine Weile die Arbeit dort ruhen lassen. Die Klinik ist etwa sechzig Kilometer von hier entfernt. Selbst wenn du dir eine Unterkunft dort nimmst, kannst du immer noch an den freien Tagen nach Hause kommen. Und womöglich gibt es ja auch eine Möglichkeit, nur einige Tage in der Woche dort zu sein und die anderen hier zu verbringen. Es wäre nicht einfach, doch du wärst zumindest in Sicherheit.«

Gustav sah seinen Vater einen Augenblick lang an. Er konnte in diesem Moment nur grenzenlose Bewunderung und ja, Liebe für ihn empfinden. Sein Vater war nicht nur ein Stratege, er war so sehr davon angetrieben, seine Familie zu schützen, dass er alles dafür geben würde.

»Ich danke dir, Vater. Von ganzem Herzen.«

»Ich werde am Sonntag dafür Sorge tragen, dass ihr euch kennenlernt, und das Gespräch dahingehend lenken, dass er dich einlädt, bei ihm zu arbeiten.« Paul-Friedrich lächelte. »Lass mich nur machen, Gustav.«

»Wenn ich eines Tages Kinder habe, dann hoffe ich, ihnen auch die Sicherheit zu geben, dass ich immer für sie da sein werde, so wie du es für mich und Wilhelmine bist und immer warst«, erwiderte er voller Dankbarkeit. »Wir hatten zwar so unsere Auseinandersetzungen, doch tatsächlich war mir immer bewusst, dass du alles tun würdest, um deine Familie zu beschützen.«

Paul-Friedrich sagte eine Weile nichts. »Ich bin glücklich, dass du dies so klar siehst«, stellte er dann fest. »Denn du hast recht: Es gibt nichts, zu dem ich nicht bereit wäre, um für euren Schutz zu sorgen. Gar nichts.«

Gustav ließ den an ihn gerichteten Brief in seiner Jacketttasche verschwinden, reichte den für Wilhelmine dem Vater zurück und stand auf. »Ich danke dir für dein Vertrauen, Vater.« Gustav ging zur Tür, legte die Hand auf die Klinke und drehte sich dann noch einmal um. »Und für deine Liebe.«

Paul-Friedrich nickte dem Sohn zu, tatsächlich war ihm eine gewisse Rührung über Gustavs Worte anzusehen. Dann ging Gustav hinaus. Er war tief bewegt, aber auch dankbar, dass sein Vater ihm bereits jetzt einen Ausweg für eine Situation zeigte, die bislang noch gar nicht eingetreten war. Er lief den Korridor entlang und wollte gerade die Treppe hinaufsteigen, um nachzusehen, ob seine Frau bereits heimgekehrt war, als die Eingangstür aufging und Clara eintrat.

»Da bist du ja«, sagte Gustav zur Begrüßung.

»Hast du etwa auf mich gewartet?«, fragte Clara gereizt.

»Wie bitte? Was ist denn los? Wie geht es Eva?« Er ging auf seine Frau zu. »Du wirkst ja richtig aufgewühlt.«

»Ich wirke nicht im Mindesten aufgewühlt«, gab sie zurück und ließ keine Umarmung zu. »Und jetzt entschuldige mich.«

»Clara?« Gustav fasste ihren Arm. »Was ist denn bitte geschehen?«

»Nichts. Gar nichts.« Sie drehte sich zu ihm um. »Eva und ich sind in Streit geraten, das ist alles.«

»Ihr seid in Streit geraten? Worüber denn?«

»Ach bitte, Gustav, ich habe nicht die geringste Lust, dir alles haarklein zu erzählen. Ich werde mich jetzt zurückziehen und wäre froh, wenn du mich einfach in Ruhe ließest.«

»Wie du willst«, erwiderte Gustav, der überhaupt nicht mit der Laune seiner Ehefrau umzugehen wusste. Es war bestimmt nicht immer nur harmonisch zwischen ihnen. Aber auf eine solche Art und aus dem Nichts heraus hatte Clara ihn noch nie angefahren, und er konnte es sich auch überhaupt nicht erklären. Er sah ihr noch nach, als sie nach oben ging, und war etwas unschlüssig, was er nun tun sollte. In die Praxis zurückzukehren, hatte keinen Sinn, da niemand da war, um den er sich hätte kümmern müssen. Seine Frau hatte ihn praktisch des gemeinsamen Zimmers verwiesen, und bevor er sich zu seiner Mutter setzte, um sich ihr Gezeter anzuhören, musste schon weit mehr passieren. Wie von selbst schlugen seine Füße den Weg die Treppe hinauf und dann zu Wilhelmines Zimmer ein. Er hatte sonst ohnehin immer viel zu wenig Zeit für die Schwester, und er wollte heute Nachmittag noch in den Ort, um das Geschenk seines Vaters, das Wilhelmine und Gustav eigens hatten anfertigen lassen, abzuholen.

Er klopfte an und trat ein, als er dazu aufgefordert wurde. Seine Schwester lag mit einem Buch auf dem Bett, hatte sich dies aber umgedreht auf den Bauch gelegt.

»Mine? Hast du Zeit?«

»Für dich immer.« Sie setzte sich auf.

»Was meinst du? Wollen wir zusammen Vaters Geschenk abholen? Ich kann aber auch allein fahren, wenn du lieber hierbleiben willst.«

Sofort schwang sie ihre Beine aus dem Bett. »Bin dabei!«, verkündete sie. »Ich kann mich sowieso nicht auf das Buch konzentrieren.« Sie kam zu ihm herüber. »Was wollte Vater denn mit dir besprechen?«

Gustav dachte an den Brief von Martin in seiner Brusttasche und ärgerte sich ein wenig, diesen jetzt am Körper zu tragen. Nicht dass er herausfiel und Wilhelmine ihn womöglich sah.

»Vater hat mal wieder den alten Strategen hervorgeholt und für Sonntag Dr. Hermann Pfannmüller, den Direktor der Heil- und Pflegeanstalt Eglfing-Haar, eingeladen. Er wird uns dann miteinander bekanntmachen.«

»Aha. Und weshalb?«

»Weil die Klinik offenbar auch in der Forschung aktiv ist und in der Gunst Hitlers steht. Vater will mir dort eine Stelle verschaffen, sodass ich zu wichtig bin, um eingezogen zu werden.«

Wilhelmine strahlte ihn an. »Wirklich?« Sie fiel Gustav um den Hals. »Ich liebe Vater für solche Einfälle, weißt du das?«

»Ich auch. Und nun komm. Jetzt hat er sich das Geschenk erst recht verdient.«

12. Kapitel

Unser Verhältnis hat sich verschlechtert. Dabei waren wir doch jahrzehntelang wie Schwestern.

Else Lehmann

»Else, das ist ja eine Überraschung.« Käthe hielt die Tür fest, als wolle sie sie jeden Moment wieder zuschlagen.

»Ich dachte, ich komme auf einen Kaffee vorbei«, sagte Else – und bemerkte dann Käthes neue Frisur. »Aber Käthe!«, staunte sie. »Was hast du denn mit deinen Haaren gemacht? Du siehst ja um Jahre jünger aus.« Else ging einen Schritt nach vorn, worauf Käthe sofort heraustrat und die Tür hinter sich ins Schloss zog.

»Alma ist gerade am Großreinemachen«, erklärte Käthe. »Gehen wir doch lieber zu euch rüber.«

»Sie putzt jetzt am Nachmittag erst die Stube?«, wunderte sich Else. »Die ist aber spät dran.« Sie sah wieder auf Käthes Frisur. »Du siehst wie früher aus«, stellte sie dann fest. »Das steht dir wirklich sehr gut. Es wurde auch Zeit, dass du endlich etwas machst.«

Käthe hakte sich bei Else ein. »Komm«, sagte sie, »gehen wir ein Stück.«

Else blickte zur Eingangstür. »Sag mal, ist da drinnen etwas, das ich nicht sehen soll?«

Käthe lachte etwas schrill. »Was für ein Unsinn. Was solltest du denn nicht sehen dürfen?«

»Ich weiß es nicht. Doch irgendwie finde ich, dass du dich eigenartig benimmst.«

Käthe schüttelte nur den Kopf und drängte Else dann die Stufen hinunter. Eingehakt gingen die beiden den Weg zu Wilhelms Haus.

»Wie kamst du denn darauf, dir die Haare färben zu lassen?«, fragte Else nun, die noch immer das Gefühl hatte, dass Käthe ein seltsames Verhalten an den Tag legte. Und zwar nicht erst seit heute. Es ging schon seit November so, genau genommen seit Heinrichs Beerdigung. Anfangs hatte Else ja noch verstanden, dass Käthe sich zurückgezogen hatte und darum bat, man möge kurz anrufen, wenn man sie besuchen wollte. Doch inzwischen schien es Else, als würde sich Käthe richtiggehend abkapseln und wolle sie einfach nicht im Haus haben. So eigenartig wie eben hatte sie sich schon die letzten Male benommen, wenn Else einfach mal bei ihr vorbeigeschaut hatte. Dabei war das früher zwischen ihnen gang und gäbe gewesen. Immer mal war die eine unangemeldet bei der anderen aufgetaucht, sei es, um sich Zucker zu borgen, weil es etwas Bestimmtes zu erzählen gab oder aber einfach ein wenig Zeit war, zusammen einen Tee oder Kaffee zu trinken. Doch seit Heinrichs Beerdigung war alles anders, und Else befürchtete, dass Käthe sie mehr und mehr aus ihrem Leben aussperrte.

»Ach, das mit der neuen Frisur war ein ganz spontaner Einfall. Ich war heute früh bei Heinrich am Grab und habe nachgedacht. Und als ich schon auf dem Rückweg war, bin ich noch bei Sulzbach vorbei und habe das machen lassen.« Sie berührte kurz mit der Hand ihre Haare. »Da hatte ich noch gar nichts davon gehört, dass Hitler in Polen einmarschiert ist. Als ich es dann mitbekam, kam ich mir direkt dumm vor, ausgerechnet an einem solchen Tag zum Friseur zu gehen.«

»Ach, besser heute als morgen«, sagte Else und sah Käthe beim Weitergehen von der Seite an. »Käthe«, sagte sie dann, »wir können doch ganz ehrlich miteinander sein, nicht wahr?«

»Aber ja, wie immer. Das weißt du doch.«

»Gut, dann will ich ganz offen reden: Ich habe den Eindruck, dass etwas zwischen uns steht.«

»Zwischen uns?«, wunderte sich Käthe. »Also zumindest von meiner Seite aus ist alles in Ordnung.«

»Wirklich? Es kommt mir nämlich gar nicht so vor.«

»Ich weiß gar nicht, was du meinst, Else.« Käthe hielt den Blick starr auf den Weg vor sich gerichtet.

Else blieb stehen. »Wirklich nicht? Du kannst mich ja nicht einmal ansehen, wenn du das sagst«, stellte sie fest. »Bitte, Käthe, wenn ich dir etwas getan oder mich falsch verhalten habe, dann sag es. Doch ich befürchte, dass unsere nun schon so lange bestehende tiefe Freundschaft irgendwie gelitten hat, und weiß einfach nicht, weshalb.«

»Wie kommst du denn nur darauf?«, fragte Käthe nun ein wenig gereizt. »Ich finde, du redest da etwas herbei.«

»Käthe, ich bitte dich. Seit Heinrichs Beerdigung sperrst du mich regelrecht aus deinem Leben aus. Wie oft haben wir uns früher gegenseitig besucht, einfach mal nebenbei. Wenn ich jedoch jetzt zu dir rüberkomme, ist immer gerade irgendetwas, weshalb ich nicht einmal in dein Haus darf. Soeben putzt Alma, ein andermal führt Ferdinand ein wichtiges Gespräch, bei dem wir stören könnten, dann ist Jojo gerade zum Mittagsschlaf hingelegt worden und das kleinste Geräusch könnte ihn wecken und so weiter und so fort.«

»Ob wir nun Zeit bei mir oder bei dir verbringen, macht doch wohl keinen Unterschied, oder?«, gab Käthe zurück.

»Ist es, weil Heinrich in dem Haus gestorben ist?«, fragte Else nun.

»Wenn du es genau wissen willst: Ja, das ist der Grund«, antwortete Käthe, doch etwas an der Art, wie sie es sagte, ließ Else zweifeln, ob es auch der Wahrheit entsprach. Vielmehr hatte es für sie den Anschein, als hätte Käthe lediglich Elses Frage dankbar als Erklärung angenommen – was sie wütend machte.

»Käthe Lehmann!« Else war vor sie getreten und fasste nun ihre Schultern. »Du lügst mich an, und ich will wissen, warum!«

Käthe starrte sie völlig entgeistert an. »Du spinnst ja, Else. Also, wenn du dich weiter so aufführst, dann kann ich auch zurückgehen, und wir lassen das mit dem Kaffee.«

»Gut, gehen wir zurück. Ich komme mit«, kündigte Else herausfordernd an.

»Bitte, Else, lass es doch einfach gut sein.« Käthe traten die Tränen in die Augen.

»Käthe, was ist denn bloß geschehen? Ist es wegen Ferdinand? Benimmt er sich nicht gut, seit er der Herr im Haus ist, und du weißt, dass ich mich einmischen würde, wenn ich es mitbekäme? Oder habe ich etwas getan, weshalb er vielleicht nicht möchte, dass ich zu dir komme? Bitte, Käthe, sprich mit mir. Du machst mich noch ganz wahnsinnig.«

Else ging einen Schritt auf Käthe zu, die in Tränen ausbrach, worauf Else sie in den Arm nahm.

»Ich möchte es dir ja sagen«, jammerte Käthe. »Doch ich habe es versprochen.«

»Was hast du wem versprochen?« Else suchte ihren Blick. »Käthe, wir haben all die Jahre immer zusammengehalten und uns vertraut. Wenn dir jemand ein Versprechen abgenommen hat, damit du mir etwas verschweigst, kann es derjenige nicht gut mit dir meinen.«

»Es ist nicht so …« Sie brach ab. Dann schien sie einen Entschluss gefasst zu haben: »Schwöre mir, dass das, was ich dir jetzt sagen werde, unter uns bleibt.«

»Käthe, du machst mir Angst.«

»Schwöre es!«

»In Ordnung. Ich schwöre es«, willigte Else ein.

»Es ist wegen …« Käthes Stimme versagte, und sie räusperte sich. Dann sah sie sich nach allen Seiten um, als wollte sie sichergehen, dass niemand sonst sie hören konnte.

»Es ist wegen Johannes«, flüsterte sie nun. »Er ist da. Er ist wieder zu Hause.«

Else sah Käthe verwundert an. »Natürlich ist er da. Wo soll er mit seinen neun Monaten sonst sein?«

Käthe sah sie an, als verstehe sie gar nicht, was die Schwägerin meinte. Dann schüttelte sie den Kopf. »Nicht Jojo, sondern Johannes. Mein Johannes.« Sie tippte sich gegen die Brust.

Else hatte das Gefühl, noch immer nicht ganz zu begreifen. Doch dann fiel der Groschen, und ihr entglitten sämtliche Gesichtszüge. »Nein!«, entfuhr es ihr, und sie schlug erschrocken die Hand vor den Mund.

Käthe nickte heftig und unter Tränen. »Er ist heimgekehrt, Else. Endlich ist er heimgekehrt. Doch es darf niemand wissen, weil er doch damals …« Sie ließ den Satz unvollendet.

Else konnte es gar nicht glauben. »Mein Gott, ich hätte das nie für möglich gehalten. Du hast immer gesagt, du spürst, dass er noch am Leben ist. Und du hast wirklich recht behalten!« Else drückte Käthe nun so fest, dass die fast keine Luft mehr bekam. Dann lösten die Frauen sich voneinander, lachten und weinten gleichzeitig, sahen sich kopfschüttelnd an, nur um sich kurz darauf erneut in den Armen zu liegen. Es war wie ein Freudentanz, den sie mitten auf dem Weg zwischen ihren beiden Häusern aufführten.

»Seit wann ist er denn zurück?«, fragte Else irgendwann.

»Gleich nach Heinrichs Beerdigung ist er heimgekehrt. Er wusste ja, dass Heinrich es nie gutgeheißen hätte, was er damals getan hat, und musste fürchten, dass er ihn melden würde.«

»Sein eigener Vater.« Else schüttelte den Kopf, als könne sie es nicht glauben. Doch tief in ihrem Innern wusste sie sehr genau, dass ihr Schwager genau das getan hätte. »Aber warum hast du's uns denn nicht gesagt?«, fragte Else dann. »Du weißt doch, dass du Wilhelm und mir vertrauen kannst.«

»Weil Ferdinand meinte, es sollte lieber niemand außerhalb des Hauses erfahren. Er hat ja im Grunde auch recht. Und ich, nun ja, ich war so froh, meinen Johannes nach all den Jahren wiederzuhaben, dass ich dafür in Kauf genommen habe, euch belügen zu müssen.«

»Ich verstehe das«, antwortete Else. »Auch wenn ich finde, dass du bei uns eine Ausnahme hättest machen können.«

»Es darf niemand wissen, Else, wirklich niemand. Er könnte auch heute noch für sein damaliges Handeln bestraft werden. Und selbst wenn nicht, dann würden sie ihn jetzt womöglich wieder einziehen. Ich könnte es nicht ertragen, ihn noch mal zu verlieren.«

»Um Himmels willen, nein, das darf natürlich nicht geschehen«, stimmte Else zu. »Aber auf Wilhelm und mich kannst du dich doch immer verlassen. Du musst doch wissen, dass wir nie im Leben etwas tun würden, das dir schaden könnte.«

Käthe senkte den Blick. »Das weiß ich doch«, erwiderte sie. »Doch ihr lebt nicht allein.«

Nun war es Else, die den Blick senkte. »Du sprichst von Leopold, nicht wahr?«

Käthe nickte stumm. »Ich konnte das einfach nicht riskieren. Bitte sei nicht wütend auf mich. Ich wusste nur nicht …«

Else schüttelte den Kopf. »Du hast ja recht«, musste sie einsehen. »Ich will wirklich glauben, dass Leopold sich geändert hat«, fügte sie dann hinzu. »Doch auch wenn er mein Sohn ist, würde ich nicht die Hand für ihn ins Feuer legen.«

»Also sind wir wieder gut miteinander?«

»Natürlich.« Else umarmte Käthe noch einmal. »Zwischen uns passt kein Blatt Papier, Käthe. Und ich kann dir gar nicht sagen, wie beruhigt ich bin, nun, da ich weiß, was der Grund für dein Verhalten ist.« Sie hakte Käthe wieder unter, und langsam gingen sie den Weg entlang in Richtung Wilhelms Haus. »Wenn ich überlege, dass ich deinen Johannes das letzte Mal gesehen habe, als er sechzehn war«, sagte Else nun. »Er muss ja jetzt vierzig, nein einundvierzig sein, richtig?«

»Ja, einundvierzig Jahre. Ich habe so viel von seinem Leben verpasst, Else.« Wieder kamen Käthe die Tränen, die sie eilig aus den Augenwinkeln wischte. »Ich und er selbst auch. Die Jahre, in denen er sich immer nur versteckt hat.« Sie schüttelte mit einem tiefen Seufzer den Kopf. »Er hat nie eine Frau gefunden, keine Familie gegründet, nichts von all dem. Er hat sich all die Jahre immer nur verstecken müssen. Und nun ist er ein reifer Mann, doch das Verstecken hört noch immer nicht auf.«

»Wie hat er dich denn überhaupt gefunden?«, fragte Else, dann kam ihr die Erkenntnis: »Der Brief, nicht wahr? Er ist in euer altes Haus zurückgekehrt.«

Käthe nickte. »Ich hatte ja immer mal wieder bei Frau Maler, unserer früheren Nachbarin, nachgefragt. Sie kannte das Versteck des Schlüssels für unser Haus, genau wie Johannes, und hat gelegentlich nachgesehen, ob der Brief, den ich für Johannes hinterlassen habe, noch da war. Und eines Tages war er weg, genau wie die Spieluhr, deren Melodie er als Kind so sehr geliebt hat. Da wusste ich es.«

»Du hast die Hoffnung niemals aufgegeben«, sagte Else mit Bewunderung in der Stimme.

»Würdest du glauben, dass dein Kind gestorben ist, wenn ein Gefühl in dir das Gegenteil sagt?« Käthe lächelte Else von der Seite an.

»Nein.« Else schüttelte den Kopf. »Niemals. Und du hast ja schließlich auch recht behalten.« Else seufzte. »Und Johannes hat die ganze Zeit hier in der Nähe gelebt?«

»Schon fast fünf Jahre, wie er mir erzählt hat«, bestätigte Käthe. »Ich weiß, ich sollte so nicht denken und es erst recht nicht sagen, doch ich wünschte, Heinrich wäre schon vor Jahren gestorben. Dann hätte ich Johannes noch früher wiedergehabt.«

»Käthe!«, entfuhr es Else entsetzt.

»Ich würde es ja niemand anderem anvertrauen«, verteidigte sich Käthe. »Doch ich denke es, und ich schäme mich nicht einmal, es auszusprechen. Nicht nach dem, was ich inzwischen über Heinrich weiß.«

»Wir können nicht sicher sein, ob diese Astrid wirklich die Wahrheit gesagt hat oder ob es aus einem ganz anderen Grund zum Streit gekommen ist.«

Käthe blieb stehen und Else ebenfalls. »Doch, Else, ich weiß es. Genau wie ich wusste, dass Johannes noch am Leben war, habe ich auch immer gewusst, mit was für einem Menschen ich verheiratet war.«

Else sah sie erschrocken an. »Aber woher? Ich meine, wie willst du dir da so sicher sein. Hat er dich etwa …?« Sie sprach den Gedanken nicht aus.

»Nein, mich nicht«, sagte Käthe tonlos. »Doch Heinrich hatte so eine Art an sich.« Sie presste die Lippen zusammen. »Wenn er merkte, dass ich nicht wollte, hat ihm das besonders gefallen.«

Else schüttelte den Kopf. »Mein Gott, Käthe. Das ist ja furchtbar.«

Die beiden gingen weiter.

»Und ich glaube, Wilhelm wusste es ebenfalls.«

»Mein Wilhelm?«, wiederholte Else und schüttelte dann den Kopf. »Nein, das hätte er nie zugelassen. Er hätte sich Heinrich bestimmt ordentlich zur Brust genommen.«

»Kann ja auch sein, dass er das getan hat. Doch Wilhelm war nicht jeden Tag und jeden Augenblick mit Heinrich zusammen.«

Else merkte selbst, dass ihre Argumentation lückenhaft war. Konnte das wirklich sein? Sie sah Heinrich vor sich, wie sie ihn in Erinnerung hatte. Ihr gegenüber war er stets überaus korrekt gewesen, hatte nie etwas geäußert oder getan, das man als unangemessen hätte bezeichnen können. Andererseits, das wusste sie sehr genau, hätte auch nur ein unpassendes Wort genügt, und Wilhelm hätte seinem Bruder gehörig die Leviten gelesen. Aber konnte ein Mensch sich wirklich so verstellen? Hatten nicht Männer, die Frauen Derartiges antaten, eine bestimmte Ausstrahlung, die man erkennen konnte und sogleich als abstoßend empfand?

»Mhm«, machte Else, noch immer nicht wirklich überzeugt.

»Ich habe vorhin, als ich beim Friedhof war, darüber nachgedacht. Weißt du, ich habe Wilhelm darauf angesprochen, nachdem Heinrich tot war. Ich habe ihn gefragt, ob es wohl wahr sein könnte, was Astrid behauptet. Er hat mich daraufhin so eigenartig angesehen und nur gesagt, dass Vergangenes vergangen sei und ich die Toten ruhen lassen solle.«

Else spürte, wie bittere Galle in ihr aufstieg. Wenn ihr Mann es wirklich so ausgedrückt haben sollte, dann stimmte sie ihrer Schwägerin vollkommen zu. Dann wusste Wilhelm etwas, das er Käthe lieber nicht sagen wollte.

»Ich werde mit Wilhelm sprechen«, versprach Else und tätschelte Käthes Hand, die noch immer bei ihr untergehakt war.

»Oder wir sprechen gemeinsam mit ihm«, schlug Käthe vor, als sie in diesem Moment das Haus erreichten.

»Soll ich denn wirklich dabei sein?«, fragte Else, die nur erahnen konnte, was gerade in Käthe vorging.

Käthe sah sie an und nickte dann. »Ja, ich möchte, dass du dabei bist. Schon deshalb, weil Wilhelm mich vielleicht belügen würde, dich jedoch nicht.«

Else hielt Käthe zurück, als die nun die Stufen hinaufgehen wollte. »Und du bist sicher, dass du die Wahrheit erfahren willst, auch wenn sie furchtbar schmerzhaft sein könnte?«

Käthe nickte nur. Dann betraten die beiden Frauen das Haus.

»Wilhelm?«, rief Else. »Ich bin zurück. Käthe ist auch hier.«

»Im Wohnzimmer«, ertönte die Stimme ihres Mannes.

Als Else und Käthe eintraten, erhob Wilhelm sich aus seinem Sessel und ging ihnen entgegen. »Grüß dich, Käthe.« Er sah auf ihr Haar. »Wie siehst du denn aus?«

»Also, wenn ich meine Haare färben lasse, sagst du nie etwas«, empörte sich Else.

»Weil du es immer machst«, erwiderte Wilhelm nur. »Sieht aber hübsch aus«, stellte er dann fest. »Steht dir.«

»Danke.«

»Wilhelm, wir möchten gern mit dir sprechen«, kündigte Else an und deutete dann auf die Sitzgarnitur, die sie tatsächlich eher selten benutzten. Früher einmal, als Leopold noch klein gewesen war, hatten Ferdinand, Gustav und er dort gesessen und ihre Kekse gegessen. Manchmal war auch abends die ganze Familie dort zusammengekommen. Doch Wilhelm saß schon seit geraumer Zeit meist in seinem Sessel am Fenster und Else im Pendant auf der anderen Seite des Tisches, ebenso wie

Paul-Friedrich und Wilhelm stets dort Platz nahmen, um sich zu unterhalten und ihre Gedanken auszutauschen.

»Möchtest du etwas trinken, Käthe?«, fragte Else. »Wir hatten uns ja eigentlich auf einen Kaffee gefreut«, versuchte sie die angespannte Stimmung etwas zu lockern.

»Nein, danke«, lehnte Käthe ab, der die Nervosität nun ins Gesicht geschrieben stand.

»Was ist denn los mit euch?«, fragte Wilhelm und nahm zusammen mit Käthe bereits Platz, während Else noch die Tür schloss und sich dann zu ihnen gesellte.

»Stecke ich in Schwierigkeiten?«, fragte Wilhelm und sah von einer zur anderen.

»Es geht um Heinrich«, begann Käthe.

Wilhelms Miene blieb ungerührt.

»Erinnerst du dich an unser kurzes Gespräch, als er verstorben war?«

»Wir haben viele Gespräche geführt«, wich Wilhelm aus.

Else sah ihrem Mann an, wie unwohl er sich offenbar fühlte. Ihrer Einschätzung nach wusste er sehr genau, worauf Käthe hinauswollte.

»Ich meine das Gespräch, in dem ich dich fragte, ob du ihm eine solche Tat, wie diese Astrid sie ihm vorgeworfen hat, zutrauen würdest.«

»Ich erinnere mich«, sagte Wilhelm nur.

»Und?«

»Und was?«

Käthe warf Else einen kurzen Blick zu. »Du bist mir damals ausgewichen.«

»Bin ich nicht. Ich habe dir geantwortet.«

»Ja, aber nicht richtig. Du hast mir gesagt, ich solle Vergangenes vergangen sein lassen.«

»Das ist doch eine Antwort«, versuchte Wilhelm, sich herauszureden.

»Wilhelm.« Else erhob die Stimme.

»Was denn? Was wollt ihr von mir hören?«

»Die Wahrheit.« Käthe funkelte ihn wütend an.

»Wie soll ich beurteilen können, ob dieses Dienstmädchen die Wahrheit gesagt hat oder nicht.«

»Wilhelm, du weichst aus«, mischte sich nun Else ein. »Hier geht es nicht um das, was diese Astrid gesagt hat, sondern um das, was du weißt. Versuch ja nicht, uns für dumm zu verkaufen.«

Wilhelm sah erst seine Frau, dann seine Schwägerin an. »Weshalb ist das jetzt noch wichtig? Heinrich ist tot. Er war bestimmt kein einfacher Mensch und hatte wahrlich seine Fehler. Doch über ihn herzuziehen, jetzt, wo er sich nicht mehr wehren kann …« Er schüttelte den Kopf. »Ich weiß nicht, wozu das gut sein soll.«

»Weil ich es wissen muss. Ich muss wissen, wer der Mann war, mit dem ich mein Leben verbracht habe.«

Wilhelm sah Käthe einen Moment lang an, dann sagte er zu seiner Frau: »Else, wärst du wohl so nett, mir etwas zu trinken zu holen?«

»Ich habe Else gesagt, dass ich sie dabeihaben möchte«, beharrte Käthe und griff nach Elses Hand.

Wilhelm senkte den Blick. »Nun gut«, begann er mit rauer Stimme. »Doch euch wird nicht gefallen, was ich euch erzähle. Es war damals in Riga. Viktor Behrend, Ludwig Pfeiffer und Heinrich haben sich an einer Magd vergangen. Albert Zeidler hatte es mitbekommen, ebenso wie Karl Taubner und Theo Siegler. Albert hat noch versucht, der Frau zu helfen, als Paul-Friedrich und ich hinzukamen. Doch das Schlimmste war da schon geschehen. Es gab Streit zwischen uns. Viktor Behrend wollte die Magd erschießen, und wir anderen versuchten, ihn davon abzuhalten. Mit vereinten Kräften gelang es uns, ihn und die anderen dort wegzulotsen. Dann gerieten wir in eine

Schießerei, bei der sowohl Viktor Behrend als auch Ludwig Pfeiffer und Karl Taubner starben.« Wilhelm atmete geräuschvoll aus. »Nun kennt ihr die Wahrheit.«

Käthe war bleich geworden und hatte, während Wilhelm sprach, Elses Hand so fest gedrückt, dass sie inzwischen schmerzte.

»Danke«, sagte Käthe gefasst. »Gab es noch weitere Vorfälle?«

»Keine, von denen ich weiß«, entgegnete Wilhelm.

Käthe saß eine Weile nur so da, dann erhob sie sich. »Ich möchte jetzt lieber nach Hause gehen«, erklärte sie dann, worauf auch Wilhelm und Else aufstanden. »Ich danke dir, dass du es mir gesagt hast, Wilhelm.«

Er nickte nur, und Else konnte ihrem Mann ansehen, dass er sich alles andere als wohl fühlte.

»Er hatte auch gute Seiten, Käthe«, versuchte Wilhelm, die Schwägerin zu trösten.

»Sicher«, sagte sie. »Doch das wiegt leider gar nichts von dem auf, was er anderen angetan hat.« Käthe sah Else an. »Bitte setze Wilhelm über Johannes ins Bild«, bat sie nun tonlos.

»Das mache ich. Danke. Soll ich dich lieber noch nach Hause begleiten?«, fragte nun Else.

»Nein.« Käthe schüttelte den Kopf. »Ich möchte jetzt gern allein sein.«

»Wie du willst.« Else nahm sie kurz in den Arm, dann ging Käthe hinaus. Als sie die Tür hinter sich geschlossen hatte, sagte Wilhelm: »Es wäre besser gewesen, sie hätte es nie erfahren.«

»Glaub mir«, erwiderte Else, »sie hat es sowieso gewusst. Zumindest hat sie es geahnt, und die Unsicherheit hat sie vermutlich genauso gequält, wie es nun die Gewissheit tut.«

Wilhelm sah sie an. »Und was hat sie eben wegen Johannes gemeint, das du mir sagen sollst? Ist der Kleine krank?«

»Nein, denn sie hat nicht von ihrem Enkel gesprochen, sondern von ihrem Sohn«, klärte Else auf und teilte ihrem Mann dann mit, was Käthe ihr anvertraut hatte. Doch Freude darüber, dass Johannes heimgekehrt war, konnte in diesem Moment bei keinem der beiden aufkommen. Dafür war das, was Wilhelm berichtet hatte, einfach zu schrecklich gewesen.

13. Kapitel

Manchmal habe ich das Gefühl, echtes Glück einfach nicht verdient zu haben.

Irma Lehmann

Irma blickte zu Sophia, die mit zögerlichen Schritten auf dem Steg ganz nach vorn ging und sich dann setzte, genauso wie Irma es ihr beigebracht hatte.

»Gut, Sophia, und nun stoß dich ab, und schwimm zu mir herüber.«

»Aber du bist so weit weg«, jammerte die Tochter.

»Du schaffst das, Sophia!«, sprach Irma ihr Mut zu. »Du musst nur schwimmen. Dir kann nichts passieren. Ich bin ja da.«

Sophia sah ihre Mutter ängstlich an, bis sie sich endlich vom Steg gleiten ließ. Sie machte drei Schwimmzüge, dann, ganz plötzlich, ging sie so ruckartig unter, als hätte etwas sie in die Tiefe gerissen. Irma schwamm so schnell sie konnte, doch sie kam kaum voran. Sophia tauchte wieder auf, schrie um Hilfe. Da sah Irma den Mann, der ebenfalls auftauchte und ihre Tochter dann wieder mit sich hinunterzog.

»Sophia!«, schrie Irma wieder und wieder und versuchte, ihre Tochter zu erreichen. Sie schwamm und schwamm, doch statt näher zu kommen, schien sich der Steg nur noch weiter von ihr zu entfernen. Erneut tauchte Sophia kurz auf, rief verzweifelt nach ihrer Mutter. Doch der Mann neben ihr lachte nur höhnisch auf und zog sie ein weiteres Mal mit sich in die Tiefe. Irma schwamm und schwamm, rief wieder und wieder den Namen der Tochter. Dann fuhr sie hoch.

»Ganz ruhig«, sprach Leopold auf sie ein, obwohl sie seine Stimme zunächst kaum zuordnen konnte. »Ruhig, Irma. Du hast nur geträumt. Alles ist gut.«

Irma war vollkommen durchgeschwitzt und hatte Mühe, wieder zu einer gleichmäßigen Atmung zu finden. Sie richtete sich abrupt auf, schwang die Beine aus dem Bett, ging zum Fenster und riss es auf.

Leopold erhob sich ebenfalls und trat hinter sie. »Was hast du denn Schreckliches geträumt? Du hast ein paar Mal Sophias Namen gerufen und mit den Armen um dich geschlagen. Geht es jetzt wieder?«

Irma atmete tief die frische Nachtluft ein, die ins Zimmer strömte. Es war dunkel, nur der hoch stehende Mond spendete ein wenig Licht.

»Ich habe geträumt, dass Sophia im See untergegangen ist«, stieß Irma hervor. »Es war furchtbar!«

»Du zitterst ja richtig«, erkannte Leopold und nahm seine Frau von hinten in den Arm. Einen Moment blieben sie so stehen, dann sagte Leopold: »Komm, legen wir uns wieder hin.«

Irma zögerte, sie mochte gar nicht daran denken, sich wieder ins Bett zu legen, einzuschlafen und womöglich eine Fortsetzung dieses Albtraums zu erleben. Dann schloss sie aber doch das Fenster, und Leopold und sie legten sich wieder hin.

»Soll ich dich in den Arm nehmen?«, fragte er liebevoll.

Die Art, wie er mit ihr sprach, passte eigentlich gar nicht zu ihm. Wenn er doch auch bei Tag öfter mal so zu ihr wäre! Doch da war er ihr gegenüber meist recht unterkühlt oder eher gleichgültig, was Irma gewaltig zu schaffen machte.

»Ja«, sagte sie leise und kuschelte sich an ihn. Doch kaum lagen sie so, begann Leopold sie zu berühren.

»Bitte, ich muss noch immer an den Traum denken«, bat sie und hielt seine Hand fest.

»Das wird dich ablenken«, raunte er und küsste sie.

»Nein!« Entschlossen stieß sie ihn von sich, was sie sich vor einiger Zeit noch nicht getraut hätte.

Sofort nahm er seine Hand weg. »Schon gut. Ich wollte nur, dass du dich besser fühlst. Aber wenn du nicht willst ...« Er drehte sich auf die andere Seite und zog die Decke über seine Schulter.

Irma legte sich gerade hin und verschränkte die Arme hinter dem Kopf. Konnte ihr Ehemann nicht ein einziges Mal nett sein, einfach so, ohne jeden Hintergedanken? Sie seufzte. Die Bilder des Traums waren noch immer nicht ganz verschwunden. Sie sah wieder das Gesicht des Mannes vor sich, den sie, Clara und Elisabeth im See ertränkt hatten. Es war Notwehr gewesen, ja. Doch das minderte nicht ihr schlechtes Gewissen. Ganz im Gegenteil, sie hatte das Gefühl, dass es sogar schlimmer geworden war, und sich so manches Mal gefragt, ob es helfen könnte, mit den anderen beiden darüber zu sprechen. Doch sie erinnerte sich noch sehr genau, wie heftig Clara reagiert hatte, als seinerzeit Elisabeth mit den Erinnerungen an diese furchtbare Tat zu kämpfen gehabt hatte und darüber hatte reden wollen. Damals hatte Irma selbst noch besser damit umgehen können, wollte genau wie Clara das Erlebte einfach nur vergessen. Vor allem aber wollte sie nicht dafür belangt werden, wonach es jedoch eine Weile aussah, da der damalige Gauleiter Langenmüller ihnen fast auf die Schliche gekommen wäre. Sie hatte sich seinerzeit an Paul-Friedrich gewandt, und er hatte ihr versprochen, sich um die Angelegenheit zu kümmern. Dazu war es aber nicht mehr gekommen, weil Gauleiter Langenmüller offenbar den Verstand verloren hatte und auf der Beerdigung des ersten Kindes von Elisabeth und Ferdinand wie ein Wahnsinniger gewütet hatte. Dies war sicher nicht auf Paul-Friedrichs Eingreifen zurückzuführen, wie Irma meinte. Es war wohl aus ihrer Sicht einfach eine Fügung des Schicksals gewesen, dass der Gauleiter offensichtlich einen Nervenzusammenbruch erlitten und sich schließlich erhängt hatte, sodass er die Angelegenheit nicht mehr weiter hatte verfolgen können. Doch das änderte nicht das Geringste an ihrem eigenen schlechten Gewissen und daran, dass das Bild des Mannes ihr immer wieder im Traum erschien, sosehr sie es auch vergessen wollte.

Sie nahm die Arme wieder herunter, drehte sich auf die Seite. In nächster Zeit würde sie nicht mehr mit den Kindern zum Schwimmen gehen. Allein die Vorstellung, nach diesem Traum ins Wasser zu steigen, verursachte ihr eine Gänsehaut am ganzen Körper.

Irma versuchte, die Gedanken an den Traum von sich zu schieben, und dachte stattdessen an ihre Eltern. Ihre Mutter hatte vorhin angerufen und ihr mitgeteilt, dass sie nächste Woche nach Übersee reisen würden, wo ihr Vater diverse Engagements an großen Opernhäusern hatte. Außerdem, und auch das sprach ihre Mutter offen aus, wollten sie für eine Weile Deutschland meiden, war doch nicht zu erkennen, wie es hier weitergehen würde. Aus diesem Grund hatte ihre Mutter Irma nochmals angeboten, dass sie doch mitkommen könnte, sie und natürlich auch die Mädchen. Schließlich würden die beiden so die Welt kennenlernen, und Irma, so fand ihre Mutter, täte es auch einmal gut, ein wenig Abstand zu allem zu bekommen. Da sie bereits nächste Woche aufbrechen wollten, sollte Irma sich möglichst bald entscheiden, ob sie das Angebot der Eltern annahm, und sich dann bei ihr melden. Irma versprach, es sich durch den Kopf gehen zu lassen, obwohl sie sich im Grunde schon entschieden hatte. Sie wollte Gut Falkenbach nicht verlassen! Sie wollte Sophia und Charlotte nicht in der Welt umherzerren, sondern ihnen ein stabiles und sicheres Zuhause bieten. Und gerade seit heute, da Hitler Polen den Krieg erklärt hatte und noch abzuwarten blieb, wie die Nachbarstaaten darauf reagierten, wollte Irma keinesfalls mit ihren Kindern irgendwohin reisen, wo sie nicht sicher sein könnte, dort als Deutsche auch willkommen zu sein. Denn es vermochte ja niemand zu sagen, ob die Pläne des Führers als das erkannt wurden, was sie waren: nämlich als Maßnahme der Befreiung früherer Deutscher, oder ob sie als kriegerische Aggression ausgelegt würden. Genau genommen wusste Irma ja selbst nicht einmal genau, was sie vom Vorgehen Hitlers zu halten hatte, wenngleich sie sicher nicht so ablehnend, oder besser gesagt feindselig, dem Führer gegenüberstand wie beispielsweise ihr Schwiegervater. Wilhelm schimpfte schon seit Wochen jeden Tag über das Vorgehen Hitlers, was Irma tatsächlich überaus kritisch sah. Nicht nur, weil es nicht besonders klug war, den nationalsozialistischen Gedanken derart unverhohlen zu verteufeln. Sie fand es auch ein wenig engstirnig, dass Wilhelm so gar nichts Gutes an dem erkennen konnte, was der Führer tat, denn es war doch mehr als offensichtlich, dass dieser mit Feuereifer nur das Beste für Deutschland wollte. Und konnte das wirklich so verkehrt sein?

Sie drehte sich auf die andere Seite und hing dem Gedanken noch eine Weile nach. Dann schlief sie wieder ein und erwachte erst gegen kurz vor sieben, während sie sonst um diese Uhrzeit schon im Bad war, um ihre Morgentoilette zu erledigen. Leopold war bereits aufgestanden, ohne dass Irma etwas davon bemerkt hätte. Sonst war sie immer früher als er im Bad. Hoffentlich brauchte er nicht so lange.

Sie zog sich an und ging dann über den Flur. Die Tür zum Bad war nicht verschlossen, was sie erleichtert aufatmen ließ. Offenbar war Leopold bereits fertig. Else und Wilhelm benutzten ein anderes Bad, das direkt ihrem Schlafzimmer angeschlossen war, was, wie Else ihr einmal erzählt hatte, damals auf ihren besonderen Wunsch so gebaut worden war, weil Else es in ihrem früheren Haus in Leipzig als überaus störend empfunden hatte, dass der Weg zum Badezimmer dort so lang gewesen war. Als Wilhelm dann seinen Schlaganfall erlitten hatte, hatte es sich als wahrer Segen erwiesen, dass das Bad gleich nebenan war.

Nachdem Irma sich gewaschen und angekleidet hatte, ging sie hinunter ins Esszimmer. Dort traf sie Leopold und Else an. Wilhelm war noch nicht auf, und auch die Mädchen schliefen offenbar noch.

»Guten Morgen«, grüßte Irma beim Eintreten.

»Guten Morgen«, erwiderte Else mit einem Lächeln, während Leopold nur etwas brummte. Er war ihr also noch böse, weil sie ihn letzte Nacht zurückgewiesen hatte. Doch das war Irma gerade einerlei. Es war ohnehin schwierig genug, mit ihrem Ehemann umzugehen. Doch heute Morgen hatte sie einfach nicht die Nerven, sich darüber Gedanken zu machen.

»Ist alles in Ordnung?«, fragte Else.

»Ja, alles bestens. Ich habe nur heute Nacht nicht gut geschlafen. Und weil ich dann in den frühen Morgenstunden noch mal eingeschlafen bin, fühle ich mich jetzt wie gerädert. Wahrscheinlich hätte ich lieber gleich aufstehen sollen.«

»Das kenne ich nur zu gut. Da macht man sich während der Nacht über alles Mögliche Gedanken und findet keinen Schlaf, während man dann am Morgen am liebsten liegen bleiben würde«, pflichtete Else ihr bei.

»Ja, genau.«

Irma nahm sich eine Scheibe Brot und bestrich sie mit Butter. »Die Mädchen sind noch nicht auf, oder?«, fragte sie nun.

»Nein, noch habe ich keines von beiden gesehen«, antwortete Else. »Anita ist aber bereits in der Küche und wird sich kümmern, sobald die zwei aufstehen. Du könntest dich also ruhig noch ein wenig hinlegen«, bot Else an.

»Das ist lieb von dir, aber nein danke«, erwiderte Irma.

Else sah zwischen Leopold und seiner Frau hin und her. »Alles in Ordnung bei euch?«, fragte sie.

»Sicher«, gab Leopold knapp zurück, trank seinen Kaffee aus und stand auf. »Ich mache mich schon mal auf den Weg. Ist ja mehr als genug zu tun in der Fabrik.«

Else blickte kurz zu Irma, sagte dann aber nur: »Tu das, Leopold. Ich wünsche dir einen guten Tag.«

»Danke.« Leopold würdigte Irma keines Blickes, als er den Raum verließ. Else sah ihm nach und fragte dann Irma: »Habt ihr Streit?«

Irma zuckte die Achseln. »Ich würde nicht von Streit sprechen. Manchmal gefällt Leopold einfach mein Verhalten nicht, und das lässt er mich spüren.«

»Sehr zu stören scheint es dich nicht«, stellte Else fest.

Irma überlegte kurz. »Ich glaube, dass Leopold und ich wohl niemals eine Ehe führen werden, wie ich sie mir wünsche.«

»Das klingt, als hättest du bereits aufgegeben.« Else legte den Kopf schräg.

»Mag sein«, gestand Irma ein und sah die Schwiegermutter dann an. »Du weißt ja, was schon alles vorgefallen ist, Else. Vielleicht ist es eben zu viel, um es wiedergutzumachen.« Sie drehte die Tasse in den Händen. »Es kann wohl einfach nicht jeder eine solche Ehe führen wie Wilhelm und du.«

»Da gebe ich dir recht, unsere Ehe ist wirklich von besonderer Liebe geprägt«, stimmte Else zu. »Doch es war auch harte

Arbeit. Ich glaube, vieles von dem, was uns an Gutem widerfahren ist, liegt einfach darin begründet, dass wir uns immer zu schätzen wussten.« Sie deutete zur Tür, durch die Leopold soeben gegangen war. »Wilhelm weiß, dass er sich ein solches Verhalten bei mir nicht leisten könnte, und ich weiß, dass ich ihn so nicht hätte gehen lassen.«

»Mag sein, doch Wilhelm liebt dich auch weit mehr als Leopold mich.« Irma spürte kurz in sich hinein, ob sie die Erkenntnis, die sie eben so selbstverständlich ausgesprochen hatte, in irgendeiner Form berührte. Doch tatsächlich fühlte sie nichts.

Else sah sie an und wollte offenbar noch etwas erwidern, als die Tür aufging und Wilhelm eintrat.

»Guten Morgen, die Damen!«, sagte er, berührte beim Vorbeigehen kurz Irmas Schulter, nahm dann auf seinem Stuhl Platz, drückte Elses Hand, zog sie zu sich und gab ihr einen Kuss darauf. Die beiden tauschten einen kurzen liebevollen Blick, der Irma verriet, wie recht sie mit ihrer Bemerkung gehabt hatte: Keinen einzigen Tag hatten Leopold und sie so füreinander empfunden wie Else und Wilhelm. Das war eine Tatsache und einfach nicht zu ändern.

Etwa zwei Stunden später verließen Irma und Anita mit den Mädchen das Haus. Die Schwimmsachen hatten sie, anders als in den vergangenen Tagen, nicht dabei, was Charlotte dazu brachte, sich anhaltend zu beschweren.

»Wir werden heute nicht zum See gehen«, bekräftigte Irma ihre Entscheidung. »Und ich wünsche jetzt keine Widerworte mehr zu hören.«

»Aber es ist so warm, Mama! Es wird bestimmt nicht mehr lange dauern, bis der Herbst anbricht, und dann können wir nicht mehr schwimmen gehen«, beschwerte sich Charlotte.

»Wo hast du denn diese Erkenntnis nun wieder her?«, fragte Irma, überrascht über die Wortwahl ihrer Tochter.

»Oma hat es gesagt. Sie hat gesagt, dass es richtig ist, jetzt schwimmen zu lernen, weil schon bald der Herbst kommt und es dann zu kalt wird.«

»Da hat Oma zwar recht, doch wir waren die ganzen letzten Tage immer wieder schwimmen. Und heute gehen wir eben nicht.«

»Und was machen wir dann?« Charlotte hatte einen Zweig aufgehoben, während die vier den Weg entlanggingen, und brach davon nun immer wieder Stücke ab.

»Wir werden auf der großen Wiese mit dem Ball spielen«, erklärte Irma.

»Aber dazu habe ich gar keine Lust«, maulte Charlotte. »Und Sophia auch nicht«, fügte sie dann hinzu.

»Deine Schwester kann sehr gut für sich selbst sprechen«, wies Irma sie zurecht und sah zu ihrer älteren Tochter hinunter.

»Mir ist egal, was wir machen«, sagte diese dann.

»Du bist so doof!«, rief Charlotte.

»Charlotte! Ich will so etwas nicht hören, hast du mich verstanden?« Irma spürte schon wieder die Wut in sich aufsteigen. Es war dringend notwendig, die Zügel bei Charlotte ein wenig anzuziehen.

Charlotte trat einige Steine vom Weg und schleuderte dann den Rest des Zweigs ins Gebüsch.

Sie erreichten die große Wiese, hinter der sich, nur durch einige Bäume getrennt, Gustavs Praxis mit der angeschlossenen kleinen Klinik befand, sodass man von hier aus zwar die beiden Dächer, jedoch nicht die eigentlichen Gebäude erkennen konnte. Neben dem Weg, den sie soeben vom Hause Wilhelm Lehmanns gegangen waren, führte noch ein weiterer, auf der anderen Seite der Wiese gelegener hierher, der die Verbindung zum Gutshaus darstellte.

Die vier stellten sich im Quadrat auf und spielten mit dem Ball. Schnell wurde es Charlotte langweilig, und sie machte sich einen Spaß daraus, immer härter gegen den Ball zu treten, sodass Sophia mehr zu laufen hatte als die anderen.

»Spiel bitte ordentlich, Charlotte«, musste Irma sie erneut ermahnen.

Eine Weile riss die Tochter sich zusammen, dann jedoch trat sie wieder so fest gegen den Ball, dass dieser an Sophia vorbei über den gegenüberliegenden Weg rollte. Sophia lief sofort los, und Irma erschrak, als sie plötzlich das Geräusch eines sich nähernden Autos hörte. Sie konnte nicht sehen, woher es kam, die Sicht nach rechts war ihr durch die dort stehenden Bäume versperrt.

»Sophia! Bleib stehen!«, schrie sie, so laut sie konnte. Anita und Irma rannten los, als Sophia einfach weiterlief, während das Motorengeräusch immer lauter wurde.

»Sophia!«, brüllte Irma aus voller Kehle, da sah sie Gustavs Auto, der den Weg entlangfuhr. Aus seinem Winkel konnte er Sophia keinesfalls erkennen. Wieder brüllte Irma aus vollem Hals, doch Sophia hatte den Weg bereits erreicht.

Ein gellender Schrei entfuhr Irmas Kehle, der im Quietschen der Bremsen unterging. Irma glaubte, ihren Herzschlag nicht mehr zu hören. Anita erreichte Sophia zuerst, die der Länge nach am Boden lag. Gustav war aus dem Auto gesprungen, als nun auch Irma bei ihrer Tochter ankam. Sie stürzte zu Boden und riss Sophia an sich, die heftig weinte.

»Ich habe sie erst im letzten Moment gesehen«, stieß Gustav atemlos hervor. »Ist sie verletzt?«

Irma drückte die Tochter an sich. »Ich glaube nicht«, sagte Irma unter Tränen. »Oder, Sophia? Geht es dir gut?«

Sophia schluckte heftig, brachte aber kein einziges Wort hervor.

Gustav beugte sich zu ihr herunter. »Lass mich mal sehen, meine Kleine«, sagte er dann, so ruhig er konnte, obwohl Irma ihm ansah, dass auch ihm der Schrecken in alle Glieder gefahren war. Erst jetzt bemerkte sie Charlotte, die ebenfalls hergerannt war und nun bitterlich weinte.

»Das wollte ich nicht.« Sie schluchzte heftig.

Irma hielt ihr die geöffnete Hand hin und forderte ihre kleine Tochter damit auf, zu ihr zu kommen. Dann zog sie sie in ihren Arm, während Gustav Sophia weiter auf Verletzungen untersuchte.

»Ist schon gut, Lotte. Du kannst nichts dafür«, beruhigte Irma ihre jüngere Tochter nun.

»Soweit ich es sehen kann, sind nur ihre Knie aufgeschlagen«, stellte Gustav fest und nahm nun Sophias Hände in seine. »Was meinst du: Wollen wir im Auto bis zur Praxis fahren, und da bekommst du einen tollen Verband von mir?«

Sophia sah kurz ihre Mutter an, um sich zu vergewissern, und nickte dann. »Ja«, sagte sie nur, noch immer etwas unter Schock stehend.

»Na, dann komm.« Gustav streckte Sophia die Hand hin und sah dann Irma fragend an.

»Wir gehen die paar Meter zu Fuß«, meinte sie.

»In Ordnung. Also, Sophia.« Er ging mit ihr auf die Beifahrerseite und öffnete die Tür. »Wenn die junge Dame bitte einsteigen möchte? Eine Extrafahrt direkt zum Doktor«, kündigte er an, was die Kleine zum Lächeln brachte. Dann half er ihr hinein und warf Irma noch einen kurzen Blick zu. »Bis gleich.«

»Ja, bis gleich.«

Gustav fuhr los, während Irma Charlotte auf den Arm nahm und sie kurz drückte. »Bring du Charlotte bitte zurück zum Haus und sag meiner Schwiegermutter Bescheid, was passiert ist.«

»Ist gut«, antwortete das Kindermädchen nur, dem der Schrecken noch immer ins Gesicht geschrieben stand. Irma setzte Charlotte wieder ab und die griff sogleich nach Anitas

Hand. Dann winkte Irma den beiden noch und machte sich auf den Weg zur Praxis.

Die Tür stand weit offen, sodass sie eintrat und direkt bis zu Gustavs Behandlungszimmer durchging, wo sie seine und Sophias Stimme hörte. Soeben hatte Gustav etwas gesagt, das die Kleine mit fröhlichem Lachen quittierte.

»Mama!«, rief sie freudig, als Irma den Raum betrat. »Onkel Gustav sagt, dass ich jetzt aussehe wie eine richtige Tänzerin, weil die auch immer auf die Knie fallen und dann einen Verband brauchen.«

»Wirklich? Das ist ja toll!«, freute sich Irma mit ihrer Tochter und warf Gustav einen dankbaren Blick zu, den er mit einem kurzen Augenzwinkern erwiderte. Es war wirklich schade für ihn, fand Irma, dass Clara und er noch nicht selbst Eltern geworden waren. Dass er ein guter, nein, ein hervorragender Vater sein würde, stand für Irma zweifelsfrei fest. Und einen Wimpernschlag lang war da das Gefühl tiefsten Bedauerns, dass sie sich damals wegen Leopold von ihm abgewandt und die Verlobung gelöst hatte, auch wenn sie sich geschworen hatte, nicht mehr damit zu hadern. Dass es ein Fehler war und Gustav eindeutig der bessere Mann für sie gewesen wäre, hatte sie schon kurz nach der Hochzeit mit Leopold festgestellt. Aber es nützte ja nichts, darüber noch weiter zu grübeln. Es war, wie es war, und eben nicht mehr zu ändern.

Ganz vorsichtig reinigte Gustav Sophias Knie und zog mit der Pinzette einige kleine Steinchen aus den Wunden. Sophia presste die Lippen fest zusammen.

»Du bist wirklich tapfer«, lobte Gustav. »Ich hatte das auch schon ganz oft bei richtig großen Männern. Und die waren alle nicht so tapfer wie du.«

Sophia lächelte erneut.

»So.« Gustav tupfte noch einige Male nach. »Das Schlimmste hast du geschafft.« Er stand auf, holte eine Salbe und einige Binden und legte alles auf. Als er fertig war, betrachtete er sein Werk.

»Also, wenn du mich fragst, sieht das wirklich fabelhaft aus, Sophia.« Er sah sich zu Irma um. »Oder?«

»Ich bin richtig neidisch«, stellte Irma fest. »Ich glaube, so einen schicken Verband hätte ich auch gern.«

»Wenn du willst, kann ich dich auch nur knapp mit dem Auto verfehlen. So schafft man sich seine Patienten selbst.«

Irma lachte auf. »Vielen Dank für das Angebot, aber für heute reicht es auch so.«

Gustav hob Sophia von der Behandlungsliege und stellte sie wieder auf die Beine.

»Danke schön«, sagte die Kleine.

»Ja, danke schön«, sagte nun auch Irma. »Ich bin so froh, dass sonst nichts passiert ist. Wir haben Ball gespielt, und ich habe nicht gut genug aufgepasst.«

»Ich hätte auch langsamer fahren sollen«, meinte Gustav. »Ich wollte hier ohnehin nur nach dem Rechten sehen, weil ich Frieda an den Tagen, an denen niemand in der Klinik ist, freigegeben habe.« Er sah zu Sophia hinunter. »Soll ich dich und deine Mama nach Hause fahren?«

»Ja!«, rief Sophia begeistert.

»Wir können das kleine Stück nun wirklich zu Fuß gehen«, wandte Irma ein.

»Was das Beste für meine Patientin ist, bestimme immer noch ich.« Wieder zwinkerte Gustav.

»Na, dann habe ich da wohl nichts zu sagen.« Irma lächelte Gustav dankbar an, da Sophia die Freude ins Gesicht geschrieben stand. Gemeinsam verließen die drei die Praxis, nachdem Gustav kurz aufgeräumt hatte. Irma stieg ein, und Sophia ließ sich von Gustav auf den Schoß der Mutter setzen. Dann fuhren sie los.

Beim Haus von Wilhelm Lehmann angekommen, ging Gustav um das Auto herum und half erst Sophia und dann Irma heraus.

Else trat gerade aus der Tür, breitete die Arme aus und rief: »Da ist ja unsere Sophia wieder!«

»Guck mal, Oma! Ich sehe jetzt aus wie eine Tänzerin.« Sophia stürmte die Stufen hinauf.

»Nicht so schnell. Sonst fällst du noch mal hin!«, rief Irma ihr hinterher.

»Na ja, jetzt ist sie wenigstens um die Knie herum gut gepolstert«, gab Gustav trocken von sich und hob die Hand zum Gruß. »Guten Tag, Else!«

»Guten Tag, Gustav«, erwiderte sie gut gelaunt, nahm Sophia auf den Arm und ging mit ihr ins Haus.

»Noch einmal vielen Dank, Gustav. Nun kann sie jedem erzählen, dass sie aussieht wie eine Tänzerin.« Irma trat einen Schritt auf ihn zu und umarmte ihn.

»Oh«, machte Gustav. »Hätte ich geahnt, dass du dich so bei mir bedankst, hätte ich eines deiner Kinder schon viel früher angefahren«, lachte er, und es schien Irma, als wollte er so den etwas peinlichen Moment überspielen. »Hol doch am besten Charlotte auch gleich noch mal raus, wenn ich weiterfahre.«

»Du kannst die Sprüche einfach nicht lassen, nicht wahr?«

Irma sah ihm in die Augen, und kurz war da dieses Gefühl, das sie auch früher gehabt hatte, wenn sie sich nah gewesen waren.

»In einem anderen Leben als diesem hast du das mal an mir gemocht«, sagte er nachdenklich.

»Und das hat sich bis heute nicht geändert«, erwiderte Irma, doch dann senkte sie rasch den Blick, weil sie spürte, dass die Gefühle, die sie überwunden glaubte, auf einmal in ihr aufwallten.

Gustav räusperte sich. »Dann mach ich mich mal lieber auf den Weg.« Er beugte sich vor und gab ihr einen Kuss auf die Wange, dann stieg er eilig ein und fuhr davon.

Irma atmete tief durch, bevor sie ins Haus ging und dann ins Wohnzimmer, wo Sophia begeistert den Großeltern erzählte, was geschehen war. Nur wenig später kam auch Leopold, was Irma überraschte, da ihr Mann zu dieser Zeit eigentlich immer in der Firma war.

»Papa!«, rief Sophia fröhlich. »Sieh mal! Ich bin genau wie eine Tänzerin.« Dann erzählte sie auch ihm, was passiert war, und Leopold hörte aufmerksam zu.

»Na, da hatten wir ja Glück, dass Onkel Gustav sich direkt um dich gekümmert hat, nicht wahr?«, sagte Leopold, doch Irma bemerkte, dass etwas in der Stimme ihres Mannes lag, was sie aufhorchen ließ. Kurz tauschten sie einen Blick, doch dann wandte Leopold sich seinem Vater zu und kündigte an, dass er etwas mit ihm zu besprechen habe. Irma sah ihn nachdenklich an. Konnte es sein, dass Leopold sie und Gustav soeben draußen gesehen hatte?

Dann wurde sie jedoch von Sophia abgelenkt und hatte keine Gelegenheit, noch weiter darüber nachzudenken. Aber ein Gefühl des Unbehagens blieb.

14. Kapitel

Ich bin so glücklich wie noch nie in meinem Leben. Niemals werde ich zulassen, dass mir mein Sohn wieder genommen wird.
Elisabeth Lehmann

Es tat ihr in der Seele weh, den kleinen Jojo in Bärbels Obhut zu übergeben und zu wissen, dass sie viele Stunden von ihrem Sohn getrennt sein würde. Doch der sechzigste Geburtstag von Paul-Friedrich war nun wirklich kein Anlass, zu dem man ein neun Monate altes Kleinkind mitnahm.

Sie hatte mit Irma darüber gesprochen, die ihr versicherte, Sophia und Charlotte ebenfalls zu Hause bei Anita zu lassen. So hatte Elisabeth ihrem Sohn noch einen Kuss gegeben, sich in ihrem neuen hellgrünen Kleid im Spiegel betrachtet und begleitete nun ihren Mann, der in seiner frisch gestärkten Uniform einfach blendend aussah, wie sie fand. Überhaupt hatte sie das Gefühl, dass Ferdinand in der letzten Zeit nochmals an Selbstvertrauen gewonnen hatte, was seiner Ausstrahlung überaus guttat. Elisabeth schien ihr Gatte noch um einiges attraktiver, und tatsächlich genoss sie es, die Frau an der Seite eines Mannes zu sein, der so wichtig war. Gemeinsam mit Käthe gingen sie hinüber zum Gutshaus, wo vier Angestellte damit beschäftigt waren, die ankommenden Gäste in Empfang zu nehmen und dann deren Autos auf einer freien Fläche des Grundstücks in Reih und Glied abzustellen. Elisabeth fiel auf, dass das Blumenrondell vor dem Eingang abgetragen und durch einen Sockel ersetzt worden war, um den die Autos nun einen Bogen zu machen hatten. Weshalb da nun dieser hässliche Klotz stand, war für Elisabeth nicht nachvollziehbar, das Rundbeet mit seiner Blütenpracht hatte jedenfalls sehr hübsch ausgesehen. Aber nun ja, vielleicht hatten die von Falkenbachs vor, dort noch etwas anderes hinzubauen, wenngleich Elisabeth fand, dass dies zu einem späteren Zeitpunkt besser gepasst hätte.

Käthe schüttelte nur den Kopf über das Treiben vor dem Gutshaus und warf Ferdinand einen vielsagenden Blick zu.

»Wir sind nun einmal bei einem wichtigen Mann zu Gast«, stellte Ferdinand fest.

»Ja, so ist es wohl«, gab Käthe zurück, und ihrem Gesichtsausdruck war nicht anzusehen, was genau sie darüber dachte. Gemeinsam stiegen sie die Treppe zum Eingangsportal hinauf und begrüßten Hans, der offenbar dafür abgestellt war, die Gäste zu empfangen und in den großen Saal zu führen.

»Guten Tag, Hans«, grüßte Käthe, gefolgt von Ferdinand und Elisabeth.

»Guten Tag, gnädige Frau«, erwiderte der Haushofmeister. »Wenn ich Sie bitte zum großen Saal begleiten darf?«

Käthe blickte sich um. Es kamen bereits Gäste nach, sodass sie Hans gegen die Brust klopfte und sagte: »Danke, Hans. Aber wir finden uns ja zurecht.«

»Sehr wohl, gnädige Frau.«

Käthe ging voran, Elisabeth und Ferdinand folgten. Kurz hatte Elisabeth das Gefühl, dass es eigentlich an Ferdinand wäre, als Erster zu gehen, wo er doch seit Heinrichs Tod das Familienoberhaupt war. Aber es schien ihm offenbar nicht wichtig, zumindest hatte er nichts dergleichen zu seiner Mutter gesagt. Also, entschied Elisabeth, war es auch nicht an ihr, eine Bemerkung diesbezüglich zu machen.

Paul-Friedrich und Dorothea standen kurz hinter dem Eingang bereit und begrüßten gerade einige Gäste. Käthe, Ferdinand und Elisabeth reihten sich ein, und als Käthe an der Reihe war, umarmte sie Paul-Friedrich und gratulierte dem Jubilar, der ihr herzlich dankte.

»Käthe«, staunte Dorothea, »du siehst ja wundervoll aus.« Sie deutete auf Käthes Frisur.

»Eigens für das Jubiläum deines Mannes«, erwiderte Käthe augenzwinkernd, worauf Elisabeth schmunzeln musste. Sie wusste nur zu genau, dass ihre Schwiegermutter aus einer Laune heraus zum Friseur gegangen war und sich die Haare hatte färben lassen. Doch Paul-Friedrich schien sich geschmeichelt zu fühlen, denn er zeigte sich ebenso begeistert über Käthes Aussehen wie seine Frau.

Dann trat erst Ferdinand vor und gratulierte, danach Elisabeth. Ferdinand war es dann auch, der die kleine Samtschatulle mit Schleife als Geschenk der Familie überreichte.

»Vielen Dank«, sagte Paul-Friedrich.

»Öffne sie gleich«, drängte Ferdinand. »Ich bin gespannt, was du für ein Gesicht machst, wenn du den Inhalt siehst.

»Wie du willst.« Paul-Friedrich bat Ferdinand, kurz seinen Stock zu halten, der Elisabeth erst jetzt ins Auge fiel.

»Paul-Friedrich, der Gehstock ist ja bildschön«, sagte sie voller Bewunderung.

»Ein Geschenk meiner Kinder zu meinem heutigen Geburtstag«, erklärte er. »Sie haben ihn eigens für mich anfertigen lassen.«

Elisabeth betrachtete den Stock. Er war aus Kirschbaumholz mit Goldintarsien und einem goldenen Griff gefertigt, der einem Pferdekopf nachempfunden war. Unterhalb der Mähne war der Schriftzug *Paul-Friedrich von Falkenbach* eingraviert.

Paul-Friedrich zog die Schleife auf und öffnete das Samtkästchen. Elisabeth warf Ferdinand einen glücklichen Blick zu, als sie sah, dass Paul-Friedrich tatsächlich einen Moment lang der Mund offen stand.

»Ferdinand«, sagte er und hob dann den kleinen Gegenstand heraus. »Eine Münze mit Großkönig Dareios III. aus dem Achämenidenreich!« Paul-Friedrich drehte die Münze. »Der Großkönig im Knielauf aus dem Goldschatz der Perser, etwa aus dem 3. Jahrhundert vor Christus.« Nun sah er Ferdinand an. »Ich habe so lange nach einem Exemplar dieser Münze gesucht. Wo hast du sie nur her?«

»Nicht nur du hast einflussreiche Freunde«, erwiderte Ferdinand und strahlte Paul-Friedrich an. »Wir haben ja seinerzeit darüber gesprochen, dass dir die Münze in deiner Sammlung fehlt, und da habe ich allerhand Hebel in Bewegung gesetzt.«

»Aber das muss doch schon fast zwei Jahre her sein, dass ich dir das erzählt habe.«

»Ferdinand vergisst so etwas nicht«, brachte sich nun Käthe ein. »Du glaubst nicht, wie sehr er sich gefreut hat, als er diese Münze endlich in den Händen hielt.«

Paul-Friedrich machte einen Schritt vor und umarmte Ferdinand. »Du bist ein Teufelskerl, Ferdinand. Ich danke dir … euch«, korrigierte er sich sogleich, »von Herzen. Es ist ein großartiges Geschenk.«

»Ich denke, wir sollten nun auch die anderen gratulieren lassen«, mahnte Elisabeth, als sie sah, dass die Schlange hinter ihnen immer länger wurde. »Alles Gute für dich, Paul-Friedrich.«

Die Lehmanns gingen weiter, und Elisabeth sah sich um. Der ganze Raum war voller Männer in Uniformen, und irgendwie fand Elisabeth Gefallen daran, den Gastgeber, der ein so wichtiger Mann war, dass sich die führenden Persönlichkeiten des

Reiches nur so um ihn scharten, so gut zu kennen. Ja, ihr Leben hatte sich verändert, seit sie mit Ferdinand verheiratet war. Und wie. Anfangs war das noch gar nicht abzusehen gewesen, da Ferdinand damals noch in der Fabrik seines Vaters beschäftigt und das Gehalt, das er dort verdiente, eher überschaubar gewesen war. Elisabeth war es einerlei, sie liebte Ferdinand doch nicht für Geld oder Ansehen, sondern um seiner selbst willen; er war für sie der wunderbarste Mensch, dem sie je begegnet war. Doch seit seinem Dienst auf dem Stützpunkt der Wehrmacht in München hatte sich etwas verändert zwischen ihnen. Anfangs war sie vollkommen dagegen gewesen, ja geradezu verzweifelt, ihr fehlte Ferdinand mehr als alles andere, während sie im Hause seiner Eltern lebte und im Grunde keine Aufgabe hatte. Doch in der Zeit seiner Abwesenheit war ihr ihre Schwiegermutter mehr und mehr ans Herz gewachsen, und Käthe und sie waren mittlerweile einander so eng verbunden, wie Elisabeth es mit ihrer eigenen Mutter nie gewesen war. Wie sehr hatte sie jedoch die kurzen Urlaube Ferdinands genossen, wenn er frei bekommen hatte und drei, manchmal auch vier Tage zu Hause verbringen konnte. Es war ihr richtiggehend peinlich gewesen vor den Schwiegereltern, denn Ferdinand und sie waren morgens immer erst spät aus dem Bett gekommen und am Abend früh wieder dahin verschwunden. Einmal hatte sie sich dazu einen anzüglichen Kommentar von Heinrich anhören müssen, als dieser feststellte, dass sich, wegen der vielen Zeit, die Ferdinand und sie miteinander verbrachten, doch auch endlich mal Nachwuchs einstellen müsste. Zwar stimmte es, was Heinrich sagte. Aber ihr behagte der Gedanke einfach nicht, dass Heinrich sich vorstellte, was sie miteinander taten, wenn sie allein waren, auch wenn es auf der Hand lag. Im Grunde, so musste sie zugeben, hatte sie Heinrich nie wirklich gemocht. Er hatte etwas an sich, das Elisabeth stets einen gewissen Abstand zu ihrem Schwiegervater halten ließ, auch wenn sie nicht hätte sagen können, warum. Von daher wunderte es sie auch nicht, dass Heinrich ihr nicht einen Augenblick fehlte, seit er verstorben war. Einzig die Art, wie er zu Tode gekommen war, schockierte Elisabeth bis heute, und sie wollte auch lieber nicht darüber nachdenken, wie viel an den Gerüchten dran war oder auch nicht.

»Frau Lehmann?«, sprach sie nun jemand von der Seite an.

»Gestatten – Reichsleiter Trost.« Elisabeth streckte ihm die Rechte entgegen. Sie freute sich aufrichtig, ihn zu sehen, war er es doch gewesen, der ihr bei ihrer letzten Begegnung so fabelhaft zur Seite gestanden hatte.

»Käthe, darf ich dir Reichsleiter Constantin Trost vorstellen?«, sagte Elisabeth. »Reichsleiter Trost, dies ist meine Schwiegermutter Käthe Lehmann.«

»Guten Tag«, grüßte Käthe.

»Heil Hitler! Es ist mir eine Freude, die Mutter eines so fähigen und einfallsreichen Hauptmanns kennenzulernen«, sagte Trost und schüttelte Käthe die Hand. Dann begrüßten sich auch Ferdinand und Trost.

»Reichsleiter Trost hat mir an dem Tag in München, als unser Johannes zur Welt kam, so wunderbar beigestanden«, erklärte Elisabeth ihrer Schwiegermutter. »Stell dir vor: Er ist selbst Vater von sechs Söhnen.«

Trost lachte herzlich. »Nun ja, nach allem, was ich so hörte, waren Sie dennoch in der Stunde, da es zählte, vollkommen auf sich gestellt, liebe Frau Lehmann. Wirklich, als mir zugetragen wurde, dass sie ganz allein Ihr Kind zur Welt gebracht haben, hatte ich ein ganz schlechtes Gewissen.«

»Glauben Sie mir, meines war noch schlechter«, brachte sich nun Ferdinand ein. »Ich habe eine Ehrung erhalten und gefeiert, während meine Frau mich so dringend gebraucht hätte.«

»Nun, ohne den Herren zu nahe treten zu wollen«, mischte sich nun Käthe ein, »müssen wir wohl festhalten, dass unsere

Elisabeth alles ganz fabelhaft ohne jede Hilfe geschafft hat. Der kleine Jojo ist ein so angenehmes, ruhiges und zufriedenes Kind. Ein richtiger Sonnenschein.«

»Sie glauben nicht, wie froh ich war, als ich hörte, dass alles gut gegangen ist. Man mag es sich gar nicht vorstellen: allein in einer fremden Stadt, während das Kind kommt, und dazu noch die Ausnahmesituation in dieser speziellen Nacht«, sagte Trost und schüttelte den Kopf. »Was haben Sie nur für eine starke Frau an Ihrer Seite, Hauptmann!«

Ferdinand legte den Arm um Elisabeths Taille. »Glauben Sie mir, Reichsleiter, ich weiß mein Glück jeden Tag aufs Neue zu schätzen.« Er gab Elisabeth einen Kuss auf die Wange, was ihr ein wenig peinlich war vor so vielen Menschen.

»Darf ich fragen, woher Sie Paul-Friedrich kennen, Herr Reichsleiter?«, fragte nun Käthe.

»Paul-Friedrich und ich kennen uns schon viele Jahre und sind zu guten Freunden geworden«, gab dieser Auskunft. »Uns verbindet die Liebe zu Pferden. Wir haben uns vor vielen Jahren auf einer Auktion kennengelernt und danach stets den Kontakt gehalten. Erst vor einigen Monaten habe ich Laika, eine meiner Stuten, von seinem Hengst His Highness decken lassen. Lando, das Fohlen, wird einmal ein Champion werden, da bin ich sicher. Ein wirklich wunderschönes Tier.«

»Ich habe Pferden, offen gesagt, nie etwas abgewinnen können«, gestand Käthe. »Sie sind mir irgendwie zu groß und unberechenbar.«

»Auch der Führer hält sie für unberechenbar, Sie sind also in guter Gesellschaft mit Ihrer Meinung. Entweder man ist ein Pferdenarr, oder man ist keiner, aber es gibt kaum jemanden, der keine Meinung zu diesen Tieren hat«, erwiderte Trost. »Ich gehöre zweifellos zu Ersteren, genau wie Paul-Friedrich. Schon deshalb freue ich mich auch, wenn dann alle Gäste anwesend sind und Paul-Friedrich das Geschenk der Parteispitze zu sehen bekommt.«

»Also ein Pferd, wie ich vermute?«, fragte Käthe.

»Nicht im herkömmlichen Sinn«, antwortete Trost geheimnisvoll. »Aber vielleicht eines, dessen Schönheit auch Sie begeistern kann, liebe Frau Lehmann.«

»Nun haben Sie mich wirklich neugierig gemacht.«

Ein Dienstmädchen kam mit einem Tablett vorbei, auf dem mehrere Sektgläser standen. Trost ergriff eines und bot es Käthe an, die dankend annahm. Dann nahm er weitere für Elisabeth und Ferdinand und schließlich eines für sich selbst.

»Auf unseren Gastgeber, Paul-Friedrich von Falkenbach. Ein echter Teufelskerl!«, rief Trost.

»Auf Paul-Friedrich!«, stimmten die anderen ein und tranken. Elisabeth nippte nur am Glas. Während ihrer Stillzeit hatte sie komplett auf Alkohol verzichtet, weil sie nicht sicher war, ob ihr Sohn womöglich etwas davon aufnahm, wenn sie ihm Milch gab. Aber sie stillte den kleinen Jojo inzwischen seit fast zwei Monaten nicht mehr, weil er nicht mehr satt geworden war und deshalb auch nicht mehr durchgeschlafen hatte. Seit sie ihn mit Brei fütterte, schlief er nachts wieder friedlich durch und wachte erst am Morgen auf. Zwar bedauerte Elisabeth, dass das Stillen schon ein Ende gefunden hatte, weil sie die besonders enge Verbindung zu ihrem Sohn so sehr genossen hatte. Aber sie spürte, wie gut es ihr tat, durch die Umstellung selbst wieder mehr Schlaf zu bekommen.

»Wenn Sie mich nun entschuldigen wollen«, bat Trost. »Meine Felicitas ist heute auch hier zu Gast, und es wäre unhöflich, meine wunderbare Frau so lange allein zu lassen.« Er deutete eine Verbeugung an. »Gewiss sehen wir uns später noch und haben Zeit für weitere Gespräche. Ich empfehle mich.«

Die Lehmanns verabschiedeten sich von ihm, dann sagte Käthe zu Elisabeth: »Ein wirklich reizender Mensch. Sehr angenehm. Ich mag es, wenn ein Ehemann sich entschuldigt, um bei seiner Frau zu sein.«

Elisabeth nickte. »Du hättest ihn im November in München erleben sollen. Er war so fürsorglich und wusste offenbar genau, was zu tun war.« Sie sah in die Richtung, in die der Reichsleiter verschwunden war. »Er hat mir die Ruhe vermittelt, die ich brauchte. Das war wirklich großartig.«

»Na, na«, sagte nun Ferdinand. »Zu sehr schwärmen musst du auch nicht von ihm.«

Elisabeth lachte kurz auf. »Ach, als ob ich je Augen für einen anderen als dich hätte.«

Käthe berührte kurz Ferdinands Schulter. »Ich lasse euch junge Leute jetzt mal allein und sehe mich ein bisschen um.« Damit ging sie, und Elisabeth konnte sie schon kurz danach im Menschengewühl nicht mehr ausmachen.

»Ich finde es ganz schön, mal wieder unter Menschen zu sein«, stellte Ferdinand fest. »In den letzten Wochen und Monaten bestand mein ganzes Leben nur aus Fabrik und Zuhause.«

»Na, was soll ich denn da sagen?« Elisabeth sah ihren Ehemann an. »Ich komme noch weniger raus und … ach, schon gut«, brach sie ab.

»Was meinst du mit *schon gut*? Stimmt etwas nicht?«

»Versprich mir, dass du nicht böse wirst, wenn ich es dir sage.«

»Weshalb sollte ich böse werden? Und was willst du denn sagen?«

»Versprich es mir«, forderte Elisabeth erneut.

»Ich weiß überhaupt nicht, worum es hier geht«, entgegnete Ferdinand. »Aber gut, ich verspreche es.«

»Nun denn.« Elisabeth nahm ihren ganzen Mut zusammen. »Es ist wegen Johannes, also deinem Bruder Johannes, nicht unserem Kind«, stellte sie klar. »Seit er bei uns lebt, habe ich ständig Angst, dass jemand überraschend vorbeikommt. Wir sind wie Gefangene im eigenen Haus. Selbst wenn Irma vorbeischauen würde, müsste ich irgendwie versuchen, sie vom Inneren des Hauses fernzuhalten, oder sie eben nur einzulassen, wenn ich sicher sein kann, dass Johannes oben in seinem Zimmer ist. Dieses Versteckspiel zerrt an meinen Nerven. Und wenn du es genau wissen willst: Ich glaube, es geht deiner Mutter nicht anders.«

Ferdinand sah sie überrascht an. »Davon hast du mir bisher nie etwas gesagt.«

»Nein, weil ich dich nicht in ein Dilemma bringen wollte.« Sie trat noch näher an ihn heran. »Natürlich ist er dein Bruder und hat genau wie wir das Recht, in dem Haus zu leben. Doch seither ist nichts mehr, wie es früher war.«

»Soweit ich weiß, ist doch Irma früher auch nicht einfach so vorbeigekommen«, widersprach Ferdinand.

»Doch, manchmal schon«, log Elisabeth, die sich genau genommen nicht an ein einziges Mal erinnern konnte, dass Irma sie überraschend besucht hätte.

»Aber darum geht es auch gar nicht. Ich verstehe ja, dass Johannes nach all den Jahren Teil der Familie sein will. Doch haben wir deshalb nicht das Recht, unser Leben fortzusetzen, wie wir es kennen?« Sie sah ihren Mann an. »Und glaub mir, deiner Mutter geht es genauso. Sie sagt nur nichts, weil du jetzt der Herr im Haus bist und ich deine Frau. Es ist deine Aufgabe, die Sache in Ordnung zu bringen.«

Ferdinands Blick verfinsterte sich. »Ich habe gar nicht das Gefühl, dass etwas nicht in Ordnung ist«, widersprach er.

»Ach nein? Dann könnten wir also jederzeit eine Gesellschaft für die Partei in unserem Hause stattfinden lassen und deinen Freunden erzählen, dass der Mann, der bei uns lebt, dein Bruder ist, der vor Jahren Fahnenflucht begangen hat?«

»Bist du wahnsinnig?«, entfuhr es Ferdinand zornig. »Nicht so laut, Elisabeth«, zischte er.

Sie atmete einmal tief durch. »Entschuldige bitte. Doch du hast mich gefragt, und ich habe geantwortet. Also mach mir jetzt bitte keine Vorwürfe.«

Ferdinand sah sie an und legte dann seine Hände auf ihre Schultern. »Ich weiß, dass du es nicht böse meinst. Und vermutlich hast du in gewisser Weise sogar recht. Doch ich bin unglaublich froh, dass Johannes bei uns lebt. Als er damals in den Krieg gezogen ist, war ich noch zu klein, um es überhaupt richtig mitzubekommen. Ich hatte kaum Erinnerungen an meinen großen Bruder und musste mein Leben lang ohne ihn zurechtkommen.« Er sah Elisabeth fest in die Augen. »Ich möchte ihn kein zweites Mal verlieren, Elisabeth.«

»Aber davon kann doch auch gar keine Rede sein. Natürlich sollt ihr weiter in Kontakt stehen. Doch muss er deshalb bei uns leben?«

Ferdinand hob den Kopf. »Er hat dasselbe Recht in diesem Haus zu wohnen wie wir. Wenn du nicht mit meinem Bruder unter einem Dach leben möchtest, ist es an uns, auszuziehen, nicht an ihm.«

Elisabeth wollte etwas erwidern, doch sie spürte, dass Ferdinand wütend geworden war.

»Hauptmann Lehmann!« Ein Mann in Uniform war an Ferdinand herangetreten und unterbrach ihr kleines Streitgespräch.

»Sieg Heil! Ich hatte gehofft, Sie hier zu treffen.«

»Major Hellmer«, freute sich Ferdinand und schüttelte dem Mann die Hand. »Heil Hitler!« Ferdinand deutete auf Elisabeth. »Darf ich Sie mit meiner Frau bekanntmachen? Elisabeth Lehmann, Major Hellmer vom Stützpunkt der Wehrmacht in München.«

Die beiden reichten einander die Hände. »Es freut mich sehr, gnädige Frau. Nun weiß ich, warum Ihren Mann nichts mehr auf dem Stützpunkt gehalten hat.« Er nahm ihre Hand und hauchte einen Kuss darauf.

»Ich freue mich, Sie kennenzulernen, Major«, gab Elisabeth zurück und nickte ihm zu.

»Vom Oberleutnant zum Hauptmann in Schallgeschwindigkeit«, sagte der Major nun zu Ferdinand. »Ich habe von Ihrer beachtlichen Karriere gehört, Hauptmann. Alle Achtung. Ich ziehe den Hut vor Ihnen.«

»Danke, Major. Ich habe unter dem Besten gelernt.«

Der Major lachte auf. »Sie müssen wissen, Frau Lehmann, dass ich Ihrem Mann, als er mit der Idee zur Waffenproduktion ankam, sehr flapsig sagte, er möge es nicht versemmeln.«

»Daran erinnere ich mich gut«, stimmte Ferdinand lachend zu.

»Und nun sehen Sie ihn sich an. Ich kann nur sagen, Hauptmann, dass Sie die in Sie gesteckten Erwartungen weit übertroffen haben.«

»Vielen Dank, Herr Major. Ich habe mein Bestes gegeben und den Anspruch, genauso weiterzumachen.«

»Hört, hört«, erwiderte der Major und hob das Glas, das er in der Hand hielt. »Darauf trinke ich.«

»Entschuldigt mich bitte«, sagte nun Elisabeth. »Ich habe dort hinten Irma gesehen und möchte ihr gern guten Tag sagen.« Sie berührte kurz Ferdinands Arm, dann streckte sie Hellmer die Hand entgegen. »Es hat mich sehr gefreut, Major Hellmer.«

»Die Freude ist ganz auf meiner Seite.«

Sie warf Ferdinand noch einen verdrießlichen Blick zu, dann ging sie davon und mischte sich unter die Gäste. Sie hatte Irma nicht gesehen, doch sie wollte nicht länger dabeistehen und sich die Lobeshymnen auf ihren Ehemann anhören. Es ärgerte sie, wie abweisend Ferdinand auf ihren Hinweis, dass sie sich nicht wohl im Hause fühlte, seit Johannes eingezogen war, reagiert hatte. Natürlich stimmte es nicht, was sie gesagt hatte. Sie störte sich nicht daran, dass der Aufenthalt ihres Schwagers im Haus geheim zu bleiben hatte. Darum ging es nicht. Anfänglich hatte sie es geradezu geliebt, dass Johannes ins Haus gezogen war und Käthe nach all dem, was sie Schreckliches hatte durchmachen müssen, wieder glücklich war. Gerade Elisabeth konnte es ihr nicht verdenken. Wie würde es ihr selbst wohl ergehen, wenn sie der Überzeugung wäre, ihr Sohn sei nach Jahren der Abwesenheit noch immer am Leben, doch hielte sich von zu Hause fern? Elisabeth mochte es sich nicht einmal vorstellen. Aber seit Ferdinand ihr erzählt hatte, dass sich Johannes nach eigenen Angaben schon seit Jahren immer in der Nähe Gut Falkenbachs aufgehalten und die Familien von seinem Fischerboot oder auch vom Ufer aus beobachtet hatte, fragte sie sich ständig, ob er womöglich gesehen hatte, wie Clara, Irma und Elisabeth den Fremden ertränkt und schließlich im See versenkt hatten. Allein der Gedanke ließ sie erschauern. Schließlich hätte Johannes sie mit diesem Geheimnis in der Hand. Andererseits, so versuchte sie sich immer wieder zu beschwichtigen, hätte er dann vermutlich längst schon etwas gesagt. Es hatte genug Gelegenheiten gegeben, bei denen sie allein im Raum gewesen waren. Hätte er sie mit seinem Wissen konfrontieren wollen, so hätte er die Möglichkeit dazu mit Sicherheit gehabt. Aber es war kein einziges Wort dazu über seine Lippen gekommen oder auch nur eine Andeutung, die Elisabeth hätte vermuten lassen, dass er etwas wusste.

Manches Mal hatte sie sich auch schon gedacht, dass es vermutlich nur ihr schlechtes Gewissen war, das ihr zu schaffen machte und sie quälte. Johannes hatte damit nicht das Geringste zu tun. Er hatte sie ja auch nie unfreundlich behandelt oder etwas Unpassendes gesagt. Nein, nichts dergleichen.

Doch andererseits … Wie konnte sie sicher sein, dass er nicht doch etwas mitbekommen hatte und noch etwas sagen würde, jetzt, wo sie in einem Haus lebten und es dort auch wegen einer Kleinigkeit mal zum Streit kommen konnte? So etwas gab es doch in jeder Familie. Und womöglich würde Johannes dann sein Wissen nutzen, um sie in ein schlechtes Licht zu rücken. Allein der Gedanke trieb ihr den Schweiß auf die Stirn. Wenn Ferdinand erfuhr, was sie, Irma und Clara getan hatten, würde er sie aus dem Haus werfen. Das war so sicher wie das Amen in der Kirche. Und würde er ihr womöglich auch Jojo nehmen? Nein, das nicht. Das würde sie nicht zulassen. Niemand nahm ihr ihren Sohn. Sie sah das Gesicht des Jungen vor sich, seine dunklen Haare, die dunklen Augen und die rosigen, vollen Wangen. Viele sagten, dass er genauso aussehe wie Ferdinand. Natürlich wusste Elisabeth, dass es Unsinn war, und doch freute sie sich darüber. Jojo war ihr Kind, ganz gleich, welche Umstände dazu geführt hatten.

Gelegentlich, wenn sie zu viel über den Tag in München und die damaligen Ereignisse nachgedacht hatte, träumte sie noch von der Frau am Fenster, die ihr Jojo gegeben hatte, damit Elisabeth ihn in Sicherheit brachte. Dann sah sie sie vor sich, wie sie die Arme ausstreckte, um ihr Kind zurückzufordern, während Elisabeth das kleine Bündel an sich presste und sie anschrie, dass sie verschwinden möge. Manches Mal, wenn sie aus diesen Träumen aufgewacht war, hatte sie sich an Jojos Bettchen geschlichen, sich danebengesetzt und seinem Atem gelauscht. Nur das. Sie brauchte nicht mehr, als ihn atmen zu hören, damit sie wieder ruhig wurde. Nicht selten war sie dabei eingeschlafen und nur wach geworden, weil sie gefroren hatte, während sie da zusammengerollt neben dem Bettchen ihres Sohnes lag. Dann war sie zurück in ihr Bett gegangen und hatte sich fest an Ferdinand geschmiegt, um sich zu wärmen und zu spüren, dass alles in Ordnung war. So auch in der vergangenen

Nacht. Doch dann hatte sich ihr Mann, den sie schlafend gewähnt hatte, zu ihr umgedreht und noch im Halbschlaf die Hand auf ihre Brust gelegt. Sie verkrampfte sich, da sie wusste, was er von ihr wollte. Schon wieder! Würde er denn jemals verstehen, dass sie nie wieder riskieren durfte, von ihm schwanger zu werden? Er wusste ja nicht, was sie auszustehen gehabt hatte. Wie auch? Er durfte nie von der Behinderung des ersten Kindes erfahren und erst recht nicht, dass auch das zweite nur kurz gelebt hatte. Niemals. Doch sie hatten jetzt ihren Jojo, das wunderbarste Kind auf der ganzen Welt. Warum reichte das denn nicht? Wozu das Leid, das mit einer weiteren Schwangerschaft verbunden sein könnte, erneut riskieren? Sie wollte nur das Gefühl von Geborgenheit und Schutz. Doch Ferdinand machte alles kaputt, indem er wieder und wieder mehr von ihr wollte. Wut wallte in ihr auf, Panik fast. Sie schlug Ferdinands Hand zur Seite und strampelte mit den Beinen, um ihn von sich wegzuhalten. Ferdinand schrak hoch, noch orientierungslos, doch sogleich schien er begriffen zu haben, was die heftige Reaktion seiner Frau bedeutete. Einen Augenblick zögerte er, dann zog er sie an sich und flüsterte, dass er sie einfach nur halten wolle. Elisabeth beruhigte sich sofort, ließ es geschehen und schmiegte sich an ihn. Doch sie spürte, dass das Gefühl der Nähe, das sie früher bei ihrem Mann empfunden hatte, sich nicht einstellen wollte. Dabei ging es nicht nur um die körperliche Nähe. Wann immer ihre Gedanken zu der schrecklichen Nacht zurückwanderten, in der Jojo wie ein Geschenk in ihr Leben gekommen war, wurde sie geradezu starr vor Angst. Denn tief in ihrem Innern ahnte, nein *wusste* sie, dass die leibliche Mutter eines Tages auftauchen und ihren Sohn zurückfordern würde. Doch sie bekäme ihn nicht. Niemals. Jojo gehörte Elisabeth. Ihr und niemandem sonst.

15. Kapitel

Alles ist so, wie ich es geplant habe. Jeder kann sehen, wer meine Freunde sind. Vor allem meine Feinde.

Paul-Friedrich von Falkenbach

Alle waren sie seiner Einladung gefolgt und gekommen. Paul-Friedrichs Bedenken, dass womöglich jemand Wichtiges fehlen könnte, waren unbegründet gewesen. Einzig Hitler selbst war der Feierlichkeit ferngeblieben und hatte seine Abwesenheit mit einem persönlichen, überaus herzlichen Brief entschuldigt, den gestern ein Bote gebracht hatte. Darin hatte Hitler erwähnt, dass sein persönliches Geschenk und das der Partei pünktlich zur Feier geliefert würde und Paul-Friedrich, wie der Führer hoffte, die Verbundenheit, die damit ausgedrückt wurde, deutlich spüren würde. Paul-Friedrich, der sonst keinen großen Wert auf Geschenke legte, war tatsächlich ein wenig gespannt, denn nahezu jeder Gratulant, der diesem Kreis angehörte, hatte während seiner Glückwünsche betont, wie sehr er sich auf den Augenblick freute, da Paul-Friedrich sein Geschenk erhielt. Geschehen war dies bisher jedoch nicht.

Kurz hatte er überlegt, die Feier doch noch im letzten Moment nicht stattfinden zu lassen, nachdem er davon erfahren hatte, dass sowohl Großbritannien als auch Frankreich dem Deutschen Reich den Krieg erklärt hatten. Natürlich hatte es ihn nicht überrascht, dass Hitler nicht auf die Ultimaten eingegangen war, seine Streitkräfte aus Polen zurückzuziehen. Dennoch hatte er bis zuletzt gehofft, dass die Lage nicht weiter eskalieren würde und Frankreich und Großbritannien sich nicht einmischen würden. Nun jedoch, da sie Gewissheit hatten, war es wahrscheinlich umso wichtiger, dass er sich und seine Familie als Unterstützer Hitlers präsentierte – vor seinen Freunden und besonders vor seinen Feinden.

Paul-Friedrich hatte Gustav einen kurzen warnenden Blick zugeworfen, als Eleonore Baur, umringt von einigen Parteimitgliedern, den Saal betreten hatte. Gustav hatte fast unmerklich genickt, zum Zeichen, den Hinweis seines Vaters verstanden zu haben. Überhaupt hatte Paul-Friedrich das Gefühl, dass Gustav die ihm übertragene Aufgabe, Wilhelmine nicht aus den Augen zu lassen und vor allem von Schwester Pia fernzuhalten, überaus ernst nahm. In dem Moment, als Paul-Friedrich seinem Sohn das Zeichen gegeben hatte und dieser nun wusste, wie die Baur aussah, war Gustav zu Wilhelmine gegangen und hatte mit ihr gesprochen. Kurz darauf waren sie zusammen hinausgegangen. Offenbar hatte Gustav etwas erfunden, um seine Schwester abzulenken. Paul-Friedrich hatte Eleonore Baur dann ebenso begrüßt wie all die anderen Honoratioren der Partei. Dann hatte die untersetzte Frau sich unter die Gäste gemischt, und Paul-Friedrich hatte ihr lautes Lachen mehrere Male deutlich vernehmen können. Sie war eben eine überaus gewöhnliche Person, doch was sollte man machen, wenn so jemand in der Gunst des Führers stand?

»Liebe Freunde!« Paul-Friedrich war mit etwas Mühe die zwei Stufen zu der kleinen Bühne mit der Kapelle hinaufgestiegen, die den Tag mit leichter Unterhaltungsmusik begleitete, und blickte nun über den Saal. Die Gäste kamen weiter nach vorn und drängten sich ihm entgegen, um zu hören, was der Jubilar und Gastgeber zu sagen hatte.

Paul-Friedrich räusperte sich. »Liebe Freunde«, setzte er erneut an. »Ich bin glücklich, dass so viele wunderbare Menschen heute hier zusammengekommen sind, um mit mir und meiner Familie meinen sechzigsten Geburtstag zu feiern. Vielen Dank!« Er sah zu Dorothea und streckte den Arm in ihre Richtung aus. »Meine liebe Ehefrau und ich haben uns sehr auf diesen Tag gefreut.« Er hob den Stock an. »Ich möchte die Gelegenheit nutzen, um meiner geliebten Dorothea für all das hier zu danken, denn sie und meine Kinder Gustav und Wilhelmine haben alles getan, um diesen Tag für mich zu einem ganz besonderen zu machen.« Ein kurzer Applaus folgte.

»Liebe Freunde, ich bin ein glücklicher Mann! Nicht nur, weil ich in diesem prächtigen Haus auf diesem wunderschönen Fleckchen Erde leben darf, eine mich liebende Ehefrau an meiner Seite habe und Kinder, auf die ich nicht stolzer sein könnte. Ich bin vor allem dankbar für das mein Leben überspannende Netz von Freundschaften – für die Freunde, die nun heute hier zusammentreffen und mir zeigen, dass ich, wenn auch ein kleiner, Teil eines großen Ganzen bin.«

»Sei nur nicht so bescheiden, Paul-Friedrich!«, rief Constantin Trost. »Wir fressen dir doch alle aus der Hand.«

Einige Anwesende lachten, andere klatschten.

»Ich werde dich daran erinnern, wie wichtig ich dir bin, wenn wir wieder einmal für dasselbe Pferd bieten!«, gab Paul-Friedrich zurück, worauf noch mehr Gäste lachten.

»Ich will gar nicht lange reden«, fuhr Paul-Friedrich fort, als es wieder ruhig geworden war. »Ob man nun will oder nicht, der sechzigste Geburtstag bringt einen Menschen zum Nachdenken. Es liegt schon mehr hinter als noch vor einem, die großen Ziele sind erfüllt, das Leben, wie man es sich gewünscht hat, wird gelebt.« Er ließ seinen Blick durch den Saal schweifen. »Ich möchte euch, liebe Freunde, hier und heute sagen, dass ich in den Jahren, die vor mir liegen, niemanden lieber an meiner Seite hätte als euch. Diese Erkenntnis ereilte mich vorhin bei jedem Handschlag, jeder Umarmung und jedem von Herzen kommenden Glückwunsch. Besonders jetzt, da wir die Gewissheit haben, dass unser geliebtes Land sich in einem neuen Krieg befindet, müssen wir alle dicht zusammenstehen. Wenn wir dies tun, werden Großbritannien und Frankreich ihre Bemühungen, uns daran zu hindern, zurückzuholen, was uns gehört, einstellen, davon bin ich fest überzeugt.« Paul-Friedrich tippte sich an sein Parteiabzeichen. Mehrere »Sieg Heil!«-Rufe ertönten als Zustimmung.

»Ich bin stolz, in diesen Zeiten euch zu haben, die ihr mir den Rücken stärkt!« Er ließ sich von Hans ein gefülltes Sektglas hochreichen. »Es ist mein Jubiläum, doch ich trinke auf uns alle. Auf uns und unsere Freundschaft! Ich danke euch!« Er hob das Glas.

»Heil Hitler!«, rief jemand aus der Menge.

»Heil Hitler!«, schlossen sich andere an und spendeten Beifall.

»Auf dein Wohl, Paul-Friedrich!«, rief Constantin Trost und trat vor die Bühne. »Und nun, lieber Paul-Friedrich«, sagte er so laut, dass alle ihn hören konnten, »ist es an der Zeit, dass du dein Geschenk entgegennimmst.« Der Reichsleiter streckte die Hand aus, um Paul-Friedrich wegen seiner Prothese zu stützen, als er die Stufen von der Bühne herunterkam. Paul-Friedrich blieb stehen und sah sich um, abwartend, was ihm überreicht würde.

»Ich fürchte, wir sind nicht in der Lage, es hereinzubringen«, lachte Trost. »Du wirst dich wohl nach draußen bemühen müssen.«

Christian Weber, seines Zeichens NSDAP-Funktionär und sowohl Mitglied des Reichstags, Präsident des Bezirksverbands Oberbayern und ein Duzfreund Hitlers, begab sich an Paul-Friedrichs andere Seite, und so wurde der Jubilar in Richtung Ausgang flankiert.

Die Eingangstür, neben der Hans stand, war verschlossen. Auf ein Zeichen Reichsleiter Trosts griff Hans nun an die Klinke und stieß die Tür auf, sodass Paul-Friedrich schon von der Eingangshalle aus das Geschenk erkennen konnte, das Hitler selbst mitsamt der Partei ihm gemacht hatte. Er vergaß beinahe zu atmen, war er doch von dem Anblick, der sich ihm bot, schlicht überwältigt.

Auf dem Vorplatz des Hauses, wo zuvor das Blumenrondell gewesen war, stand nun ein Quader als Sockel für eine Statue, die ein steigendes Pferd mit wehender Mähne darstellte. Paul-Friedrich ging weiter und blickte vom Treppenabsatz oben auf das Bauwerk. Ein Mann, der etwas abseits stand, kam auf Paul-Friedrich zu und streckte ihm die Hand entgegen. »Meinen herzlichen Glückwunsch zu Ihrem Geburtstag, Herr von Falkenbach. Mein Name ist Josef Thorak, und ich bin der Bildhauer, der diese Statue als besonderes Geschenk unseres Führers und der Partei für Sie gefertigt hat. Heil Hitler!«

»Heil Hitler!«, erwiderten die Gäste, die sich hinter Paul-Friedrich scharten, um das Kunstwerk zu betrachten.

Paul-Friedrich fehlten einen Moment lang die Worte, während er die Hand Josef Thoraks schüttelte.

»Ich habe schon viel von Ihnen gehört, Herr Thorak«, sagte Paul-Friedrich nun, dem der Name selbstverständlich ein Begriff war. Galt Albert Speer als der Lieblingsarchitekt des Führers, so konnte man wohl behaupten, dass dieser Josef Thorak – neben Männern wie Arno Breker, Georg Kolbe, Fritz Klimsch und einer Handvoll anderer – als einer der meistbeschäftigten und -geschätzten Bildhauer Adolf Hitlers galt. Dass der Führer ebendiesen Bildhauer mit der Anfertigung dieser besonderen Statue beauftragt hatte, war für Paul-Friedrich, der nun wirklich nicht besonders leicht zu beeindrucken war, tatsächlich etwas Herausragendes.

»Ich bin tatsächlich sprachlos«, stieß Paul-Friedrich nun hervor und blickte Thorak an, den er auf etwa fünfzig Jahre schätzte.

»Es wird mir eine Freude sein, dem Führer meinen Eindruck übermitteln zu können, dass er mit seinem Geschenk wirklich zu überzeugen gewusst hat«, sagte Thorak zufrieden.

»Zu überzeugen?«, fragte Paul-Friedrich und deutete auf das Pferd. »Ich bin überwältigt, wirklich überwältigt.«

Dorothea trat an seine Seite. »Du glaubst ja nicht, wie schwierig wir alle es fanden, nichts zu sagen und dich vor allem davon abzuhalten, seit gestern vor die Tür zu gehen.« Sie lachte auf. »Das war gar nicht mal so einfach.«

»Ich habe tatsächlich überhaupt nichts von alldem mitbekommen«, stellte Paul-Friedrich ehrlich verblüfft fest. »Seit wann steht denn das Pferd dort schon?«

»Erst seit etwa einer halben Stunde. Wir haben lediglich den Sockel gestern aufstellen und zuvor klammheimlich das Blumenrondell abtragen lassen. Doch das Pferd auf den Sockel zu stellen, hätte zu viel Lärm verursacht, als dass du es, wenn nicht gerade der ganze Saal voller Menschen ist, nicht gehört hättest. Es war Maßarbeit und genau zur richtigen Zeit fertig, würde ich sagen«, stellte Reichsleiter Trost fest. Paul-Friedrich konnte ihm die Freude darüber, dass die Überraschung so gelungen und tatsächlich alles nach Plan verlaufen war, ansehen. Er umarmte Constantin freundschaftlich und klopfte ihm auf den Rücken. »Eine Verschwörung meiner Familie und meiner Freunde, und ich habe nichts davon bemerkt«, lachte Paul-Friedrich. »Also wirklich, ihr habt mich überrascht.«

»Dem Führer ist eben alles möglich!«, rief Christian Weber begeistert aus, worauf »Sieg Heil!«-Rufe laut wurden.

Paul-Friedrich wandte sich wieder an Josef Thorak. »Eine wundervolle Arbeit«, lobte er den Künstler. »Würden Sie mir die Ehre erweisen und als mein Gast an der Feier teilnehmen?«

»Sehr gern, Herr von Falkenbach.«

»Für Sie bitte einfach Paul-Friedrich«, stellte der Jubilar klar. »So wie mich alle meine Freunde nennen.«

Noch einmal schüttelten sie sich die Hand, dann gingen alle nach und nach wieder zurück in Richtung Saal, wo die Feierlichkeit nun erst richtig beginnen konnte. Paul-Friedrich sah sich, nachdem er sich zum Gehen gewandt hatte, noch einmal rasch um. Christian Weber hatte recht: Hitler verstand es, das durchzusetzen, was er wollte, und die Dinge in seinem Sinn möglich zu machen, das musste man anerkennen. Und auch wenn er von seiner persönlichen Einstellung her alles andere als ein Bewunderer des Führers war, musste er zugeben, dass ihm die Wertschätzung, die mit dieser Statue einherging, auf eine gewisse Weise schmeichelte. Dorothea kam zu ihm und hakte sich bei ihm unter. »Und? Freust du dich, mein Lieber?«

Paul-Friedrich sah seine Frau an. Ihre Augen funkelten, jedoch nicht nur vor Freude. Offenbar war Dorothea der Sekt schon ein wenig zu Kopf gestiegen, denn sie hatten schon mit so vielen Gästen angestoßen, dass Dorothea mindestens drei oder vier Gläser intus haben musste, während sie sonst so gut wie nie Alkohol trank. Ihren rosigen Wangen war anzusehen, dass sie förmlich glühte. Es war nichts, was er ihr vorwarf, doch war seine Frau, wenn sie ein Schlückchen zu viel hatte, doch recht einfältig und neigte dazu, es mit ihrer guten Laune zu übertreiben. Und einer Peinlichkeit wollte Paul-Friedrich sich ihretwegen ganz gewiss nicht aussetzen. Eine Tasse Kaffee würde helfen, damit sie die Contenance wiederfand.

Zusammen gingen sie zurück zum großen Saal. »Ich bin einfach überwältigt«, sagte Paul-Friedrich nun zu seiner Frau. »Dass ich so gar nicht gemerkt habe, dass du und die Kinder etwas vor mir verheimlicht habt. Ich muss schon sagen, das hat mich doch sehr überrascht.«

Sie gab ihm übermütig einen Kuss auf die Wange und lachte heiter. Es klang ein wenig zu laut, ein wenig zu schrill. Ja, ein Kaffee musste her. Und zwar rasch. Paul-Friedrich ging etwas langsamer weiter, dann hob er den Arm, als er Wilhelmine sah, und winkte der Tochter, sie solle zu ihm kommen.

Sie sah es und trat an seine andere Seite. »Das Pferd ist wunderschön, nicht wahr?«, fragte sie nun.

»Allerdings. Und ich glaube sogar, es hat Ähnlichkeit mit His Highness.«

»Das dachte ich auch schon«, stimmte Wilhelmine ihm fröhlich zu.

Er beugte sich nah an Wilhelmines Ohr, während sie weitergingen, und flüsterte leise: »Deine Mutter hat sich ein wenig beim Alkohol übernommen. Wärst du so gut, dich ein wenig um sie zu kümmern, damit sie einen Kaffee trinkt?«

Wilhelmine schmunzelte, dann blickte sie an ihm vorbei und sah zu Dorothea hinüber.

»Sie glüht ja förmlich«, prustete Wilhelmine los.

Paul-Friedrich machte eine Kopfbewegung, um seine Tochter zum Handeln aufzufordern.

»Was flüstert ihr denn da?«, empörte sich Dorothea.

»Ich habe Vater eben gesagt, dass es offenbar nicht ganz reibungslos mit den Dienstmädchen läuft, die heute aushelfen, und es wichtig wäre, dass jemand sie in der Küche für eine Weile beaufsichtigt. Ich kann das gern machen.«

»Was?«, fragte Dorothea und sah sich um. »Darum kümmere ich mich selbst. Es fehlte gerade noch, dass wir uns vor unseren Gästen blamieren.«

Paul-Friedrich nickte Wilhelmine zu.

»Ich komme mit, Mutter«, sagte die Tochter nun, worauf Dorothea sich von ihm löste und sogleich in Richtung Küche auf den Weg machte. Er konnte sich ein Schmunzeln nicht verkneifen. Wilhelmine wusste genau, welchen Schalter sie bei ihrer Mutter zu drücken hatte. Einzig fragte sich Paul-Friedrich, wo Gustav steckte, denn der hatte seine Schwester offenbar aus den Augen gelassen, was, solange Schwester Pia hier war, keinesfalls passieren durfte. Er entdeckte seinen Sohn nur einen Augenblick später an der Tür zum großen Saal, wo er nach jemandem Ausschau hielt. Paul-Friedrich trat auf ihn zu und nahm ihn mit in den Saal. »Wilhelmine ist mit deiner Mutter in der Küche.«

»Na, ein Glück. Ich habe sie schon gesucht«, stellte Gustav erleichtert fest, was Paul-Friedrich beruhigte, nahm Gustav die ihm anvertraute Aufgabe doch offenbar ernst genug.

»Behalt einfach den Eingang hier im Auge. Es dürfte aber wohl ein wenig dauern, bis Wilhelmine und deine Mutter zurückkommen.«

»Warum? Stimmt etwas nicht?«

»Deine Mutter hat ein Gläschen zu viel getrunken, und Wilhelmine wird dafür sorgen, dass sie wieder klar wird.«

Gustav grinste breit.

»Behalte am besten die Baur im Blick«, riet Paul-Friedrich »Schon vorhin bei der Begrüßung hatte ich das Gefühl, als läge ihr etwas auf den Lippen. Eine unbedachte Bemerkung von ihr Wilhelmine gegenüber könnte uns in Schwierigkeiten bringen.«

»Keine Sorge, Vater, ich kümmere mich darum.« Er machte eine Handbewegung in Richtung Saal. »Widme du dich getrost deinen Gästen.«

»Danke, Gustav. Es ist schön, mich so auf dich verlassen zu können.« Er berührte den Arm des Sohnes, dann ging er wieder zu seinen Gästen. Wilhelm trat auf ihn zu. »Na, alter Freund, ist alles so, wie du es dir für deinen Ehrentag gewünscht hast?«

Paul-Friedrich nickte. »Ja, ich bin sehr zufrieden.«

Wilhelm tippte mit dem Zeigefinger auf das Parteizeichen an seinem Revers. »Else hat mich beschworen, heute bloß nichts Falsches zu sagen«, erklärte Wilhelm mit gesenkter Stimme.

»Ihre Sorge ist ja nicht ganz unbegründet«, erwiderte Paul-Friedrich. »Du in einem Saal mit derart viel Parteigewimmel, das kann zu einer explosiven Mischung werden.«

Wilhelm schüttelte den Kopf. »Ganz sicher nicht. Ich mag impulsiv sein, aber dumm bin ich nicht. Hier und heute bin ich genau der Parteisoldat, der ich zu sein habe, sowohl der Familie als auch deinetwegen. Mach dir also keine Sorgen.«

»Ich würde dich nachher gern noch mit jemandem bekanntmachen«, kündigte Paul-Friedrich an.

»Ach ja? Mit wem denn?«

»Du kennst doch Constantin Trost?«

»Sicher, du hast uns mal einander vorgestellt.«

»Er war vorhin schon eine halbe Stunde vor allen anderen da«, erklärte Paul-Friedrich, »weil er etwas mit mir besprechen wollte.«

Wilhelm sah ihn fragend an. »Und was war es?«

»Hier sind zu viele Ohren. Doch ich bitte dich, nicht allzu früh die Feier zu verlassen. Es gibt da etwas, das dich interessieren dürfte.«

»Du machst mich neugierig«, stellte Wilhelm fest.

Paul-Friedrich warf ihm einen vielsagenden Blick zu. »Seite an Seite, mein Freund. Wie immer«, sagte er. »Doch nun komm, feiern wir und trinken uns Mut an.«

»Brauchen wir den denn?«

Paul-Friedrich hob die Augenbrauen.

»Da ist ja der Jubilar«, sagte nun jemand, und Paul-Friedrich wandte sich um und sah direkt in die Augen Eleonore Baurs, die sich von der Seite an ihn und Wilhelm herangepirscht hatte.

»Darf ich bekanntmachen: mein Freund und Geschäftspartner Wilhelm Lehmann, Eleonore Baur, eine gute Freundin unseres Führers.«

»Es freut mich«, sagte Wilhelm und nickte ihr zu.

»Würden Sie es mir übel nehmen, wenn ich ihn entführe?«, fragte Schwester Pia nun Wilhelm und hakte sich bei Paul-Friedrich unter.

»Nein, es sei denn, Sie bringen ihn nicht zurück«, antwortete Wilhelm.

»Aber das würde ich mich doch niemals trauen«, entgegnete sie zuckersüß.

»Wer würde sich von einer so reizenden Dame nicht gern entführen lassen?«, fragte Paul-Friedrich und lächelte sie an.

Wilhelm verabschiedete sich für den Moment und ging zu Else, die mit Käthe, Irma und Leopold beisammenstand.

Paul-Friedrich führte Schwester Pia zu der provisorischen Theke. »Was darf ich Ihnen zu trinken anbieten?«, fragte Paul-Friedrich.

»Ach, ich bin ja nicht so für den Sekt, der hier überall gereicht wird. Hätten Sie wohl etwas Stärkeres für mich?«

»Aber gewiss.« Er sah zu der Schankkraft hinter dem Tresen. »Zwei Obstler für meine teure Freundin und mich«, bestellte er. »Und die Flasche kann gleich stehen bleiben.«

Schwester Pia lachte kehlig. »Ein Mann nach meinem Geschmack«, stellte sie fest, und Paul-Friedrich hatte alle Mühe, den Abscheu gegen dieses Weibsbild zu unterdrücken. Er reichte ihr eines der Gläser und nahm dann seines zur Hand. Sie prosteten sich zu und tranken. Der Mann hinter dem Tresen schenkte sogleich nach.

»Ich war ja überrascht, als ich erfuhr, dass wir gemeinsame Bekannte haben«, begann sie nun das Gespräch. Paul-Friedrich lächelte. Natürlich wusste er genau, worauf sie hinauswollte, dachte aber nicht daran, es ihr zu leichtzumachen. »Finden Sie das so ungewöhnlich? Ich meine, wir alle sind doch Verehrer unseres Führers und gehören voller Leidenschaft der Partei an.«

»Das meinte ich gar nicht«, korrigierte sie und kippte direkt den nächsten Schnaps hinterher. »Ich rede von jemandem, der derzeit bei mir wohnhaft ist.«

Paul-Friedrich lächelte. »Ach ja? Und von wem, wenn ich fragen darf?«

»Sein Name ist Martin Reinders.«

Paul-Friedrich sah sie an. »Martin Reinders? Helfen Sie mir, wer soll das … ach, jetzt weiß ich.« Seine Miene verfinsterte sich. »Sie meinen den früheren Freund meines Sohnes, der bei uns eingebrochen ist? Der hieß doch so, richtig?«

»Ja, ich denke, wir reden von demselben Mann.«

»Und weshalb ist dieser bei Ihnen zu Gast? Offen gesagt, habe ich nicht gerade die besten Erinnerungen an ihn.«

»Aber wissen Sie das denn nicht? Er hat Ihnen doch geschrieben«, gab sie nun überrascht von sich.

Wieder blickte Paul-Friedrich sie an, als wüsste er nicht, wovon sie sprach. Dann tat er, als könnte er es sich plötzlich zusammenreimen. »Ach, der Brief!«, sagte er. »Jetzt weiß ich, wovon Sie sprechen. Es stimmt, er hat mir einen Brief geschrieben, in dem er um Verzeihung bat. Hatte er darin erwähnt, dass er bei Ihnen zu Gast sein darf?« Paul-Friedrich tat, als versuche er sich zu erinnern, und beobachtete sie dabei sehr genau.

»Vielleicht hat er es ja gar nicht erwähnt«, sagte sie dann.

»Womöglich doch«, meinte Paul-Friedrich nun, »aber offen gesagt, habe ich die Zeilen nur überflogen.« Er hob den Blick. »Dieser Kerl hat die Bekanntschaft zu meinem Sohn Gustav ausgenutzt und meine Familie hintergangen. Er ist sogar in ein mir gehörendes, leer stehendes Gebäude eingebrochen. Ein Glück, dass mein Geschäftspartner Hauptmann Ferdinand Lehmann ihm auf die Schliche gekommen ist und sogleich Meldung gemacht hat. Sonst würde dieser Kerl dort womöglich noch immer sein Unwesen treiben.«

»Ja, ich entsinne mich, dass er so etwas mal erwähnt hat. Also, ich meine das mit dem Einbruch.« Sie sah ihn interessiert an. »Und es war tatsächlich Ihr Geschäftspartner, der ihn gemeldet hat?«

»Ja, allerdings. Ich selbst bin ja so gut wie nie in der unbewohnten Villa gewesen, wissen Sie. Um die Waffenproduktion voranzutreiben, haben Hauptmann Lehmann und ich beschlossen, das Anwesen zu nutzen. Sie können sich seine Verblüffung vorstellen, als er bei der Begehung diesen Kommunisten darin vorfand.«

Die Baur lachte auf. »Nein, so ein Dummkopf aber auch, sich ausgerechnet in einem Ihrer Gebäude einnisten zu wollen.«

Paul-Friedrich schüttelte den Kopf. »Ich habe es auch kaum glauben können. Und stellen Sie sich erst den Schock für meinen Sohn vor, der diesem Kerl ja schließlich vertraut hat.«

»Genau hierzu hätte ich eine Frage«, kündigte sie an.

»Ja?« Paul-Friedrich behielt sein Lächeln bei.

»Ihr Sohn hat Martin doch in Berlin kennengelernt, nicht wahr?«

»Allerdings.«

»Und da hat er nicht mitbekommen, was für ein Mensch er ist? Ich meine, einen Kommunisten erkennt man doch, sobald er den Mund aufmacht, oder nicht?«

»Ganz ähnlich hat es mir mein Sohn Gustav auch berichtet«, erklärte Paul-Friedrich. »Natürlich passten seine und die Überzeugungen dieses Kommunisten nicht zusammen. Aber wissen Sie, mein Sohn ist ein kluger Mensch. Er ist Arzt, er hat das getan, was seiner Überzeugung nach richtig war:

Er hat versucht, diesem Reinders und auch anderen in den Studentenkneipen das Denken und Handeln unseres Führers zu vermitteln und sie so auf den rechten Weg zu führen.« Paul-Friedrich schüttelte den Kopf. »Und offenbar dachte Gustav auch, er hätte es geschafft. Schließlich hat dieser Reinders den Mut, oder vielmehr die Frechheit besessen, eines Tages als Besuch vor der Tür zu stehen. Wie sollte Gustav oder auch jemand anderes aus der Familie davon ausgehen, dass er dies tat, obwohl seine Überzeugungen so ganz und gar im Widerspruch zum Denken und Handeln der von Falkenbachs stehen?«

»Da stimme ich Ihnen zu. Manchmal wundert man sich richtiggehend, wie verwirrt diese armen Seelen sind, nicht wahr?«

»Sie sprechen mir aus dem Herzen«, bemerkte Paul-Friedrich.

»Aber wissen Sie, ich hatte den Eindruck, dass Martin sich hier bei Ihnen unter Freunden wähnte.«

»Das dachten wir ebenfalls«, antwortete Paul-Friedrich mit einem Gesichtsausdruck, als könne er es selbst kaum glauben. »Jeden Einzelnen hier auf Gut Falkenbach hat dieser Kerl getäuscht. Meine Frau, unseren Sohn, unsere Tochter.«

Er sah ihr richtiggehend an, wie die Baur bei der Erwähnung Wilhelmines aufhorchte.

»Ihre Tochter?«

»Allerdings.« Er beugte sich näher zu ihr. »Stellen Sie sich nur vor, sie ist derart auf diesen Kerl hereingefallen, dass sie sogar ein wenig verliebt in ihn gewesen ist.« Wieder schüttelte er den Kopf. »Ich habe mir große Vorwürfe gemacht, dass keiner von uns in diesem Kommunisten den Blender erkannt hat, der er war.« Er seufzte. »Was hat meine Wilhelmine gelitten, als sie erfuhr, in was für einen Kerl sie sich da verguckt hatte. Aber nun ja, das ist Schnee von gestern. Meine Tochter ist inzwischen verlobt und wird schon im nächsten Jahr heiraten.« Er lachte auf. »Insofern hat die scheußliche Geschichte mit diesem Reinders doch etwas Gutes gehabt.«

»Ach ja?«

»Ja!« Paul-Friedrich nickte. »Unsere Tochter war vorher ein wenig störrisch, wenn es darum ging, den Empfehlungen bezüglich der Wahl ihres Zukünftigen, die meine Frau und ich ihr gegenüber aussprachen, zu folgen. Nachdem aber diese leidige Geschichte passiert war, war sie überaus zugänglich für unsere Vorschläge.«

»Manchmal wissen die jungen Dinger einfach nicht, was gut für sie ist, nicht wahr?«

»Genauso ist es. Haben Sie selbst Kinder, wenn ich fragen darf?«

»Ja, einen Sohn. Sein Name ist Wilhelm. Er ist Verleger und Vizepräsident der Reichsschrifttumskammer«, berichtete sie voller Stolz. »Und seit fünf Jahren ist er bereits Vorsteher des Börsenvereins der Deutschen Buchhändler.«

»Tatsächlich? Nun, das klingt, als müssten Sie überaus stolz auf ihn sein.«

»Ja, in der Tat, das bin ich«, sagte sie. »Wie schade, dass Ihre Wilhelmine bereits verlobt ist. Es wäre doch womöglich eine gelungene Verbindung geworden.«

»Hätten wir das nur ein wenig früher gewusst«, seufzte Paul-Friedrich in verbindlichem Tonfall und war erleichtert, um die Trennung von Martin noch glaubhafter darzustellen, zuvor einen Verlobten für Wilhelmine erfunden zu haben. »Wenn Ihr Sohn aber Verleger ist und Sie sich für das Verlagswesen interessieren, könnten Ihnen auch zwei weitere Gäste ein Begriff sein, die heute zugegen sind, Elsa und Hugo Bruckmann«, erklärte er.

»Natürlich kenne ich sie«, antwortete Schwester Pia. »Schließlich sind sie große Förderer des Führers.«

»Wie wir alle hier, nicht wahr?«

»Förderer unseres Führers?«, sagte nun Dr. Hermann Pfannmüller, der Direktor der Heil- und Pflegeanstalt Eglfing-Haar, der sich zu den beiden gesellte. »Hat hier jemand von mir gesprochen?«

Paul-Friedrich lachte auf. »Allerdings. Von Ihnen und wohl jedem anderen hier im Saal, nicht wahr?«

Paul-Friedrich stellte den Arzt und Schwester Pia einander vor. »Ich bin so froh, dass Sie es einrichten konnten, Herr Dr. Pfannmüller«, sagte Paul-Friedrich.

Schwester Pia sah noch kurz von einem zum andern, dann blickte sie einem jungen Soldaten nach, der soeben an ihnen vorbeiging. Eilig kippte sie noch einen Schnaps, dann entschuldigte sie sich und verschwand in der Menge.

»Eine drollige Person«, bemerkte Dr. Pfannmüller.

»Das wäre zwar nicht die Beschreibung, die ich gewählt hätte, doch Sie haben vollkommen recht«, stimmte Paul-Friedrich zu.

»Ich bin wirklich froh, dass Sie mich noch angerufen haben und ich heute dabei sein darf. Es ist wohl ein Großteil der Parteispitze anwesend, nicht wahr?«

»Alles liebe Freunde«, betonte Paul-Friedrich. »Schließlich stehen wir doch allesamt für dieselbe Sache ein.« Er beobachtete genau, wie sein Gegenüber auf diese Bemerkung reagierte.

»Ja, genauso ist es. Ich kann wohl behaupten, dass es kaum jemanden geben dürfte, der dem Führer zu so viel Dank verpflichtet ist wie ich«, stellte Pfannmüller fest.

»Ach ja? Darf ich fragen, weshalb?«

»Nun, es ist noch nicht offiziell, aber das wird es in Kürze sein«, kündigte Dr. Pfannmüller an. »Doch ich kann wohl so viel verraten, dass bei uns in der Heil- und Pflegeanstalt in Eglfing-Haar auf eine zuvor nie dagewesene Art und Weise versucht wird, der Nervenkrankheiten, die inzwischen so viele unserer Mitbürger befallen, ein für alle Mal Herr zu werden.«

»Wirklich? Das klingt ja überaus fortschrittlich.«

»Das ist es auch«, versicherte Pfannmüller.

»Und sagen Sie, können Sie dabei noch fähige, ambitionierte Ärzte gebrauchen, die Sie unterstützen?«

»Allerdings.« Er beugte sich weiter vor. »Weshalb fragen Sie?«

»Nun, mein Sohn Gustav ist ebenfalls Mediziner und betreibt hier auf Gut Falkenbach eine Praxis. Allerdings stellt sich für ihn die Frage, ob sein Tun hier dem Führer und damit uns allen genug Nutzen bringt.«

»Allein dass er sich diese Gedanken macht, zeigt mir, dass ich diesen jungen Mann unbedingt kennenlernen muss. Fähige, engagierte Mediziner mit der richtigen Einstellung wachsen dieser Tage nicht gerade auf den Bäumen.«

»Er ist jedoch nicht auf Nervenkranke spezialisiert«, gab Paul-Friedrich zu bedenken.

»Das war ich viele Jahre auch nicht«, erwiderte Dr. Pfannmüller. »Und heute eilt mir, wie ich immer wieder vernehme, der Ruf voraus, auf meinem Gebiet eine Koryphäe zu sein, wenn ich das so unbescheiden erwähnen darf.«

»Ja, das habe ich ebenfalls gehört«, pflichtete Paul-Friedrich ihm bei, obwohl es überhaupt nicht stimmte.

»Es wird mir eine Freude sein, die Bekanntschaft Ihres Sohnes zu machen«, sagte Dr. Pfannmüller.

»Doch erst«, erwiderte Paul-Friedrich, »sollten wir miteinander anstoßen. Für das Berufliche ist auch später noch Zeit, nicht wahr?«

»Ein Mann, der weiß, was gut für die Seele ist«, lobte Dr. Pfannmüller. »Da der Apfel meist nicht weit vom Stamm fällt, bin ich mir schon jetzt sicher, dass sich für Ihren Sohn gewiss ein Platz in meiner Klinik finden lassen wird.«

Paul-Friedrich ließ sich zwei Gläser Sekt herübergeben und reichte eines an Dr. Pfannmüller weiter. »Darauf sollten wir trinken«, sagte er und hob das Glas.

»Und auf Ihr Wohl!«, fügte Dr. Pfannmüller hinzu und ließ sein Glas gegen das von Paul-Friedrich klingen.

Paul-Friedrich nickte, dann tranken sie einen Schluck. Bisher, so konnte der Jubilar konstatieren, lief für ihn wirklich alles nach Plan.

16. Kapitel

Ich komme mir gegenüber meiner Schwester wie ein Verräter vor. Doch ich muss Stillschweigen bewahren, wenn ich sie schützen will.

Gustav von Falkenbach

Gustav hatte Wilhelmine direkt abgefangen, als sie zusammen mit Dorothea zurück in den Saal gekommen war. Zuvor hatte er immer wieder zu seinem Vater hinübergesehen, der mit dieser Eleonore Baur am Tresen gestanden und scheinbar gut gelaunt mit ihr geplaudert hatte.

Eines musste man seinem Vater wirklich lassen: Er war ein geradezu begnadeter Schauspieler, wenn es darum ging, einem Menschen nicht seine wahren Gefühle und Gedanken zu zeigen. Denn während der Unterhaltung im Arbeitszimmer war seinem Vater Widerwillen, ja geradezu Abscheu gegenüber dieser Baur anzumerken gewesen. Doch davon war heute nichts zu erkennen. Gustav bezweifelte, dass ihm eine solche Täuschung ebenso gut gelingen würde, wenn er es versuchte. Doch zum Glück musste er im Leben nicht so strategisch agieren wie sein Vater.

»Ich glaube, er hat sich wirklich von Herzen gefreut, nicht wahr?«, sagte Wilhelmine nun.

»O ja«, stimmte Gustav zu. »Und wie.« Er lachte auf. »Ich kann mich nicht erinnern, dass ich Vater jemals sprachlos erlebt hätte.« Er deutete mit einer Kopfbewegung zu Dorothea. »Ist wieder alles gut bei ihr?«

Wilhelmine grinste breit. »Du kennst sie ja. Sie trinkt zwei Tröpfchen und ist sofort angesäuselt. Dann kippt sie einen Kaffee drauf und ist schlagartig wieder nüchtern.« Wilhelmine beugte sich verschwörerisch näher zu ihrem Bruder. »Aber sie hat mich eindringlich gebeten, bloß niemandem etwas von ihrem kleinen Schwips zu verraten.« Sie prustete los. »Ihr ist immer gleich alles so peinlich.« Sie sah sich um. »Wo ist eigentlich Clara? Ich habe sie nur vorhin kurz beim Frühstück gesehen, und dann war sie schon wieder verschwunden.«

»Sie fühlte sich nicht so wohl und wollte sich noch ein wenig hinlegen. Danach wird sie auch dazukommen.«

»Bei dem Lärm hier findet sie oben sowieso keine Ruhe.«

»Wenn das nicht die Geschwister von Falkenbach sind! Darf ich mich vorstellen: Eleonore Baur.«

Gustav glaubte, ihm müsse jeden Moment das Herz stehen bleiben. Er hatte wegen seiner Plauderei mit Wilhelmine überhaupt nicht mitbekommen, wie die Baur sich an sie herangepirscht hatte. War sie nicht eben noch am anderen Ende des Saals bei seinem Vater gewesen?

Gustav streckte ihr eilig die Rechte entgegen. »Gustav von Falkenbach, sehr erfreut. Und das ist meine Schwester Wilhelmine.«

»Das dachte ich mir schon.« Schwester Pia musterte Wilhelmine aufdringlich. »Hübsch, ja. Da kann man nichts sagen.«

Wilhelmine blickte sie etwas irritiert an. »Danke«, sagte sie dann etwas überrascht.

Gustav überlegte fieberhaft, wie er die Baur möglichst weit von Wilhelmine weglotsen konnte.

»Haben Sie Ihren Brief erhalten?«, fragte nun die Baur geradeheraus, was Gustav den Schweiß auf die Stirn trieb.

»Ja«, bestätigte er mit einem Nicken. »Das habe ich. Sagen Sie, darf ich Ihnen vielleicht das Gutshaus zeigen? Die Architektur ist wirklich sehenswert.«

»Welchen Brief?«, begehrte Wilhelmine zu wissen.

»Das klären wir gleich anschließend«, wich Gustav aus und forderte die Baur mit einer Handbewegung auf, ihn zu begleiten.

Schwester Pia blickte interessiert zwischen den Geschwistern hin und her. »Ich meinte eigentlich Sie beide«, sagte sie nun und lächelte. Gustav hätte ihr am liebsten einen Knebel in den Mund geschoben.

»Ich weiß leider gerade nicht, wovon Sie sprechen«, entgegnete Wilhelmine.

»Ich erkläre es dir später«, sagte Gustav und fasste Eleonore Baur entschlossen am Arm. »Kommen Sie. Ich führe Sie herum.« Etwas grob zog er sie mit sich, während Wilhelmine völlig verblüfft zurückblieb.

»Unterlagen zufolge datiert der Bau dieses Hauses auf das Jahr 1721, wobei nicht klar ist, ob es tatsächlich noch dem Ursprungsbau entspricht, da es hierzu unterschiedliche Angaben gibt«, redete Gustav einfach drauflos. »Gut Falkenbach befindet sich bereits seit mehreren Generationen im Besitz meiner Familie, wobei wohl erst mein Ururgroßvater das wirtschaftliche Geschick in vernünftige Bahnen zu lenken wusste und dann …«

»Sie weiß es nicht, nicht wahr?« Eleonore Baur verharrte plötzlich in der Eingangshalle, in die sie von Gustav mehr oder weniger gezerrt worden war, und sah ihn nun herausfordernd an. »Ihre Schwester weiß nicht, dass ihr früherer Geliebter ihr geschrieben hat.«

Gustav fasste ihren Arm und führte sie noch ein paar Schritte fort, weil sie sich nicht weit genug vom Saaleingang entfernt hatten, sodass man sie dort womöglich noch hören konnte. Schließlich sagte er: »Nein, sie weiß es nicht. Und mein Vater und ich möchten auch, dass sie nichts von diesem Brief erfährt.«

»Und warum, wenn ich fragen darf? Ich meine, wenn Ihre Schwester doch verlobt ist und nichts mehr für ihn empfindet, hat sie doch nichts zu befürchten.«

Gustav zögerte. Hatte sein Vater der Baur vorgelogen, dass Mine verlobt sei? »Wissen Sie, es ist unserer Ansicht nach besser so. Wilhelmine und Martin hegten für eine kurze Zeit offenbar Gefühle füreinander. Natürlich *bevor* wir alle erfahren haben, was für ein Mensch er in Wirklichkeit ist. Inzwischen hat sie mit dem Thema abgeschlossen, und schon zu ihrem eigenen Schutz möchten wir, dass es so bleibt.«

»Er hat dem Kommunismus abgeschworen«, stellte die Baur fest. »Er hat es mir selbst versprochen.«

»Das mag ja sein. Und ich glaube es ihm sogar«, versicherte er eilig. »Doch wozu sollte meine Schwester Kontakt zu einem Häftling haben? Nein, ihr Leben verläuft hier in geordneten Bahnen, und das soll es auch weiterhin.«

»Und wenn ich Ihnen nun sage, dass er entlassen wird?«

»Martin kommt frei?«, fragte Gustav überrascht.

»Ja! Natürlich nur, um dann an die Front zu gehen. Doch zumindest wird er schon bald seine Freiheit wiedererlangen. Ich habe ein Gesuch für ihn eingereicht, das geprüft wird.«

»Das ist wirklich sehr großzügig von Ihnen.«

»Der Herrgott lenkt die liebe Seele«, sagte sie und starrte Gustav kurz an. »Und Sie denken nicht, dass Ihre Schwester davon erfahren sollte, dass ihr früherer Geliebter wieder freikommt?«

»Nein«, entschied Gustav. »Wie ich bereits sagte: Wilhelmines Leben verläuft in soliden Bahnen, und sie ist glücklich so.«

»Sie fürchten, dass sie noch Gefühle für ihn hat, nicht wahr?«

Gustav konnte in den dunklen Augen dieser Frau lesen, dass sie geradezu erpicht darauf war, dass er etwas Falsches sagte. Es war ein Moment, in dem er spürte, dass von einer einfachen Antwort alles abhing.

»Nein.« Er lächelte und bewegte langsam seinen Kopf. »Doch ich kenne meine Schwester. Sie hat Mitleid mit einem wie Martin, genau wie sie früher auch immer verletzte Vögel ins Haus getragen hat, damit sie sie versorgen konnte. Auch wenn Martin sie genau wie jeden anderen hier hintergangen hat, würde doch ihr großes Herz siegen, und sie würde versuchen, ihm zu helfen, wider besseres Wissen, dass er es in keinster Weise verdient hat.«

»Nun, er scheint ja zumindest noch an sie zu denken«, konstatierte Schwester Pia mit Argwohn in der Stimme.

»So wie er an mich oder auch meinen Vater denkt«, schwächte Gustav ab. »Er hat wohl in seinem Kommunistenhirn doch noch einen Funken Anstand, dass er sich wenigstens für sein Verhalten entschuldigen wollte. Doch die von Falkenbachs möchten nichts mehr mit ihm zu tun haben. Und dabei bleibt es.« Er streckte ihr die Hand entgegen. »Wenn Sie mich jetzt entschuldigen wollen?«

»Heil Hitler«, sagte Schwester Pia, ganz so, als wolle sie Gustav damit herausfordern.

»Heil unserem Führer! Sieg Heil, Sieg Heil, Sieg Heil!«, rief er laut und militärisch zackig, dann machte er kehrt und stapfte in den Saal zurück. Er blieb am Eingang stehen und hielt Ausschau nach Wilhelmine, konnte sie aber in der Menschenmenge nicht entdecken. Dann erst blickte er nach rechts, wo seine Schwester ganz allein an der Wand stand und ihn nun aus traurigen Augen ansah. Er verharrte kurz, um sich zu sammeln, dann ging er zu ihr hinüber.

Wilhelmine blickte auf und schüttelte den Kopf. »Dazu hattet ihr kein Recht.«

»Bitte, Mine.« Er drehte sich um, als wollte er sichergehen, dass niemand sah, was zwischen den Geschwistern ablief. Dann blickte er sie wieder an.

»Die ganzen Monate über habe ich um ein Zeichen gebetet. Und ihr, meine eigene Familie, habt dafür gesorgt, mein Leid immer weiter zu verlängern.«

»Du siehst das falsch«, widersprach Gustav und wollte sie um die Schultern fassen, doch sie schlug seine Arme weg. »Mine, reiß dich zusammen!«, zischte er.

»Wo ist der Brief?«, gab sie zornig zurück.

»Mine, jetzt ist nicht der richtige Zeitpunkt«, mahnte er abermals.

»Wenn du nicht willst, dass ich laut schreie, dann sagst du mir jetzt, wo der Brief an mich ist.«

Gustav wusste nicht, wie er sich verhalten sollte. »Der Brief ist am Freitag gekommen«, antwortete er zögerlich. »Und Vater wollte ihn lediglich so lange zurückhalten, bis das Fest vorbei ist, damit du nicht Gefahr läufst, mit dieser Baur aneinanderzugeraten«, log er. »Du solltest den Brief morgen von ihm bekommen.«

Wilhelmines Haltung veränderte sich. Eben noch wütend und geradezu kampfbereit, ließ sie nun die Schultern sinken. »Wirklich?«

»Ja, wirklich.« Er trat näher an sie heran und flüsterte: »Du weißt doch genau, wie impulsiv du bist. Vater hat mich ins Vertrauen gezogen und um meinen Rat gebeten, eben weil er nicht wusste, ob es richtig wäre, dir den Brief noch vorzuenthalten. Und ich habe ihm zugeredet, bis heute Abend oder morgen zu warten. Wenn du also wütend sein willst, dann bitte. Aber wir haben zu deinem Besten gehandelt, Mine. Und wenn du ehrlich zu dir selbst wärst, wüsstest du das auch.«

»Er hatte also nie vor, mir den Brief nicht zu geben?«

»Natürlich nicht!« Gustav spürte, wie seine Wangen sich röteten.

»Ach, Gustav.« Sie fiel ihrem Bruder um den Hals, worauf er sie in die Arme nahm. »Ich kam mir so verraten vor.«

»Du bist ein Dummerchen«, sagte er beschwichtigend.

»Lass mich den Brief lesen, ja? Bitte! Ich verspreche auch, einen großen Bogen um diese Baur zu machen.«

»Später«, wich Gustav aus.

»Nein«, widersprach Wilhelmine. »Jetzt.« Sie nahm seine Hände. »Bitte, Gustav. Du musst das doch verstehen.«

»Selbst wenn ich wollte, ich habe den Brief nicht.«

Wilhelmine sah ihn an. »Hat Vater ihn?«

»Ja.«

»Gut, dann holen wir ihn.«

»Bist du verrückt? Er hat Gäste.«

»Nicht Vater, sondern den Brief. Wir wissen doch beide, wo er das aufbewahrt, was nicht für unsere Augen und Ohren bestimmt ist.«

»Mine, nein.«

»Begleitest du mich oder nicht?« Sie stemmte die Hände in die Hüften. »Entscheide dich, Gustav.«

»Sein Arbeitszimmer ist abgeschlossen«, versuchte Gustav die Schwester doch noch zurückzuhalten.

»Ach, bitte! Du weißt ganz genau, dass der Schlüssel von Mutters und Vaters Schlafzimmer auch für die Tür im Arbeitszimmer passt.« Sie lächelte ihn verschwörerisch an. »Als ob du vergessen hättest, wie wir früher dort hineingeschlichen sind.«

»Da waren wir Kinder, Mine. Doch das hier ist etwas ganz anderes.«

»Ja, es ist etwas anderes. Denn Vater hat einen Brief, der an mich adressiert ist, dort eingeschlossen. Heute bin ich im Recht, damals war ich es nicht.«

»Ach, Mine.« Gustav seufzte. Er hatte seiner Schwester noch nie etwas abschlagen können. »Na gut. Du holst den Schlüssel von oben, und ich warte vor dem Arbeitszimmer auf dich.«

Wilhelmine fiel ihrem Bruder erneut um den Hals und gab ihm einen Kuss auf die Wange. »Du bist der allerbeste Bruder der Welt.«

»Los jetzt«, mahnte er. »Bevor ich's mir anders überlege.«

Wilhelmine nickte eifrig, dann huschte sie aus dem Saal. Gustav sah sich um. Sollte er noch versuchen, seinen Vater vorzuwarnen und ihm zu sagen, was geschehen war? Gustav sah ihn ein Stück entfernt, wie er mit einem Gast sprach. Bei genauem Hinsehen erkannte er Dr. Hermann Pfannmüller, den Direktor der Heil- und Pflegeanstalt Eglfing-Haar, der sich angeregt mit Paul-Friedrich unterhielt. Am liebsten wäre Gustav hinübergegangen, denn sein Vater hatte ihm doch gesagt, dass er Dr. Pfannmüller dazu überreden wollte, Gustav eine Anstellung in Eglfing-Haar zu geben, damit er nicht an die Front müsste. Doch wenn Gustav jetzt hinüberging, würde er bestimmt nicht so schnell dort wieder wegkommen. Also gab er sich einen Ruck, verließ den Saal und lief durch die Eingangshalle über den Korridor zum Arbeitszimmer seines Vaters. Von Eleonore Baur war nichts mehr zu sehen. Ob sie in den Saal zurückgekehrt war oder womöglich die Feier schon verlassen hatte, wusste Gustav nicht. Er wusste nur, dass dieses Weibsbild derart abstoßend war und eine so unangenehme Art an sich hatte, dass er sich nicht einmal vorstellen mochte, dass sein Vater mit seinem Verdacht, sie hätte mit den bei ihr lebenden Häftlingen ein Verhältnis, womöglich richtiglag. Wenn Martin wirklich gezwungen gewesen war, etwas mit diesem Weib anzufangen, würde er wahrscheinlich einen Nervenarzt wie Dr. Pfannmüller brauchen, um es je wieder vergessen zu können.

Er drehte sich um, als er eilige Schritte hinter sich hörte. Wilhelmine hielt triumphierend den Schlüssel in die Höhe, den sie von oben geholt hatte.

»Beeil dich«, zischte Gustav, worauf Wilhelmine das letzte Stück lief. Sofort steckte sie den Schlüssel ins Schloss und öffnete die Tür, während Gustav Ausschau hielt, ob sie dabei von jemandem beobachtet wurden. Dann verschwanden sie im Arbeitszimmer ihres Vaters.

»Schließ wieder ab«, mahnte Gustav, was Wilhelmine sogleich tat. Dann richtete sie sich wieder auf und sah ihren Bruder breit grinsend an. »Wie in alten Zeiten«, frohlockte sie.

»Deinetwegen kommen wir in Teufels Küche«, unkte Gustav. »Los jetzt. Holen wir den Brief und dann raus hier. Obwohl …«, er zögerte. »Nein. Du liest ihn hier, und dann verschwinden wir wieder. Ich werde Vater sagen, dass du davon erfahren hast, und dann geben wir ihm Gelegenheit, dass er selbst dir den Brief aushändigt.«

»Aber«, wollte Wilhelmine widersprechen, doch Gustav hob die Hand. »Nein, Mine. Wir machen es so, wie ich es sage. Ich will nicht, dass Vater erfährt, dass wir hier eingebrochen sind.«

»Sieh an! Wenn es um mich geht, hast du keine Bedenken, etwas Unrechtes zu tun. Doch bei Vater …« Weiter kam sie nicht.

»Mine!« Gustav hob den Zeigefinger. »Wir machen es entweder auf meine Art oder ich zerre dich mit Gewalt hier wieder raus, behalte den Schlüssel, und du kannst meinetwegen zetern oder auch den ganzen Saal zusammenschreien und dich aufführen wie eine verzogene, dumme Göre. Aber den Brief wirst du dann trotzdem nicht zu lesen bekommen.«

»Schon gut, schon gut.« Sie verdrehte die Augen. »Einverstanden. Ich lese den Brief hier. Aber«, sie zögerte, »dann wird Vater trotzdem wissen, dass wir hier waren. Schließlich ist der Brief dann geöffnet.«

»Das ist er auch jetzt schon«, sagte Gustav.

»Wie bitte?« Wilhelmine funkelte ihn wütend an.

»Wir hatten die Befürchtung«, versuchte er zu erklären, »dass Martin dich mit dem, was er schreibt, möglicherweise in Gefahr bringen könnte.«

»Ein Brief ist etwas Persönliches, Gustav«, beschwerte sich Wilhelmine.

»Nein.« Gustav schüttelte den Kopf. »Nicht in diesen Zeiten, Mine. Deinen Brief hat vor uns mit absoluter Sicherheit Eleonore Baur und wer weiß wer noch alles gelesen, um herauszufinden, ob wir damals mit Martin gemeinsame Sache gemacht haben.«

Wilhelmine schluckte. »Hat er so etwas geschrieben?«

Gustav schüttelte den Kopf. »Nein. Würde ich Martin nicht besser kennen, würde ich selbst glauben, dass seine politische Einstellung sich gewandelt hat.« Er ging um den Schreibtisch herum und öffnete die unterste Schublade. Die Briefe an Wilhelmine und den Vater lagen ganz vorne an. Als er sie herausnahm, kam darunter ein Pillenröhrchen zum Vorschein, was Gustav ebenso mit herausnahm. Sein Herz schlug schneller, als er die Aufschrift *Pervitin* las. Er kannte das Mittel, wusste, welche verheerende Wirkung es auf den Körper hatte. Keinesfalls würde er einem Patienten so etwas verschreiben, und der Gedanke, dass sein Vater dies in seiner Schublade aufbewahrte, schockierte ihn.

»Was ist das?«, fragte Wilhelmine, die bemerkte, dass Gustav auf die Aufschrift starrte.

»Nichts«, sagte er. »Nur ein Schmerzmittel, das ich Vater verschrieben habe.«

»Und weshalb starrst du die Verpackung dann so an?«

»Es ist nur, weil ich dachte, dass die Tabletten bereits aufgebraucht sein müssten«, log er eilig. »Vater scheint weniger davon zu brauchen als früher.«

»Ist doch gut«, befand Wilhelmine. »Gibst du mir jetzt meinen Brief?«

»Sicher. Entschuldige.« Gustav reichte ihr beide Briefe, dann legte er das Röhrchen zurück in die Schublade und schob sie nachdenklich wieder zu. Sein Vater nahm also Pervitin. Er konnte es nicht fassen. Gustav wusste, dass Paul-Friedrich auch in der Vergangenheit schon gelogen hatte, wenn es darum ging, an Schmerzmittel zu kommen. Einmal war er ihm sogar auf die Schliche gekommen, als er ein von Gustav ausgestelltes Rezept dahingehend gefälscht hatte, dass er die Menge der Tabletten auf ein Dreifaches erhöht hatte. Doch das war bereits eine ganze Weile her, und Gustav hatte geglaubt, das Problem hätte sich längst erledigt. Aber jetzt fand er es geradezu naiv, dass er davon ausgegangen war. Schließlich wusste er doch, dass ein von Medikamenten abhängiger Mensch nicht so einfach aufhören konnte, selbst wenn er es wollte. Und nichts anderes war sein Vater, auch wenn Gustav es bisher nicht hatte wahrhaben wollen. Und nun hatte er sich also auf irgendeinem Weg Pervitin verschafft, eine Droge, die unter Ärzten mehr als nur umstritten war. Zudem stellte sich Gustav die Frage, wie sein Vater an das Medikament herangekommen war. Gustav wusste nicht, wie er mit seiner Entdeckung umgehen sollte.

Er sah zu Wilhelmine, die die Zeilen Martins mit Tränen in den Augen las und zwischendurch immer mal wieder lächelte, glücklich, geradezu beseelt von den Worten des Mannes, den sie offenbar so sehr liebte. Als sie den Brief zu Ende gelesen hatte, drückte sie ihn an die Brust und trat dann an ihren Bruder heran, um ihn zu umarmen. »Es geht ihm gut, Gustav.« Sie schluchzte auf. »Es geht ihm gut.«

Eine Weile blieben sie so stehen, dann löste Gustav die Umarmung. »Gib mir den Brief bitte zurück«, sagte er und hielt die Hand auf. Wilhelmine nickte, dann übergab sie ihm den Briefbogen.

»Danke, dass du mir geholfen hast.«

»Schon gut«, sagte Gustav nur, noch immer in Gedanken bei seinem Vater und dessen offensichtlicher Abhängigkeit.

»Alles in Ordnung?«, fragte Wilhelmine. »Du bist so … verändert.«

»Ja, sicher, alles ist gut. Ich möchte nur so schnell wie möglich hier wieder raus, bevor uns jemand erwischt.«

»Du hast recht«, stimmte die Schwester ihm eilig zu.

Gustav legte alles in der Schublade wieder so hin, wie er es vorgefunden hatte. Dann folgte er Wilhelmine zur Tür, die sie in diesem Moment aufschloss und kurz auf den Korridor hinaussah.

»Die Luft ist rein«, stellte sie fest und schlüpfte hinaus.

Gustav trat ebenfalls hinaus und wartete dann, bis Wilhelmine wieder abgeschlossen hatte.

»Ich bringe schnell den Schlüssel zurück«, sagte sie und gab ihm einen eiligen Kuss auf die Wange. »Danke!« Sie hatte Tränen in den Augen. »Ich könnte gerade die ganze Welt umarmen.«

»Bitte tu so, als hättest du den Brief noch nicht gelesen, ja? Und vor allem, halt dich von Schwester Pia fern.«

»Von wem?«

»Eleonore Baur«, sagte Gustav. »Sie wird wohl von vielen Schwester Pia genannt.«

»Verstehe. Ja, mache ich«, versprach Wilhelmine und sah ihn dann an. »Sag mal, hast du was? Du bist auf einmal so verändert.«

»Nein, es ist nichts.« Er schüttelte den Kopf. »Komm, gehen wir zurück auf die Feier. Bestimmt werden wir schon vermisst.«

Zusammen liefen sie über den Korridor zurück zur Eingangshalle, in der Wilhelmine nach rechts abbog und dann die Stufen hinauflief, um den Schlüssel zurückzubringen. Gustav trat wieder in den großen Saal, wo die Kapelle bereits von eher ruhigen, gesetzten Klängen zu fröhlicherer Musik übergegangen war. Gerade spielte die Kapelle *Ich brauche keine Millionen*, eigentlich gesungen von Marika Rökk. Hier jedoch wurde das Stück nur instrumental vorgetragen, aber die flotte Musik brachte die anwesenden Gäste noch mehr in Feierlaune.

Gustav betrachtete die fröhliche Gästeschar und hielt dabei Ausschau nach seinem Vater. Dieser sprach nicht mehr mit Dr. Pfannmüller, sondern hatte sich einem anderen Gast zugewandt. Gustav war nicht danach, sich zu ihm zu gesellen. Er hatte keine Ahnung, wie er ihm jemals wieder unter die Augen treten sollte, ohne dabei zu erwähnen, dass er von dem Pervitin in seinem Schreibtisch wusste.

Gustav sah sich weiter um, ob Clara inzwischen ebenfalls zur Feier dazugestoßen war. Doch er konnte sie nicht entdecken. Also ging er zum Tresen, um sich etwas zu trinken zu holen, als Irma neben ihm auftauchte.

»Hallo, Herr Doktor«, sagte sie und brachte Gustav damit zum Lächeln.

»Hallo, Irma.« Gustav freute sich, sie zu sehen. »Na, was meinst du zu dem ganzen Trubel hier?«

»Deinem Vater angemessen, würde ich sagen.«

»Ja, da wirst du wohl recht haben.«

Sie lächelte ihn an. »Du bist übrigens ein großer Held bei uns zu Hause«, verriet sie. »Sophia ist der festen Überzeugung, einmal eine berühmte Ballerina zu werden, nachdem ihre Knie jetzt so aussehen.«

Gustav lachte auf. »Was möchtest du trinken?«

Irma sah zum Tresen. »Ach, gern ein Glas Sekt.«

»Sekt oder lieber Champagner?«

»Wenn du mich so fragst …« Sie lächelte ihm vielsagend zu.

»Zwei Gläser Champagner bitte«, orderte Gustav und reichte, nachdem er die Gläser erhalten hatte, eines an Irma weiter. Die beiden stießen miteinander an.

»Wo ist denn Leopold?«, fragte Gustav.

»Irgendwo dahinten.« Irma deutete mit dem Kopf. »Er spricht mit irgendwelchen Parteileuten und macht Geschäfte.«

»Ehrlich gesagt, ist es das Beste, was man in diesen Zeiten tun kann.«

»Denkst du das, ja? Während du die Menschen zu heilen versuchst, bringen Waffen nichts als Leid und Tod.«

Gustav wusste nicht, was er darauf erwidern sollte. Er selbst fand sowohl Leopolds als auch Ferdinands Engagement für die Waffenproduktion überaus bedenklich. Doch andererseits wusste er auch, dass es keinen Sinn hatte, die Augen davor zu verschließen, in welcher Zeit sie lebten.

»Ach«, sagte Irma, »lass uns heute mal nicht darüber sprechen. Heute ist der sechzigste Geburtstag deines Vaters, ein fröhlicher Tag. Heute wollen wir mal vergessen, welcher Wahnsinn da draußen tobt.«

»Darauf trinke ich.« Gustav und Irma ließen die Gläser klingen. Dann plauderten sie eine Weile miteinander, bis Gustav bemerkte, dass Leopold an seine Seite trat.

»Leopold«, sagte Gustav. »Da bist du ja. Was möchtest du trinken?«

Leopold hob die Augenbrauen. »Na, Gustav, wie immer spendabel mit dem Geld deines alten Herrn, was?«

»Leopold!«, herrschte Irma ihn an. »Was soll denn dieser Ton?« Sie sah ihren Mann an. »Du bist ja betrunken.«

»Na ja«, erwiderte dieser, »während ich meine Zeit damit verbringe, unsere Geschäftspartner bei Laune zu halten, sehe ich dich hier stehen und fröhlich mit dem guten Doktor plaudern. Da wird doch eine gewisse Kritik meinerseits nicht gerade überraschen, oder?«

Gustav sah Leopold an. Sie waren einmal Freunde gewesen, gute sogar. Zwar war er Leopold nie so eng verbunden gewesen wie Ferdinand, aber doch so, dass er ihm vertraut hatte. Aber seit Leopold sich an seine damalige Verlobte Irma herangemacht und sie schließlich geheiratet hatte, wusste Gustav, was er von ihm zu halten hatte. Leopolds geradezu grenzenloser Ehrgeiz und dass er Gustav gegenüber aus allem einen Wettkampf machte, empfand dieser inzwischen einfach nur noch als nervtötend, maß dem jedoch keine Bedeutung bei. Damals, als er Irma an Leopold verloren hatte, hatte ihn dies zutiefst getroffen. Doch das gehörte der Vergangenheit an.

»Komm, Leopold, lass uns etwas trinken und den Tag genießen«, lenkte Gustav versöhnlich ein. »Ich habe keine Lust, mit dir zu streiten.«

Leopold kam noch näher an Gustav heran. »Ich habe auch nicht vor, mit dir zu streiten. Wozu auch?« Er nahm Gustav das Glas Champagner ab und leerte es in einem Zug. Dann drückte er es Gustav wieder in die Hand. »Aber eines sage ich dir: Halte dich von meinen Kindern fern!« Er sah zu Irma. »Und von meiner Frau auch.«

»Er hat Sophia lediglich verarztet«, entgegnete Irma erbost.

»Ja, nachdem er sie selbst über den Haufen gefahren hat.«

»Du redest Unsinn.« Irma drehte sich zu Gustav um. »Entschuldige mich bitte. Doch ich finde meinen Mann heute wieder einmal unerträglich.« Sie stellte ihr Glas auf dem Tresen ab und ging davon.

Gustav sah Leopold mitleidig an. »Zufrieden?«

Leopold verzog den Mund zu einem spöttischen Grinsen. »Ich durchschaue dich, Gustav von Falkenbach.« Er hob die Augenbrauen, als wollte er sich über den Namen lustig machen.

»Der wichtige, wichtige Gustav von Falkenbach, der doch immer gegen mich verliert. Und nun willst du es mir heimzahlen, indem du dich bei meinen Kindern einschmeichelst und meine Frau zu umgarnen versuchst. Doch das kannst du vergessen, das sage ich dir.« Leopold tippte mit dem Zeigefinger gegen Gustavs Brust.

»Irma hat recht, du bist betrunken. Wenn ich dir etwas raten darf: Versuch nüchtern zu werden, und dann geh dich bei deiner Frau entschuldigen.«

»Du mir etwas raten?« Leopold trat noch näher an Gustav heran. »Du bist nun wirklich der Letzte, von dem ich mir Ratschläge in Eheangelegenheiten hole. Krieg du lieber deine eigene Ehe in den Griff.«

»Was meinst du damit?«

»Na, wenn meine Frau ein Kind abtreiben lassen wollte, würde ich mich fragen, warum.« Leopold lachte hämisch. »Womöglich ist ja der Herr Ehemann nicht der Vater, nicht wahr?«

Gustav spürte, wie ihm alle Farbe aus dem Gesicht wich. »Was willst du damit sagen?«

Leopold grinste breit. »Frag am besten dein treues Eheweib, würde ich vorschlagen. Aber vielleicht täusche ich mich ja auch, und sie geht nur deshalb zu Dr. Schellwald, weil sie dir als Arzt nicht vertraut.« Leopold lachte erneut auf, nun jedoch lauter.

Gustav starrte ihn an, stieß ihn zur Seite und eilte dann mitten durch die Gästeschar zum Ausgang. Leopolds hämisches Lachen verfolgte ihn noch, als er bereits den Saal verlassen hatte.

17. Kapitel

Wenn es etwas gibt, was ich tun kann, um diesem Wahnsinnigen Einhalt zu gebieten, werde ich es tun. Ohne Wenn und Aber.

Wilhelm Lehmann

Else war bereits mit Irma nach Hause gegangen, nachdem die offenbar eine Auseinandersetzung mit ihrem Ehemann gehabt hatte. Wilhelm hatte es nur am Rande mitbekommen, und dass es außerdem wohl einen Zusammenstoß zwischen seinem Sohn und Gustav gegeben hatte. Wilhelm hatte Leopold beiseitegenommen und zurechtgewiesen, er solle sich sofort zusammenreißen; sein rüpelhaftes Verhalten würde ein schlechtes Licht auf die Familie werfen. Danach hatte er seinen Sohn nicht mehr gesehen. Und das war auch gut so. Wilhelm war zwar fest entschlossen, die Fabrik auf Leopold zu übertragen, damit dieser nicht in den Krieg musste. Doch konnte er nicht verhehlen, dass er dabei erhebliche Bauchschmerzen hatte, weil sein Sohn einfach unberechenbar war.

Er wusste nicht, weshalb es mit Irma, vor allem aber mit Gustav zum Streit gekommen war. Doch er hatte nicht den geringsten Zweifel, dass einzig und allein Leopold die Schuld daran trug. Wie immer. Es war zum Verzweifeln.

Nun hatte er sich in das sogenannte Herrenzimmer im Gutshaus begeben, einen Raum, in dem Paul-Friedrich, Wilhelm und früher auch Heinrich immer dann zusammengekommen waren, wenn etwas mit weiteren Geschäftspartnern oder auch der Bank zu besprechen war. Paul-Friedrich hatte ihn darum gebeten und angekündigt, nachzukommen, sobald er eine Weile von der Feier abkömmlich sei.

Wilhelm war es ganz recht, dass er noch allein hier war, so konnte er noch ein wenig Ruhe nach all dem Trubel finden. Er merkte schon, dass er seit dem Schlaganfall nicht wieder der Alte war – und es vermutlich auch nie wieder sein würde. Er konnte inzwischen zwar wieder fast normal sprechen, und auch das Gehen fiel ihm nicht mehr wirklich schwer. Er hatte jeden Tag hart daran gearbeitet, um nicht mit der körperlichen Einschränkung leben zu müssen, und hatte tatsächlich gespürt, wie es immer besser geworden war, bis man, wenn man nichts von Wilhelms Schlaganfall wusste, wohl kaum noch die Folgen bemerkt hätte. Doch an Tagen wie heute, an denen er Stunde um Stunde stehen und sich die ganze Zeit unterhalten musste, war er dankbar für jeden Moment, in dem er sitzen und sich ein wenig ausruhen konnte.

Er ging zum Beistelltisch in der Ecke, in dessen Schublade die Zigarren lagen, nahm sich eine heraus, griff nach dem bereitstehenden Aschenbecher und setzte sich an den langen Besprechungstisch. Kurz überlegte er, sich auch noch etwas zu trinken zu holen, doch dann verzichtete er darauf. Zum einen, weil er nicht wieder aufstehen wollte, zum anderen, da er den Augenblick der Ruhe genoss, in dem er sich die Zigarre ansteckte und tief den Rauch in die Lungen zog. Er fühlte sich erschöpft, doch andererseits war da seit vorhin, als Paul-Friedrich ihm die Ankündigung gemacht hatte, dass Constantin Trost etwas mit ihnen zu besprechen hatte, eine gewisse Vorfreude auf das, was da kommen sollte. Denn Wilhelm konnte sich denken, dass Paul-Friedrich nichts dergleichen gesagt hätte, ginge es nur darum, Hitler in irgendeiner Form für sein hirnrissiges Tun zu bejubeln.

Er zog den Stuhl neben sich so heran, dass er seine Beine darauf ablegen konnte, lehnte sich an, zog einige Male an der Zigarre und schloss die Augen. Er musste an Heinrich denken – es war das erste Mal nach dessen Tod, dass Wilhelm ohne ihn hier im Herrenzimmer saß, um an einer Besprechung teilzunehmen. Sonst war sein Bruder immer mit dabei gewesen. Wilhelm lauschte in sich hinein, was Heinrichs Tod in ihm bewirkt hatte. Sein Leben lang hatte Wilhelm den jüngeren Bruder zu schützen versucht, und es war ihm auch weitestgehend gelungen. Nur in einem Punkt nicht – er hatte ihn nicht vor sich selbst schützen können. Wilhelm wusste nicht, was es gewesen war, das Heinrich zu so bösen, menschenverachtenden Taten getrieben hatte. Er hatte es nie verstanden, wie Heinrich zu dem hatte werden können, was ihnen der gemeinsame Vater auf die wohl schlimmste Art vorgelebt hatte. Für Wilhelm war es schlicht unbegreiflich, dass Heinrich, der das Leid miterlebt hatte, das ihr Vater über die Mutter und letztlich auch die Söhne gebracht hatte, dieses Verhalten genau so fortsetzen konnte. Heinrich hatte doch auch die unterdrückten Schreie der Mutter gehört, die aus dem Schlafzimmer zu ihnen gedrungen waren. Er hatte doch auch ihre Verletzungen gesehen, die blauen Flecken, die blutigen Wunden und die zugeschwollenen Augen. Wie hatte Heinrich nur genauso werden können? Und wieso war es Wilhelm nicht gelungen, seinen Bruder auf den richtigen Weg zu führen?

Wilhelm dachte an das, was Else ihm erzählt hatte, nämlich dass Johannes, Käthes ältester Sohn, wieder da war. Er würde in der nächsten Zeit ein Treffen mit ihm herbeiführen. Käthe hatte keine Ahnung, dass Wilhelm von dem Geheimnis wusste, das mit Johannes' Geburt einherging, und von der Entscheidung, die Käthe und Heinrich damals getroffen hatten. Und das musste sie auch nicht wissen. Käthe hatte es weder Else, die ihr die engste Vertraute war, jemals anvertraut noch hatte sie das Gespräch mit ihm gesucht. Auch Wilhelm hatte nur deshalb davon erfahren, weil es Heinrich einmal im Alkoholrausch, als er nicht mehr wusste, was er redete, herausgerutscht war. Wilhelm hatte es all die Jahre für sich behalten, wie er es immer getan hatte, wenn es darum ging, ein Geheimnis zu wahren. Er war gut darin, auf ihn konnte man sich stets verlassen. Vor allem aber wusste er, dass es Geheimnisse gab, die, sollten sie ans Licht kommen, nichts als Leid mit sich brachten. Und darum war es besser, Stillschweigen zu bewahren.

Die Tür zum Herrenzimmer ging auf, und Wilhelm öffnete die Augen.

Constantin Trost hatte den Raum betreten, sodass Wilhelm die Füße vom Stuhl nahm und sich erhob.

»Reichsleiter Trost!«, begrüßte er ihn und ging auf den hochgewachsenen Mann zu.

»Bitte nenn mich einfach Constantin«, sagte der und reichte Wilhelm die Hand.

»Wilhelm«, gab dieser zurück.

»Was wollen wir trinken?«, fragte Wilhelm, der an den Tisch mit den Glaskaraffen trat, die verschiedene Brände und Liköre enthielten.

»Ich hätte gern einfach ein Bier«, sagte der Reichsleiter.

»Ist mir auch am liebsten«, erwiderte Wilhelm. »Ich lasse uns kurz ein paar Flaschen holen.«

»Das kann ich auch erledigen«, bot Trost an.

»Glaub mir, ich kenne mich hier besser aus«, entgegnete Wilhelm und verließ gleich das Zimmer. Draußen auf dem Korridor entdeckte er von Weitem ein Dienstmädchen, das soeben aus dem großen Saal kam. »Fräulein!«, rief Wilhelm ihr zu, worauf sie zu ihm hersah. »Bringen Sie uns bitte zwei Flaschen Bier. Oder besser gleich vier«, korrigierte er sich dann.

Sie nickte ihm zu und verschwand in Richtung Küche.

»Ich lasse die Tür ein wenig angelehnt«, sagte Wilhelm und ging dann zurück in den Raum, wo der Reichsleiter auf dem Stuhl gegenüber von Wilhelm Platz genommen hatte.

»Ich habe Paul-Friedrich Bescheid gegeben, bevor ich hierherkam«, erklärte Trost. »Er wird sich uns anschließen, sobald er drüben wegkann.«

Wilhelm nickte. »Zigarre?«, bot er an.

»Meine Frau mag den Rauch nicht«, lehnte Trost bedauernd ab.

»Meine auch nicht«, sagte Wilhelm. »Aber sie ist eine gute Seele und lässt es mir durchgehen.«

Es klopfte, und das Dienstmädchen, das Wilhelm angesprochen hatte, betrat den Raum. Direkt hinter ihr folgte Paul-Friedrich.

»Bringen Sie mir bitte auch ein Bier, Fräulein«, sagte der Hausherr. »Aber ach, lassen Sie nur. Ich sehe gerade, dass Sie vier Flaschen gebracht haben.«

»Sehr wohl.« Sie knickste und stellte dann die Flaschen nebst edel bemalten Porzellankrügen mit Zinndeckeln auf dem Tisch ab. Paul-Friedrich setzte sich an das Kopfende des Tisches, sodass Wilhelm nun zu seiner Linken und Constantin zu seiner Rechten saßen. Er wartete, bis das Dienstmädchen gegangen war, bevor er zu sprechen begann. »Danke, dass ihr gekommen seid. Wir werden nicht allzu viel Zeit haben. Doch einiges können wir heute dennoch klären.«

»Offen gesagt, weiß ich gar nicht, worum es geht«, warf Wilhelm ein.

Paul-Friedrich hob nun seinen Krug, und seine Gäste taten es ihm gleich. »Zum Wohl«, sagte der Hausherr, und die drei stießen kurz mit ihren Krügen an.

»Auf dein Wohl«, erwiderten Wilhelm und Constantin unisono.

»Constantin sieht genau wie wir die Entwicklung des Landes und das Vorgehen des Führers sehr kritisch«, erklärte Paul-Friedrich.

»Ich habe nicht kritisch gesagt«, stellte Trost eilig klar.

»Wir sind hier unter Freunden und Patrioten«, versicherte ihm Wilhelm.

Trost war anzusehen, dass er abwog.

»Wilhelm ist, bei aller Umsicht, ganz sicher kritischer als du und ich, Constantin«, fuhr nun Paul-Friedrich fort. »Wir alle hier wissen, dass nichts von dem, was wir bereden, nach außen dringen darf. Ich lege meine Hand für Wilhelm und dich ins Feuer, Constantin, und gleichermaßen müssen wir alle einander vertrauen.«

»Ich lege ebenfalls meine Hand für dich ins Feuer, Paul-Friedrich, doch mit Verlaub: Dich, Constantin, kenne ich doch kaum.«

»Genauso geht es mir auch«, gab Trost zurück.

»Also sitzen wir alle im selben Boot«, stellte Paul-Friedrich fest. »Wir wissen, in welchen Zeiten wir leben, und auch, was uns passieren kann. Doch das müssen wir jetzt aus dem Kopf kriegen, damit wir in der Sache vorankommen.«

»Ich bin dabei«, stimmte Wilhelm zu.

Constantin nickte. »Ich erst recht. Sonst hätte ich dich nicht angesprochen, Paul-Friedrich.«

»Also dann, bitte ganz geradeheraus. Worum geht es?«, fragte Wilhelm.

»Die letzte Entwicklung besorgt mich«, sagte Constantin nun. »Ich denke – und ich weiß, es gibt noch andere, die dies ebenfalls so sehen –, dass der Führer mit seinem Einmarsch in Polen zu weit gegangen ist.«

»Und das ist noch milde ausgedrückt«, grummelte Wilhelm.

»Hitlers Machtbesessenheit macht ihn blind für die wirtschaftliche Seite, vor allem aber überschätzt er sich.« Trost wiegte den Kopf. »Seit er den Nichtangriffsvertrag mit der Union der Sowjetrepubliken geschlossen hat, glaubt er wohl, unbesiegbar zu sein. Stalin und er haben ja Polen bereits unter sich aufgeteilt.« Trost schnaubte. »Und das dürfte nur der Anfang sein.«

»Er versichert zwar, sich auf militärische Ziele und Einrichtungen zu beschränken, doch wir alle wissen sehr wohl, welchen Wahrheitsgehalt solche Aussagen haben«, brachte sich Paul-Friedrich ein.

»Ganz genau. Er ist und bleibt ein Lügner, vor allem aber ist er irrsinnig«, brach es aus Wilhelm heraus. »Und wir alle haben ihn viel zu lange gewähren lassen. Wir hätten längst eingreifen müssen.«

»Das sehe ich genauso«, pflichtete Trost ihm bei. »Es ist jetzt weit schwieriger, ihn zu stürzen oder überhaupt an ihn heranzukommen.«

»Ganz abgesehen davon, dass zwei Schlangenköpfe nachkommen, wenn man der Hydra einen Kopf abschlägt«, gab Paul-Friedrich zu bedenken.

»Das ist höchst unwahrscheinlich«, hielt Trost dagegen. »Ja, natürlich will Hitler uns alle glauben machen, dass, wenn er nicht mehr wäre, Göring seinen Platz einnehmen wird und nach diesem Heß. Doch genau das glaube ich nicht.«

»Ach nein?«, fragte Wilhelm.

»Nein. Sie würden es zwar versuchen, doch die Struktur steht und fällt mit Hitlers Überzeugungskraft. Er ist wie wahnsinnig in seiner unstillbaren Machtgier. Göring und Heß aber, genau wie andere auch, könnten die Menschen nicht so täuschen. Sie brüllen genau wie Hitler, doch nur er ist *der Führer.*«

»Du meinst also, wir sollten einen Plan entwickeln, Hitler auszuschalten?«, fragte Paul-Friedrich.

Der Reichsleiter sah von ihm zu Wilhelm, sichtlich unsicher, ob er dies bejahen sollte.

»Ja«, stimmte Wilhelm nun an Constantins statt zu. »Das ist der einzig richtige Schritt.«

Constantin wiegte erneut den Kopf. »Ich hätte es nicht so drastisch ausgedrückt«, sagte er dann, »doch im Grunde trifft es den Kern. Vor allem aber müssen wir schon jetzt planen, was aus Deutschland werden soll, wenn das System dann zusammengebrochen ist.«

»Und zwar möglichst bald, bevor dieser Irre noch mehr Schaden anrichten kann«, ereiferte sich Wilhelm.

»Gemach, gemach«, mahnte Paul-Friedrich. »Ganz abgesehen davon, dass es derzeit mit Sicherheit kaum ein Herankommen an Hitler gibt, sollte ein solcher Schritt nicht nur gut überlegt, sondern noch besser geplant sein.«

»Genau das finde ich auch«, pflichtete Constantin ihm bei. »Es gibt Gerüchte …«, begann er vorsichtig. »Gerüchte, die man nur hört, wenn man die richtigen Leute kennt. Es sind Männer, die unsere Ansicht teilen. Gerade in Berlin gibt es mindestens zwei hochrangige Vertreter.« Er zögerte kurz, bevor er weitersprach. »Vor allem aber brauchen wir noch Zeit, um uns auf den Sturz und die Folgen für das Reich vorzubereiten und die politisch-gesellschaftliche Neuordnung zu regeln. Es nützt nichts, wenn Hitler tot ist und das Volk ohne Führung. Wir müssen ein stabiles Netz spannen, das nach dem Sturz Hitlers greift und die Menschen auffängt, ihnen eine Ordnung gibt, auf die sie vertrauen können.«

»Das ist klug«, urteilte Wilhelm. »Sonst geraten wir vom Regen in die Traufe.«

»Was uns anfällig für weitere Extreme machen würde«, sprach Paul-Friedrich seinen Gedanken dazu aus.

»Aus diesem Grund dürfen wir keinesfalls übereilt handeln«, sagte Trost. »Du, Paul-Friedrich, bist genau der Stratege, den wir brauchen. Tatsächlich ist der Widerstand gerade in Adelskreisen überdurchschnittlich ausgeprägt, wie zu beobachten ist.«

»Und was kann«, Paul-Friedrich hielt inne, um sich zu korrigieren und deutete auf Wilhelm, »was können *wir* konkret tun?«

»Ich würde vorschlagen, dass du und ich unsere Geschäfte noch intensivieren, damit ich einen Grund habe, öfter auf Gut Falkenbach zu sein als bisher«, sagte Constantin. »Alles, was an Aktivitäten stattfindet, die sonst nicht da waren, könnte verdächtig wirken.« Er sah Paul-Friedrich und Wilhelm an. »Ihr habt es doch vorhin an uns dreien bemerkt. Jeder von uns zögerte, das zu sagen, was er dachte. Alle sind verunsichert, wem zu trauen ist und wem nicht. Wir müssen also sehr vorsichtig sein, und mein Vorschlag wäre, dass außer uns dreien niemand hier mit hineingezogen wird.«

Paul-Friedrich und Wilhelm nickten zustimmend.

»Die Gruppe in Berlin ist schon weit besser aufgestellt. Doch je mehr Leute davon wissen, desto unsicherer wird das Ganze. Keinesfalls dürfen wir zu irgendeiner Zeit am Telefon darüber sprechen. Auch nicht andeutungsweise. Wenn du, Paul-Friedrich, und ich telefonieren, dann nur zur kurzen Terminabsprache wegen der Pferde. Das ist alles.«

»Einverstanden«, sagte Paul-Friedrich. »Und ich gebe dir dann persönlich Bescheid, Wilhelm.«

Der Angesprochene nickte. »Und kein Wort zu irgendeinem Mitglied unserer Familien«, mahnte er.

»Nein, kein Wort«, stimmte Trost zu. »Das, was Hitler schon seit 1923 plant, werden wir nicht in wenigen Wochen aufbringen und zerstören können. Wir haben in dieser Sache nur einen Versuch, und der muss jede Eventualität berücksichtigen.«

»Das genau ist meine Stärke«, sagte Paul-Friedrich und nickte.

Wilhelm tat es ihm gleich. »Da kannst du dein Meisterstück liefern, Paul-Friedrich.«

Constantin sah von einem zum andern. »Und das musst du auch. Denn wir müssen uns eines klarmachen: Wenn wir versagen, wird herauskommen, dass wir mitbeteiligt waren. Und damit fällen wir nicht nur unser Todesurteil, sondern auch das unserer Familien.«

Wilhelm blickte Paul-Friedrich an, dem anzusehen war, dass ihn die Bemerkung Constantins tief getroffen hatte.

»Aber wenn wir diesen Irren nicht aufhalten, haben unsere Frauen und Kinder auch keine Zukunft«, stellte Wilhelm fest. »Dann hat niemand in diesem Land eine Zukunft.«

Paul-Friedrich trank nachdenklich den letzten Schluck von seinem Bier. »Und genau deshalb dürfen wir nicht versagen.« Er stellte den Krug geräuschvoll auf dem Tisch ab, dann hoben sie die Runde auf und gingen zusammen zurück zur Feier. Wilhelm blieb kurz an der Saaltür stehen. War dies womöglich die letzte Feier, die in diesem Raum stattfand? Ihn überlief eine Gänsehaut bei dem Gedanken. Wie würde all das nur ausgehen?

18. Kapitel

Ich weiß nicht, was schlimmer ist: ohne Hoffnung zu sein oder aber sie zuzulassen, auch wenn die Verzweiflung danach nur noch größer sein kann.

Martin Reinders

»Da bist du ja.« Schwester Pia lächelte ihn auf die ihr eigene, für ihn abstoßende Art an. »Komm.« Sie klopfte auf das Polster der Chaiselongue. »Setz dich zu mir.«

Martin trat mit hängenden Schultern näher an sie heran. Es war schon spät an diesem Sonntagabend, und so, wie sie ihn anlächelte, wusste er, dass es Stunden dauern könnte, bis er in sein eigenes Bett kam. Er setzte sich und starrte auf den Fußboden.

»Na, haben wir heute keine gute Laune? Bekommt die liebe Pia nicht einmal einen Kuss zur Begrüßung?«

Martin blickte sie an. Allein ihre Stimme zu hören, genügte, um unmerklich die Hand zur Faust zu ballen. Wenn er doch nur seinen Mut zusammennehmen und dieses Weibsbild einfach totprügeln könnte. Doch bestimmt würde der Wachposten draußen vom Lärm alarmiert hereinstürmen und diesem widerlichen Dreckstück das Leben retten. Wenn er sie allerdings erwürgte, überlegte Martin, könnte sie womöglich nicht mehr auf sich aufmerksam machen. Zwar würde er die Sache ebenfalls nicht überleben, sobald der Mord entdeckt wurde. Doch das wäre es ihm ohne jeden Zweifel wert.

»Nein, was habe ich nur für einen schlecht gelaunten Liebling heute?«, sagte sie tadelnd und strich ihm einige Male über den Kopf. »Aber ich weiß schon, wie ich meinen Liebling aufmuntern kann.«

Martin erwiderte nichts, sah sie nur aus müden Augen an.

»Denn ich habe heute dein Schätzchen getroffen«, fuhr sie fort.

Wieder sagte er nichts. Er wusste auch nicht, wovon sie da sprach, und im Grunde interessierte es ihn auch nicht. Sie sollte einfach anfangen, damit er es hinter sich bringen und dann schlafen gehen konnte.

»Wirklich ein hübsches Ding, diese Wilhelmine. Aber eben nur ein Mädchen und keine richtige Frau.«

Bei der Erwähnung des Namens war Martin hochgeschreckt. »Wilhelmine?«, fragte er.

»Aber ja. Du hattest ihr doch geschrieben. Ich habe ihre Adresse auf dem Brief gesehen. Und heute war der sechzigste Geburtstag ihres Vaters, eines Freundes aus der Partei. Natürlich war ich dort ein gern gesehener Gast.«

Martin wusste nicht, was er sagen sollte. Sein Herz schlug wie wild. Hatte er Wilhelmine mit seinem Brief womöglich doch in Gefahr gebracht? Er hatte jedes einzelne Wort, das er geschrieben hatte, genau abgewogen. Oder hatte er dennoch einen Fehler gemacht? Ängstlich sah er Pia an. »Sie ist nicht mein Schätzchen«, sagte er dann so ruhig wie nur möglich. »Früher einmal, ja. Doch das war bereits vorbei, als ich mich von Gut Falkenbach verabschiedet habe und offiziell nach

Berlin zurückgekehrt bin«, fuhr Martin fort. »Sie wusste ja nicht, dass ich mir Zutritt zu dem leer stehenden Gebäude verschafft habe.«

»Ich bin dort heute spazieren gegangen«, sagte Pia herausfordernd. »Diese Villa, in die du eingebrochen sein willst, ist ja nicht gerade weit von dem Gutshaus entfernt, nicht wahr?«

Martin wollte sich seine Nervosität nicht anmerken lassen. Sie hatte also dort herumgeschnüffelt, und offenbar so, dass niemand auf Gut Falkenbach es bemerkt hätte. Wie dumm war er gewesen, die Briefe zu schreiben! Bestimmt reimte Pia sich nun alles zusammen.

»Es ist direkt nebenan«, erwiderte er so gleichmütig es ihm möglich war.

»Dort drin ist jetzt eine Waffenfabrik«, sagte sie.

»Aha«, gab er nur zurück.

»Nun, diese Wilhelmine«, nahm sie den Faden wieder auf, »ist inzwischen verlobt. Wusstest du das?«

Martin zuckte desinteressiert die Schultern, obwohl er das Gefühl hatte, soeben einen Schlag in die Magengrube bekommen zu haben.

»Ach ja? Na gut, ist ihre Sache. Das mit uns war ja ohnehin nicht von Bedeutung.«

»Das klang aber in deinem Brief ganz anders«, giftete sie.

Martin sah sie ausdruckslos an.

»Ich habe nur kurz draufgesehen. Schließlich wollte ich keine Strafe riskieren, weil ich euch hier zu viele Freiheiten gewähre«, fügte sie erklärend hinzu.

Wieder zuckte er die Schultern. »Meinetwegen kannst du die Briefe ruhig lesen«, entgegnete er so gelassen wie möglich. »Ich habe da keine Geheimnisse. Ich hatte das Gefühl, mich für mein Verhalten bei der Familie entschuldigen zu müssen, das ist alles.« Er sah sie an.

»Und wenn ich dir nun sage, dass dieser Gustav und sein Vater den Brief an Wilhelmine zurückhalten und sie ihn nie zu Gesicht bekommen wird?«, ätzte sie weiter. »Ist dir das dann auch egal?«

»Wahrscheinlich hätte sie ihn sowieso nicht gelesen, wenn sie gesehen hätte, dass er von mir ist«, mutmaßte Martin mit unbewegter Miene. Nein, er würde diesem widerlichen Weibsbild keinen Blick in seine Seele gönnen.

»Was würdest du denken, wenn ich dir sage, dass ich ein Gesuch für dich eingereicht und um deine Entlassung gebeten habe, weil du dem Kommunismus abgeschworen hast?«

Er sah sie prüfend an. Konnte das die Wahrheit sein? Oder sagte sie das, um ihm kurz Hoffnung zu geben, nur um ihn danach noch tiefer in den Abgrund zu stoßen? »Im Grunde fehlt es mir hier ja an nichts.«

Sie legte den Kopf schräg und kniff die Augen zusammen, als wollte sie genau abwägen, ob sie ihm glauben konnte.

»Du möchtest also hierbleiben?«

Er zuckte die Achseln.

»Und angenommen, meinem Gesuch würde stattgegeben, was wären dann deine Pläne?«

»Ich denke, ich würde zurück nach Berlin gehen und nachsehen, wie es meiner Mutter geht.«

»Bestimmt würdest du an die Front eingezogen«, sagte sie.

»Dann könnte ich wenigstens mein früheres Unrecht am Führer auf diese Art wiedergutmachen«, reagierte er sofort.

»Und diese Wilhelmine?«, fragte sie und hob den Kopf.

Schwester Pia war anzusehen, dass sie förmlich glühte vor Eifersucht. »Was ist mit ihr? Würdest du sie wiedersehen wollen? Ich meine, nach all dem, was uns in unserer gemeinsamen Zeit hier verbunden hat, würdest du da noch Gefallen an ihr haben, an diesem klapperdürren jungen Ding?«

»Ach, Pia.« Er beugte sich zu ihr und gab ihr einen Kuss auf den Mund. »Weißt du denn wirklich nicht, wie sehr ich das alles hier genieße?« Martin hatte fast das Gefühl, würgen zu müssen, als er es aussprach. Doch er schluckte seinen Ekel herunter. Ja, er musste jetzt alles tun, um zu beweisen, dass er nichts mehr für Wilhelmine empfand. Sonst wäre sie in Gefahr.

Eleonore Baur atmete geräuschvoll, nahm seinen Kopf in ihre Hände und drückte ihn gegen ihre Brust. Kurz stöhnte sie auf. »Du willst mich genau wie ich dich, nicht wahr?«

»Ja, Pia«, sagte er mit rauer Stimme. »Ich will dich mehr als alles andere.«

Wieder stöhnte sie auf, diesmal noch lauter. Eilig öffnete sie ihr Kleid, zog Martin erneut an ihre Brust.

»Zieh dich aus«, forderte sie dann. »Aber langsam. Ich will dir zusehen.«

Martin stand auf und schloss die Augen. Langsam knöpfte er sein Hemd auf und warf es über den Sessel, dann zog er seine Hose herunter.

»Jetzt die andere«, forderte Pia und deutete auf seine Unterhose.

»Nein«, sagte Martin, »ich will es heute anders.«

Ein Funkeln in ihren Augen verriet ihm, dass es genau das war, was sie hören wollte. Er musste sich jetzt zusammenreißen, musste Lust heucheln, durfte sie auf keinen Fall merken lassen, wie angewidert er war. Sie war bei Wilhelmine gewesen, hatte mit ihr gesprochen. Und er hatte die Eifersucht in ihren Augen auflodern sehen. Dieses Weibsstück war unberechenbar. Nicht auszudenken, wenn er Pia nicht überzeugen konnte und sie in Wilhelmine womöglich eine Rivalin sah. Wer wusste schon, was diese Wahnsinnige ihr antun könnte? Wilhelmine ritt stets viele Stunden allein auf Gut Falkenbach aus. Was, wenn Pia ihr einen ihrer Männer schickte und der einen Reitunfall inszenierte? Nein, er musste seinen Ekel überwinden. Sonst war auch Wilhelmine in Gefahr.

Er stand in seiner Unterhose da, streckte die Hand nach Pia aus und zog sie hoch. Dann setzte er sich. »Zieh dich aus. Ganz«, forderte er.

»Was hat mein Liebling denn vor?«

»Zieh dich aus, sage ich«, wiederholte er nur, worauf sie einen verzückten Laut von sich gab. Dann begann sie, ihre Kleidung abzustreifen.

»Alles!«, forderte Martin, worauf sie ihm einen so lüsternen Blick zuwarf, dass ihm erneut übel wurde.

Sie entblößte sich völlig, kam dann zu ihm herüber und zerrte an seiner Unterhose.

»Ich will es anders«, widersprach er, doch dieses Mal hörte sie nicht auf ihn. Sie zerriss den Stoff, drückte ihn auf das Polster. Dann setzte sie sich auf ihn, drückte ihre Brüste gegen seinen Mund, sodass Martin kaum Luft bekam. Dann machte sie sich an seinem Glied zu schaffen, so heftig, dass es schmerzte. Schließlich setzte sie sich auf ihn und bewegte heftig ihr Becken vor und zurück.

»Sag, dass du nur mich willst!«, forderte sie. »Sag es, sag es!«

»Ich will nur dich!«, presste er hervor, konzentriert darauf, die Steife seines Glieds zu halten.

»Du willst nie mehr eine andere, nur mich!«

»Ich will immer nur dich!«, wiederholte er gequält.

Wieder und wieder forderte sie ihn auf, ihr nachzusprechen. Schließlich wurden ihre Bewegungen noch heftiger, und sie schrie laut ihre Lust heraus. Dann brach sie zusammen und ließ sich auf ihn sinken. Keinen Moment zu früh, denn Martin konnte nun sein Ekelgefühl nicht länger unterdrücken und wurde schlaff.

Eine Weile blieb sie erschöpft so liegen, dann stand sie auf und zog ihr Unterkleid an.

»Du kannst jetzt gehen«, sagte sie, worauf Martin sogleich seine Hose und das Hemd anzog und die zerrissene Unterhose einsteckte. Die war nicht mehr zu flicken.

Als er an der Tür war, sagte Pia: »Das hat mir besonders gefallen.«

»Ja, mir auch. Gute Nacht.« Eilig trat er hinaus, erleichtert, weil es weit schneller gegangen war als befürchtet. Womöglich, so überlegte er auf dem Weg zum Schlafraum, den er sich mit den anderen teilte, sollte er künftig mehr die Initiative ergreifen, um so die Sache schneller hinter sich zu bringen. Zumindest heute Abend hatte es funktioniert. Zwar war der Abscheu, den er Pia gegenüber empfand, keinen Deut weniger geworden, ganz im Gegenteil. Doch er hatte das Gefühl, eine gewisse Macht über sie zu gewinnen, wenn er so tat, als begehrte auch er sie. Womöglich konnte er sich das in Zukunft zunutze machen.

Er erreichte die Schlafkammer und legte sich ohne ein Wort sofort in sein Bett. Die anderen unterhielten sich noch und unterbrachen das Gespräch, als er hereinkam.

»Na, so früh heute?«, spottete Lothar und lachte dreckig.

Martin überlegte kurz, dann setzte er sich auf und sagte zu Lothar: »Weißt du was? Noch ein einziges Wort von dir, und ich werde Pia sagen, dass du nächstes Mal gern dabei wärst. Und dann werde ich ihr genau erklären, was sie mit dir machen soll, und euch dabei zusehen. Alles klar?«

Lothar war anzusehen, dass er darauf nichts zu erwidern wusste. Sein Gesichtsausdruck hatte sich verändert. Eben noch hämisch grinsend, war ihm das Grinsen nun offenbar vergangen.

»War nicht so gemeint«, entschuldigte Lothar sich dann.

»Gut«, stellte Martin fest. »Und das, was ich eben gesagt habe, gilt für jeden hier.« Damit legte er sich wieder hin.

Keiner machte noch einen Mucks, und tatsächlich genoss Martin einen Augenblick lang die Macht, die er bei der hervorgebrachten Drohung zu verspüren glaubte. Er wusste, dass er sich eigentlich dafür hätte schämen müssen. Doch tatsächlich sann er dem Gefühl nach, dass er womöglich einen Weg gefunden hatte, aus der Opferrolle herauszutreten. Aber schon im nächsten Moment fand er seinen Gedanken nur erbärmlich. Wie tief war er gesunken, dass es ihm so etwas wie Genugtuung verschaffte, andere auf eine solche Weise zu bedrohen?

Den nächsten Tag verbrachte er mit Arbeit, genau wie den übernächsten. Erst am Dienstagabend ließ Schwester Pia ihn wieder zu sich rufen. Der Tisch war festlich gedeckt, und Pia bat ihn sogleich, Platz zu nehmen und mit ihr gemeinsam zu speisen.

Sie tranken Wein, aßen einen Wildbraten und Knödel. Pia schien bester Laune, wie fast immer. Dann sagte sie: »Ich habe eine Überraschung für dich!«

»Ach, ja?« Er mochte sich gar nicht vorstellen, was für eine Abartigkeit sie sich nun wieder hatte einfallen lassen. Vor allem aber hatte er sich fest vorgenommen, sich so zu verhalten, als sei all das, was sie tat, genau das, was er auch wollte. Das hatte vorgestern funktioniert und würde es, wenn er Glück hatte, heute wieder tun.

Pia stand auf, ging zur Kommode und holte einen Brief hervor. Martin blieb fast das Herz stehen. Um Himmels willen! Wilhelmine hatte ihm doch hoffentlich nicht geantwortet? Er sah sofort, dass der Brief aufgerissen war – Schwester Pia hatte ihn also bereits gelesen. Er sprach ein stilles Gebet, dass die Zeilen bitte nicht von Wilhelmine sein mochten.

»Was ist das?«, fragte er so beiläufig er nur konnte.

»Ein Brief«, frohlockte sie.

»Für mich?« Martin sah sie überrascht an.

»Nicht für, aber über dich«, erwiderte sie schnippisch. »Ich habe dir doch erzählt, dass ich ein Gnadengesuch für dich eingereicht habe.«

»Ja, und?«

»Nun, Martin, auch wenn ich glaube, dass du dich inzwischen sehr wohl hier fühlst, wird unsere gemeinsame Zeit ein Ende finden.« Sie reichte ihm das Schriftstück. »Mein Entlassungsgesuch für dich wurde bewilligt. Noch vor Weihnachten bist du ein freier Mann und kannst dem Deutschen Reich dienen.«

Martin wurde es heiß und kalt, als er das Schreiben an sich nahm und las. Tatsächlich, da stand es schwarz auf weiß: Er wurde entlassen. Seine Hände zitterten, als er den Brief sinken ließ. »Danke«, war das Einzige, was er hervorbrachte.

»Gern geschehen, mein Liebling. Wir sollten die wenige gemeinsame Zeit, die uns noch bleibt, genießen.« Sie sah ihn an. »Und? Bleibst du denn auch bei deinem Versprechen, dass du nicht mehr an dem klapperdürren Gestell der kleinen Falkenbach interessiert bist?«

»Sicher«, sagte er sofort. »Warum auch nicht?« Er nickte eifrig. »Sie interessiert mich nicht, Pia.«

»Und glaubst du auch wirklich, dass sie ebenso denkt?«, fragte sie nun und hob den Kopf. »Schließlich müsste ich davon ausgehen, dass du mich belogen hast, sollte sie sich doch noch für dich interessieren.«

Martin schüttelte heftig den Kopf. »Ich verspreche es dir, Pia, sie weiß wahrscheinlich nicht einmal mehr, wer ich bin.«

Sie stand auf. »Denn es würde mir überhaupt nicht gefallen, wenn ich erfahren müsste, dass dieses junge Ding doch noch Gefühle für dich hat und du mir untreu wirst.« Sie strich ihm mit dem Zeigefinger die Brust entlang. »Nein, das würde mir ganz und gar nicht gefallen, und ich weiß nicht, wozu ich dann fähig wäre.«

Martin stand auf. »Seit ich dich kenne, Pia, weiß ich, was eine richtige Frau ist. Und das zwischen Wilhelmine und mir war bereits vorbei, bevor ich von Gut Falkenbach wegging, das habe ich dir doch gesagt. Sie will nichts von mir. Das verspreche ich dir.« Er zog sie an sich und gab ihr einen Kuss. »Lass sie einfach ihr Leben leben.«

»Nun, ich hoffe wirklich, dass ich mich in dir nicht täusche.« Sie lächelte. »Und du dich nicht in ihr. Sonst könnte das schlimme Folgen haben.«

Statt einer erneuten Antwort küsste er sie und begann sogleich, sie auszuziehen. Er wusste, dass er auf keinen Fall zu Wilhelmine gehen durfte, sollte er wirklich hier wegkommen. Denn Pia hatte ihre Augen und Ohren überall, vor allem aber auch ihre Spitzel. Er würde sofort nach Berlin gehen, wenn er hier rauskam. Oder ganz woandershin. Und irgendwann könnte er es vielleicht wagen und Wilhelmine schreiben. Dann könnte sie zu ihm kommen. Und womöglich gab es sogar noch eine gemeinsame Zukunft für sie. Er sah Wilhelmines Gesicht vor sich, als er die Augen schloss und Pia küsste. Von jetzt an würde er die Male zählen können, die er es noch tun musste.

19. Kapitel

Ich erfülle meine Pflichten als neues Oberhaupt der Familie. Doch leicht fällt es mir nicht.

Ferdinand Lehmann

Ferdinand wusste nicht, was er von Elisabeths Bedenken gegen seinen Bruder Johannes halten sollte. Sie mochte ja nicht ganz unrecht haben, dass mit seinem Einzug ins Haus ein etwas kompliziertes Versteckspiel verbunden war, doch war das die Heimkehr des Bruders nicht wert?

Aber es war auch nicht nur dieses Missfallen, was er bei Elisabeth beobachtete. Irgendwie hatte er das Gefühl, dass seiner Ehefrau die Leichtigkeit abhandengekommen war im Lauf der Jahre, die sie miteinander verheiratet waren. Konnte es womöglich an seinem damaligen Weggang zum Stützpunkt der Wehrmacht in München gelegen haben, dass sie sich so verändert hatte? Denn seinem Gefühl nach machte er die Veränderung seiner Frau an etwa diesem Zeitpunkt fest. Aber letztlich hatte er die Sache schließlich wieder bereinigt, und inzwischen war doch mit dem kleinen Jojo auch ihr gemeinsamer Kinderwunsch in Erfüllung gegangen. Sollte da nicht die

Anspannung, die bei Elisabeth immer stärker geworden war, nicht nach und nach wieder von ihr abfallen? Ferdinand wusste es nicht. Was er jedoch wusste war, dass es zu einem gehörigen Streit zwischen Elisabeth und seiner Mutter käme, sollte auch nur einmal eine Bemerkung vonseiten seiner Ehefrau fallen, was Johannes' ihrer Meinung nach störende Anwesenheit im Hause betraf. Und Ferdinand könnte es seiner Mutter nicht verdenken, hatte sie doch über zwanzig Jahre auf ein Lebenszeichen ihres ältesten Sohnes gehofft und nie aufgegeben, daran zu glauben, dass er eines Tages wiederkommen würde. Und sie hatte recht behalten. Als Einzige in der Familie hatte sie sich nie damit abgefunden, dass Johannes gefallen war und seine sterblichen Überreste in irgendeinem Massengrab verscharrt lagen.

Doch auch Ferdinand fragte sich, wie es weitergehen sollte, schließlich konnte es doch kein Leben für seinen Bruder sein, sich tagein, tagaus verstecken zu müssen. Und ein wenig sorgte er sich auch, dass am Ende doch noch alles herauskommen könnte, vor allem, seit er von seiner Mutter erfahren hatte, dass nun auch Else und Wilhelm eingeweiht waren, wobei er nicht glaubte, dass von ihnen eine Gefahr ausging. Dennoch bereitete es ihm Unbehagen, denn je mehr Menschen über Johannes' Anwesenheit informiert waren, desto schwieriger wurde es, das Geheimnis zu bewahren.

»Guten Morgen«, grüßte Ferdinand nun Bruno Kantz, den Vorarbeiter der Porzellanfabrik, nachdem er zusammen mit seiner Mutter die Produktionsstätte betreten hatte. Am heutigen Tage, so hatte er sich vorgenommen und mit Käthe besprochen, würde er die Belegschaft zusammenrufen und darüber informieren, dass die Porzellanherstellung eingestellt wurde. Damit ging eine Ära für die Familie Lehmann zu Ende, doch das war nun einmal unvermeidlich. Gewinne wurden schon längst nicht mehr erwirtschaftet und die Verluste durch die Weiterproduktion, obwohl keine beziehungsweise kaum noch eine Abnahme der Waren erfolgte, waren immer höher geworden. Ja, es war nicht von der Hand zu weisen, dass das, was einmal gewesen war, heute keine Bedeutung mehr hatte.

»Bist du bereit?«, fragte Ferdinand Käthe.

»Ja und nein«, antwortete sie und sah sich um. Ferdinand konnte deutlich an ihrem versonnenen Gesichtsausdruck ablesen, dass sie die Bilder vergangener Tage vor sich hatte. Sie blickte Ferdinand an. »Damals, als wir noch in Leipzig lebten, war es ja längst nicht so modern.« Sie deutete in den hinteren Teil der Halle. »Es war alles viel kleiner und überschaubarer. Von den Laufbändern hatten wir gerade mal die Hälfte, und auch sonst war alles nicht so fortschrittlich.«

»Aber das ist auch schon mehr als zwanzig Jahre her«, erwiderte Ferdinand, bemüht, in seiner Stimme das Mitgefühl mitschwingen zu lassen, das er in diesem Moment für seine Mutter empfand.

»Ja, du hast recht, mein Sohn.« Sie lehnte sich an ihn. »Weißt du, die Jahre sind nur so verflogen. Wenn ich bedenke, dass ich noch keine sechsunddreißig war, als wir hierhergezogen sind.« Sie schüttelte den Kopf. »Ich kann es mir kaum noch vorstellen.« Sie sah Ferdinand an. »Wenn ich dir einen Rat geben darf, mein Sohn, dann lebe so, dass du nichts bereust. Lass dich nicht beirren, und handle stets so, wie du es für richtig hältst.« Sie berührte in einer zärtlichen Geste seine Wange. »Du warst noch ein kleiner Junge, als wir hierherkamen. Und nun sieh dich heute an, wie du hier neben mir stehst und ich zu dir aufsehe.« Sie lächelte. »Ich bin stolz auf dich, Ferdinand. Du triffst Entscheidungen und stehst dazu. Und du weißt die Dinge zu lenken.«

»Danke, Mutter. Es bedeutet mir viel, dass du das sagst.«

»Es ist richtig, dass du heute diesen Schritt unternimmst, Ferdinand. Ich weiß nicht, wie es dazu kommen konnte, dass die Porzellanfabrik nicht mehr genug abwirft.« Sie schüttelte den Kopf. »Ich will nicht schlecht über deinen Vater sprechen, jetzt, wo er tot ist, doch ich glaube, dass er wohl wirklich kein guter Geschäftsmann war.« Sie zuckte die Schultern. »Es ist eben, wie es ist.« Sie lächelte ihn an. »Also tu, was getan werden muss.«

»Danke, Mutter.«

Ferdinand trat vor und bat nun auch Bruno Kantz zu sich. Dann hob Ferdinand den Arm, um sich Gehör zu verschaffen. »Schalten Sie bitte die Maschinen aus!«, rief er laut. »Die Maschinen aus!«, wiederholte er, worauf auch der Vorarbeiter Kantz mehrere Male laut rief, dass die Maschinen angehalten werden sollten. Kantz wusste, was Ferdinand gleich verkünden würde. Ferdinand hatte schon gestern mit dem langjährigen Mitarbeiter gesprochen, damit er nicht im Unklaren über das war, was kommen würde. Kantz hatte es mit großem Bedauern zur Kenntnis genommen, hatten doch Ferdinand und er früher große Pläne für den Ausbau der Fabrik gehabt und oft darüber gesprochen, mit neuen Produkten und Dekoren den Verkauf anzukurbeln. Doch seitdem hatte sich so viel geändert, vor allem die Lebenssituation der Menschen im Deutschen Reich, dass es nicht verwunderte, die Produktion dem Bedarf anpassen zu müssen.

Käthe stellte sich neben Ferdinand und nickte kurz Bruno Kantz zu.

Nach und nach verstummten auch die letzten Geräusche der Maschinen, und immer mehr Arbeiter versammelten sich um Ferdinand, Käthe und Bruno Kantz, auf den Gesichtern die bange Erwartung, was ihnen womöglich gleich eröffnet würde.

Ferdinand wartete, bis so weit Ruhe eingekehrt war, dass jeder ihn hören konnte.

»Meine Damen und Herren!«, ergriff Ferdinand nun das Wort. »Ich möchte Sie kurz um Ihre Aufmerksamkeit bitten.«

Die Angestellten drängten noch näher heran.

»Wie vermutlich die meisten von Ihnen bereits mitbekommen haben, ist der Absatz unseres Porzellans bereits seit geraumer Zeit rückläufig. Einen Teil der Produktion haben wir deshalb heruntergefahren und die Maschinen durch solche für die Waffenproduktion ersetzt. Das mag nicht jedem gefallen, weil die Porzellanfabrik ein Traditionsunternehmen und seit ihrer Gründung in Familienhand war.« Er sah kurz Käthe an, die zustimmend nickte.

»Zu meinem großen Bedauern muss ich Ihnen nun mitteilen, dass wir die Porzellanherstellung im Laufe dieses Monats komplett herunterfahren und nur noch die bis dahin gefertigten Restchargen ausliefern werden. Danach wird die Porzellanproduktion der Fabrik vollends eingestellt werden.«

Aufgeregtes Flüstern kam auf, Bestürzung war in den Gesichtern der Arbeiter zu lesen.

»Doch Sie müssen sich keine Sorgen um Ihre Arbeitsplätze und Ihre Lohntüten machen!«, rief Ferdinand nun laut und hob die Hände, als wollte er so die aufsteigende Unruhe in den Griff bekommen. »Niemand wird entlassen. Ganz im Gegenteil. Wir werden die Maschinen für die Porzellanherstellung auslagern und stattdessen die Waffenproduktion auch in dieser Halle aufnehmen. Sie alle werden in die neuen Abläufe eingewiesen, und niemand braucht sich um seine Zukunft zu sorgen. Kein Einziger von Ihnen!«

Wieder kam allgemeines Gemurmel auf.

»Gibt es irgendwelche Fragen?« Ferdinand sah in die Gesichter der Arbeiter, die ihn ein wenig unsicher anblickten. Dann schließlich ging eine Hand hoch.

»Wenn Sie die Maschinen umstellen und wir künftig Waffen produzieren«, sagte nun ein Mann, den Ferdinand einige Jahre jünger schätzte als sich selbst, »gilt die Fabrik dann als kriegsrelevant, und wir müssen nicht in den Krieg?«

»Eine sehr gute Frage. Und die Antwort lautet Ja. Ich hoffe darauf, die Regierung überzeugen zu können, dass jeder hier in der Fabrik unverzichtbar für die Waffenproduktion ist.« Wieder herrschte allgemeines Stimmengewirr, und Ferdinand hob den Arm, um sich Gehör zu verschaffen. »Ich kann natürlich nichts versprechen. Doch dadurch, dass wir die Porzellanproduktion aufgeben und künftig nur Waffen herstellen, ist die Wahrscheinlichkeit, dass Männer aus dieser Fabrik an die Front müssen, erheblich geschrumpft. Ich werde – wenn nötig – für jeden bürgen, dass er an der Produktion einen nicht ersetzbaren Anteil trägt.«

»Vielen Dank, Herr Lehmann!«, rief nun ein anderer junger Mann.

»Ja, vielen Dank!«, stimmten auch andere ein.

Ferdinand sah seine Mutter an, deren Lippen ein sanftes Lächeln umspielte. Er ahnte ihren Gedanken, dass bei all dem Schlechten, das mit der Einstellung der Porzellanproduktion verbunden war, nun doch auch etwas Gutes dabei herauskam.

»Die meisten von Ihnen«, rief er nun laut, »sind schon seit vielen Jahren bei uns, bei der Familie Lehmann, beschäftigt!« Er räusperte sich, um seiner Stimme einen festen Klang zu geben. Dann legte er den Arm um Käthes Schultern. »Einige von Ihnen, wie auch unser Bruno Kantz, waren schon zu der Zeit bei uns, als die Fabrik noch in Leipzig stand. Sie sind mitgekommen und haben uns die Treue gehalten. Und andere sind dann hier zu uns gestoßen. Doch wir alle, wie wir hier stehen, sind eine Familie, die zusammenhält. Ich, und damit spreche ich auch für meine Mutter, werde alles in meiner Macht Stehende tun, um Leid von Ihnen allen fernzuhalten, und hoffe, durch die Einstellung der Porzellanproduktion einerseits und die gesteigerte Herstellung von Waffen andererseits Ihrer aller Zukunft sichern zu können.« Er reckte die Faust in die Luft. »Wir alle hier sind die Firma, sind die Familie Lehmann! Und wir werden zusammenhalten, ganz gleich, was da kommen mag!«

»Ein Hoch auf die Familie Lehmann!«, rief nun Bruno Kantz aus, worauf Jubelrufe laut wurden.

Als es wieder ruhiger wurde, rief Ferdinand: »Ich danke Ihnen allen! Und nun zurück an die Arbeit.«

Nach und nach löste sich die Versammlung auf, und die Menschen kehrten an die Maschinen zurück. Ferdinand reichte Bruno Kantz die Hand. »Ich danke Ihnen, Herr Kantz. Wie immer kann ich mich auf Sie verlassen.«

»Das können Sie, Herr Lehmann. Und wenn ich mir die Bemerkung erlauben darf, haben Sie allen hier soeben viel Mut gemacht.«

»Das hoffe ich. Und ebenso sehr hoffe ich, dass wir mit unserer Arbeit womöglich dazu beitragen können, so viele wie nur möglich von unseren Leuten hierzubehalten, damit sie nicht an die Front müssen.«

Ferdinand und Käthe verabschiedeten sich und gingen gemeinsam hinaus. Ferdinand wollte seine Mutter noch zurück nach Hause begleiten, um dann später wiederzukommen und zuvor auch noch in der anderen Fabrik, die im Anbau der Liebermann-Villa untergebracht war, nach dem Rechten zu sehen.

»Du bist ja so still«, stellte Käthe nun fest, während sie nebeneinanderher gingen.

»Na ja, mir kam eben der Gedanke, dass ich zwar hier womöglich einigen jungen Männern den Einsatz an der Front ersparen kann, doch andere gehen dafür in den Tod.«

»Noch vor ein paar Tagen hätte ich ebenso gesprochen, Ferdinand, bevor ich erfuhr, wie du wirklich über all das denkst«, erklärte sie. »Doch nun, da ich weiß, dass dir das Leid der Menschen nicht egal ist, habe ich umgedacht.« Sie sah zu ihm auf. »Wir können ja nicht ändern, was geschieht. Aber es darf uns auch nicht gleichgültig sein.«

»Wir mögen in manchen Dingen unterschiedlicher Ansicht sein, Mutter. Doch in dem Punkt sind wir uns einig.« Sie gingen schweigend ein Stück, dann sagte Ferdinand: »Du hast es doch am Sonntag bei der Feier von Paul-Friedrich gesehen. Fast alle Männer dort trugen Uniformen. Wir sind schon weit länger im Krieg als nur seit letzter Woche. Und diese Bewegung kann keiner von uns aufhalten.«

»Ich fürchte, du hast recht. Ich war wohl so naiv, zu glauben, uns allen stünde der Krieg von damals noch so lebendig in Erinnerung, dass wir alles tun würden, um etwas Derartiges nicht noch einmal zu erleben.«

»Es ist schon eigenartig, wie schnell manche vergessen, nicht wahr?«

Käthe nickte nur traurig, sagte aber nichts.

»Ach, Mutter … da gibt es noch etwas, worüber ich gern mit dir sprechen würde.«

»Ja?« Sie sah ihn interessiert von der Seite an.

»Es geht um Johannes«, begann Ferdinand.

»Was ist mit ihm?«, fragte Käthe.

»Nun ja, ich habe über ihn nachgedacht und über das Leben, das er bei uns führt.«

»Und?«

»Denkst du, dass er glücklich ist, sich immerzu verstecken zu müssen?«

»Hmm, was hat er denn für eine Wahl?«, fragte Käthe traurig.

»Ich habe mir da etwas überlegt«, kündigte Ferdinand an. »Sag mir bitte, wenn ich Unsinn rede.«

»Ich höre.«

»Nun, man sieht ja Johannes und mir die Ähnlichkeit an.«

»O ja, sehr deutlich sogar«, stimmte Käthe zu.

»Aber es ist die Ähnlichkeit zu dir, nicht zu Vater. Johannes und ich haben beide deine Augen.«

»Und ihr habt beide die Gesichtsform und das Kinn meines Vaters, eures Großvaters«, ergänzte Käthe.

»Also eigentlich ist gar nichts von der Lehmann-Seite zu erkennen, sondern ausschließlich von der Reidel-Seite, also der Seite deiner Eltern, nicht wahr?«

»Das stimmt.«

»Und du hattest doch zwei Brüder?«

»Ja, das ist richtig, doch sie sind schon lange tot.«

»Ja, ich weiß«, bestätigte Ferdinand. »Ich habe ja meine Onkel mütterlicherseits nie kennengelernt.«

»Bitte, Ferdinand, du verwirrst mich. Worauf willst du hinaus?«

»Könnten wir nicht Johannes als deinen Neffen ausgeben, als einen Sohn eines deiner Brüder, der lange im Ausland gelebt hat und erst jetzt heimgekehrt ist?«

»Als meinen Neffen?«, echote Käthe überrascht. »Und weshalb?«

»Na ja, um die Ähnlichkeit zu erklären und Johannes ansonsten ein ganz normales Leben zu ermöglichen. Und uns auch«, fügte er dann noch hinzu.

»Was meinst du mit *uns auch?* Führen wir denn kein ganz normales Leben?«

Ferdinand blieb stehen und Käthe dann ebenfalls.

»Ich bitte dich, Mutter. Keiner von uns traut sich mehr, jemanden ins Haus zu lassen. Du hast mir doch selbst gesagt, dass du es Else nur deshalb erzählt hast, weil ihr sogar wegen ebendieses Verhaltens in Streit geraten seid.«

Sie gingen weiter.

»Wir alle ziehen uns mehr und mehr zurück, sind Gefangene im eigenen Haus. Elisabeth hat richtiggehend Panik, dass Irma überraschend einmal vorbeikommen könnte und sie sie abweisen muss.«

»Also, solange Elisabeth jetzt hier wohnt, kann ich mich kaum erinnern, dass Irma auch nur ein einziges Mal einfach so bei ihr vorbeigeschaut hätte«, stellte Käthe nachdenklich fest. »Ist das der Grund, weshalb du dir darum Gedanken gemacht hast? Weil deine Frau es will?«

»Was? Nein! So ein Unsinn!«, widersprach Ferdinand sofort, konnte er sich doch an fünf Fingern abzählen, dass das Verhältnis zwischen seiner Mutter und seiner Ehefrau, das über die Jahre immer sehr herzlich gewesen war, darunter leiden könnte.

»Was ist mit Leopold?«, fragte Käthe nun.

»Was soll mit ihm sein?«

»Nun, ganz einfach, er kennt Johannes von früher. Und gerade Leopold traue ich zu, alles auffliegen zu lassen, wenn ich das mal so salopp formulieren darf.«

»Mutter, Leo war fünf Jahre alt, als Johannes damals in den Krieg zog.«

»Und doch ist er nicht dumm und kann eins und eins zusammenzählen. Ganz abgesehen davon: Du warst erst zwei, als dein Bruder in den Krieg ging, und hast ihn dennoch sofort wiedererkannt.«

»Weil es mir so vorkam, als sähe ich mein älteres Ich vor mir«, erwiderte Ferdinand. »Ganz abgesehen davon, hatte ich es im Gefühl, wer er wirklich ist. Und ich glaube, diese Sensibilität können wir Leo eindeutig absprechen, meinst du nicht?«

Käthe wiegte den Kopf. »Mir ist nicht wohl dabei, das zu riskieren.«

»Dann lassen wir es, Mutter. Ich habe nicht vor, dich zu irgendetwas zu drängen. Vergiss einfach meinen Vorschlag.«

»Ich werde darüber nachdenken, in Ordnung?«

»Das musst du nicht. Wie gesagt, es war nur ein Gedanke.«

Käthe hielt inne. »Lass uns bitte Folgendes machen: Ich spreche mit Johannes darüber und frage ihn nach seiner Meinung. Dann können wir es immer noch entscheiden.«

»Gut, ja, das ist eine gute Idee. Schließlich geht es ja vor allem um ihn.«

»Aber was ist mit Ausweispapieren?«, fragte Käthe.

Ferdinand sah sie im Weitergehen an. »Er hat jetzt auch keine. Ich könnte mich darum kümmern, gefälschte Papiere zu besorgen«, bot Ferdinand an.

»Ach ja? Und woher?«

»Lass das bitte meine Sorge sein«, erwiderte Ferdinand, wenngleich für ihn sofort klar war, dass er vermutlich Paul-Friedrich dafür ins Vertrauen ziehen musste. Doch er kannte Paul-Friedrich gut genug, um zu wissen, dass er ihm über alle Maßen vertrauen konnte. Er stand wie kein zweiter für seine eigene und auch die Familien der Lehmanns ein, da war sich Ferdinand absolut sicher.

»Nun gut, wenn du meinst.« Sie hatten das Haus erreicht. »Ich werde mit Johannes darüber sprechen. Und je länger ich darüber nachdenke, desto mehr gefällt mir die Idee, Ferdinand. Nur eines noch: Wenn er ganz offiziell da ist und sich bei den Behörden anmeldet, könnte er in Zukunft doch wieder eingezogen werden, nicht wahr?«

»Noch nicht«, beschwichtigte Ferdinand. »Erst sind andere Männer an der Reihe, den Dienst für ihr Land zu tun.«

»Und du glaubst, dass der Krieg so schnell beendet wird? Frankreich und Großbritannien haben uns den Krieg erklärt, und ich denke nicht, dass sich all das in Luft auflösen wird. Und eines ist sicher: Dein Bruder wird nicht noch einmal in den Krieg ziehen. Weder würde er es wollen noch könnte ich es zulassen.«

»Da hast du vollkommen recht«, stimmte Ferdinand zu, während sie die Stufen hinaufgingen. Bevor sie das Haus betraten, fasste er seine Mutter an den Schultern. »Wir wollen ja ohnehin nichts überstürzen. Und sollte Johannes sich dafür entscheiden, eine andere Identität anzunehmen, können wir uns immer noch alles andere überlegen.« Er beugte sich vor und gab seiner Mutter einen Kuss auf die Wange.

»Oh«, machte sie. »Wofür war der denn?«

»Dafür, dass du eine wunderbare Mutter bist, die alles für ihre Kinder tut.«

Käthe lächelte geschmeichelt. Dann ließ Ferdinand ihr den Vortritt ins Haus. Er war froh, dass er so offen mit seiner Mutter hatte sprechen können. So würden sie mit Sicherheit gemeinsam eine Lösung finden, sei es nun mit einer neuen Identität für Johannes oder auch irgendetwas anderem. Denn da es jetzt ausgesprochen war, war schon der erste Schritt getan.

20. Kapitel

Ich weiß nicht, was ich tun soll, will ich meine Ehe nicht gefährden.
Gustav von Falkenbach

Er hatte Clara eine Vorlage nach der anderen gegeben und ihr wieder und wieder die Gelegenheit geboten, mit ihm zu sprechen, doch Clara hatte nicht ein einziges Wort zu einer möglichen Schwangerschaft oder auch einer irgendwie gearteten Ehekrise geäußert. Und Gustav glaubte seine Frau gut genug zu kennen, dass sie keinesfalls etwas zugeben würde, das er ihr nicht definitiv nachweisen konnte. Sich nur auf die Aussage Leopolds zu verlassen, war Gustav entschieden zu unsicher, um deshalb einen Disput heraufzubeschwören. Doch wie konnte er vorgehen? Sollte er Clara ganz direkt fragen, ob sie in anderen Umständen war? Aufgrund welcher Vermutung? Weil sie dicker geworden war? Sie hatte nicht zugenommen, zumindest nicht, soweit Gustav das mit bloßem Auge erkennen konnte. Zwar hatte er die Vermutung, dass sie unter Morgenübelkeit litt, meinte er doch ein unterdrücktes Würgen gehört zu haben, als er gestern und heute sein Ohr an die Tür des Badezimmers gedrückt und gelauscht hatte. Doch mehr als ein minimales

Geräusch war nicht zu hören gewesen. Wie also hätte er ihr erklären sollen, was er meinte vernommen zu haben? Dass er rein zufällig vor der verschlossenen Badezimmertür gestanden und etwas gehört hätte? So ein Unsinn! Sie wusste ja selbst, wie leise sie gewesen war und dass man von außen nur dann etwas mitbekommen konnte, wenn man, wie Gustav es getan hatte, sein Ohr an die Tür presste.

Er hatte gestern einige Patienten behandelt, sodass er nicht aus der Praxis konnte. Doch das war auch nicht nötig gewesen, denn Clara hatte sich schließlich die gesamte Zeit um den Empfang gekümmert und daher die Praxis zusammen mit Gustav betreten und später auch wieder verlassen. Heute jedoch hatte sie angekündigt, am Vormittag noch zu Eva fahren zu wollen, um nach ihr zu sehen. Sie hatte Gustav deshalb auch gefragt, ob sie sein Auto nehmen könnte, was er ihr selbstverständlich nicht verwehrt hatte. Sollte sie ruhig fahren und sich in Sicherheit wiegen. Er hatte längst seinen Vater darauf angesprochen, ob er sich später noch dessen Maybach ausleihen könnte, was Paul-Friedrich ihm ohne Weiteres gewährt hatte, ohne überhaupt nachzufragen, weshalb er ihn brauchte und warum er nicht seinen eigenen Wagen nahm. Kurz hatte Gustav überlegt, den Vater mit seinem Wissen über das Pervitin zu konfrontieren, doch das hatte er schließlich bleiben lassen. Er hätte sonst gestehen müssen, dass Wilhelmine und er in das Arbeitszimmer des Vaters eingebrochen waren. Und das wollte er natürlich keinesfalls riskieren. Er hatte ihm noch am Sonntagabend, nachdem alle Gäste gegangen waren, von dem Gespräch mit Eleonore Baur erzählt, auch dass Wilhelmine es mitbekommen hatte und Gustav ihr daraufhin hatte vorlügen müssen, dass der Vater ihr den Brief erst nach der Feier hatte geben wollen. Paul-Friedrich hatte sich alles angehört und Gustav dann bestätigt, dass er richtig gehandelt hatte. Noch am selben Abend hatte der Vater dann Wilhelmine um ein kurzes Gespräch in seinem

Arbeitszimmer gebeten. Und als sie wieder herauskam, hatte sie glücklich den Brief in den Händen gehalten, den sie eigentlich niemals hätte lesen sollen. Der Hausfrieden war also diesbezüglich wiederhergestellt. Einzig musste Gustav jetzt zusehen, wie er die Schwierigkeiten, die offenbar in seiner Ehe bestanden und von denen er bis zu Leopolds Bemerkung auf der Feier nicht einmal etwas mitbekommen hatte, klären konnte. Noch wusste er nicht wie, schon deshalb nicht, weil er einfach nicht glauben wollte, dass Clara ihn betrogen hatte und nun ein Kind von einem anderen erwartete. Doch wenn sie wirklich schwanger war und eine Abtreibung in Erwägung zog, dann musste so etwas wie eine Affäre dahinterstecken. Schließlich wünschten Clara und Gustav sich Kinder und hatten schon einige Male darüber gesprochen, dass sie bestimmt noch welche bekommen würden, wenn erst einmal der ganze Druck, der durch die viele Arbeit während des Aufbaus der Praxis auf ihnen lastete, nachließe. Nun jedoch, nach ihrer Ankündigung, Eva besuchen zu wollen, ahnte Gustav, nein, er war sogar ganz sicher, dass Clara eben nicht zu ihrer Freundin fahren würde. Er selbst wollte ihr folgen und sie auf frischer Tat ertappen, wenngleich er sich nicht ausmalen mochte, was das für ihn bedeutete. Warum nur konnte er keine Frau so an sich binden, dass sie ihm treu blieb? Damals Irma, jetzt Clara? Was machte er denn falsch und Männer wie Ferdinand richtig, deren Frauen sich in geradezu schwärmerischer Weise nur zu gern an ihren Ehemann hielten und sich keinesfalls dazu hinreißen lassen würden, eine Affäre zu beginnen? Er wusste es einfach nicht. Doch nicht nur das: Er hatte sich seit Sonntag den Kopf zerbrochen, wie es überhaupt sein konnte, dass Clara fremdging. Wann sollte das denn überhaupt geschehen sein? Sie war doch ständig mit ihm zusammen in der Praxis, und wenn sie überhaupt mal ausgingen und weder arbeiteten noch auf Gut Falkenbach waren, dann zogen sie gemeinsam los, um sich zu amüsieren, was überaus selten vorkam. Bei welcher Gelegenheit sollte Clara jemanden kennengelernt haben? Vor allem so gut kennengelernt, dass sie sich auf ihn eingelassen hatte? Gustavs Kopf bestand aus Hunderten Fragezeichen, und nicht eine einzige Antwort darauf schien ihm logisch.

Er hatte vorhin in der Praxis angerufen und Frieda gesagt, dass er heute Vormittag nicht für Patienten zu sprechen sei. Wenn jemand ein ernsthaftes gesundheitliches Problem hatte, sollte derjenige einfach am Nachmittag nochmals vorbeikommen. Zwar hatte er deshalb kurzzeitig ein schlechtes Gewissen gehabt, doch das hatte er recht schnell beiseitegeschoben. Er musste jetzt dahinterkommen, was für ein Spiel Clara trieb oder eben, was er noch immer hoffte, eine ganz und gar plausible Erklärung finden. Schließlich konnte es ebenso gut sein, dass es Eva war, die in Schwierigkeiten steckte, und Clara hatte sie lediglich zu einem Termin in der Praxis dieses Pfuschers Dr. Schellwald begleitet. Ja, so könnte es gewesen sein. Das wäre sogar ziemlich logisch. Immerhin unterhielt Eva schon eine geraume Zeit eine Liaison mit einem gewissen Gernot Fassner, einem glühenden Anhänger des Führers und nicht gerade ein Mensch, mit dem Gustav gern seine freie Zeit verbrachte. Sie waren einmal zu viert aus gewesen, Eva, Clara, Gernot und Gustav. Er erinnerte sich leider noch zu gut an diesen Abend, war er doch mit Gernot so in Streit geraten, dass die beiden Frauen schließlich zum Aufbruch gedrängt hatten und im Auto auf dem Heimweg auch keiner mehr ein Wort gesprochen hatte. Auf Gut Falkenbach angekommen, hatte Clara ihm dann vorgeworfen, dass er an allem schuld sei und es wirklich schön wäre, wenn er sich mit seinen Meinungen ein wenig zurücknehmen würde, einfach damit sie und Eva auch weiterhin Kontakt haben könnten.

Seine Versuche, es ihr zu erklären oder sie gar wieder freundlich zu stimmen, waren an Clara abgeprallt. Und in gewisser

Weise konnte er sie ja sogar verstehen. Eva war nun einmal ihre beste Freundin. Und natürlich wollte sie diese besondere Freundschaft nicht gefährden. Doch Gustav fand, dass er deshalb noch lange nicht mit Evas dämlichem Nazi-Liebhaber auf gut Freund machen musste. Und diese Einstellung würde sich bei ihm auch nicht mehr ändern.

»Du bist noch hier?«, fragte Clara überrascht, als sie aus dem Bad zurück ins Schlafzimmer kam.

»Ja, ich habe mit Frieda telefoniert. Bisher war noch nichts los in der Praxis, und ich habe erst in einer halben Stunde meinen ersten Termin.«

»Ich verstehe«, sagte Clara etwas nachdenklich, dann sah sie auf die Uhr. »Aber ich muss jetzt los.«

»Zu Eva?«, fragte Gustav nach.

»Ja, das habe ich dir doch gesagt.«

»Das hast du.« Gustav trat auf sie zu. »Dann grüße Eva herzlich von mir und wünsche ihr gute Besserung. War sie mit dem Fuß eigentlich beim Arzt?«

»Ja«, antwortete Clara schnell. »Ja, das war sie. Du brauchst dich also nicht zu kümmern.«

»Bei welchem Arzt ist sie denn?«, hakte Gustav nach.

»Was ist denn das für eine Frage?« Clara schüttelte den Kopf. »Ich muss jetzt los. Wir sehen uns heute Mittag. Auf Wiedersehen.« Sie gab ihm noch einen Kuss, dann verließ sie eilig das Zimmer. Gustav hörte, wie sie die Treppen herunterlief. Als die Haustür ging, verließ auch er das Schlafzimmer und eilte ihr nach.

»Gustav, bist du das?«, hörte er Dorothea aus dem Wohnzimmer rufen.

»Ja, bin ich. Und ich bin jetzt weg. Bis später.« Er wartete keine Antwort mehr ab, sondern öffnete nun die Haustür. Er sah gerade noch seinen Fiat 1500 B am Ende der Zufahrt davonbrausen. Im Laufschritt hielt er auf den Maybach seines Vaters zu, zog den Schlüssel hervor, stieg ein und fuhr los.

Am Ende der Zufahrt bog Clara nun rechts auf die Straße ein. Sie wollte also in Richtung Bernried. Gustav musste sich zügeln, nicht gar zu schnell hinter ihr herzufahren, damit sie ihn nicht womöglich im Rückspiegel bemerkte.

Gerade als er ebenfalls das Ende der Zufahrt von Gut Falkenbach erreicht hatte, fuhr ein Lastkraftwagen mit Pritsche auf der Landstraße an ihm vorbei, sodass Gustav sich hinter ihm einreihen und so unbemerkt seiner Frau folgen konnte. Einige Male fuhr er ein wenig weiter nach links, um zu sehen, ob sie noch vor ihm war, scherte dann aber sogleich beruhigt wieder ein, als er sie entdeckte. Es dauerte nicht lange, bis sie Bernried erreichten, wo es für Gustav schwieriger wurde, einerseits einen ausreichenden Abstand einzuhalten, sie andererseits aber nicht aus dem Blick zu verlieren. Der Lastkraftwagen bog ab, sodass Gustav nun gut zu erkennen gewesen wäre, hätte Clara in den Spiegel gesehen. Doch offenbar tat sie es nicht. Clara fuhr weiter, und Gustav wartete nur darauf, dass sie in den Kirchweg abbog, wo Dr. Schellwald seine Praxis hatte. Doch Clara fuhr daran vorbei, was ihn einerseits aufatmen ließ, andererseits aber noch nervöser machte, weil er sich fragte, wohin genau sie eigentlich unterwegs war.

Sie fuhr quer durch den Ort und verlangsamte dann ihre Fahrt, hielt schließlich am Fahrbahnrand an, stieg aus und blieb einen Moment vor dem Haus stehen. Offenbar prüfte sie, ob es die Adresse war, die sie suchte. Zumindest wirkte es auf Gustav nicht so, als sei sie schon einmal hier gewesen. Clara sah auf das Schild am Eingang, dann ging sie auf die Tür zu und verschwand im Innern des Hauses. Gustav parkte den Maybach direkt hinter seinem Fiat, schaltete den Motor ab und stieg aus. Mit einem mulmigen Gefühl ging er auf das Haus zu und sah auf das Schild. Dr. Ekkehard Hennings. Fast wurde es

Gustav übel. Hennings und Schellwald waren genau die beiden Ärzte, die in dem Ruf standen, Abtreibungen durchzuführen. Nur dass bei Dr. Hennings angeblich sogar eine Frau dabei ihr Leben gelassen hatte. Er überlegte, was er tun sollte. War es möglich, dass seine eigene Frau sich gerade jetzt bei ihm in Behandlung begab? Trug sie ein Kind unter dem Herzen und war bereit, das Ungeborene zu töten, nur um eine Affäre zu verschleiern? Gustav ging vor dem Eingang auf und ab. Was sollte er tun? Was *konnte* er tun? Es ging doch nicht an, dass er tatenlos zusah! Dann wieder versuchte er sich zu beruhigen, dass ja ein solcher Eingriff gewiss nicht während der normalen Sprechstunde nebenbei durchgeführt wurde. Bestimmt würde Clara sich gerade nur beraten lassen, wobei Gustav auch dies den Schweiß auf die Stirn trieb. Er überlegte fieberhaft, wie er sich verhalten sollte. Wenn er jetzt dort hineinging und Clara eine Szene machte, dann wäre seine Ehe beendet. Entweder weil er sich vollkommen lächerlich machte und seine Frau ihm nie wieder vertrauen würde. Oder aber weil er selbst nicht mehr umhin kam, zu erkennen, dass Clara nicht die Frau war, für die er sie hielt. Wie konnte sie nur so sein? Wie unterschiedlich waren ihre und seine Werte?

Er ging weiter auf und ab, dann, ganz plötzlich, kam Clara heraus und stolperte ihm mit Tränen in den Augen fast in die Arme.

»Gustav?«, fragte sie und riss die Augen auf.

»Ja, Clara. Allerdings.« Er spürte eine unbändige Wut in sich aufsteigen. »Sag mir sofort, was du hier verloren hast.«

»Gustav …«, sagte sie noch einmal, dann brach sie vollends in Tränen aus.

Gustav fasste sie um die Schultern. »Was hast du hier zu suchen? Rede sofort! Was hast du hier gewollt, Clara?« Er schüttelte sie einmal kurz.

Clara schluchzte noch lauter auf, und am Ende der Straße wurden zwei Frauen auf sie aufmerksam, die nun die Hälse reckten, um besser sehen zu können, was dort vor der Praxis vorging.

»Ich will sofort wissen, was du da drin wolltest. Rede!« Das letzte Wort hatte Gustav herausgeschrien.

»Es tut mir leid«, jammerte sie. »Es tut mir so schrecklich leid.«

»Was tut dir leid? Was? Dass du mich betrogen hast? Dass du einen Bastard in dir trägst und diesen nun loszuwerden versuchst?«

Clara weinte noch immer, sah ihn aber nun fragend an. »Dich betrogen?«, wiederholte sie, als begreife sie nicht, was er ihr soeben vorgeworfen hatte.

»Allerdings«, spie er aus. »Welchen Grund könntest du sonst haben, ein Kind abtreiben zu lassen?«

»Bitte, Gustav, nicht so laut«, jammerte sie.

»Ist alles in Ordnung, Fräulein?«, rief nun eine der Frauen herüber, die stehen geblieben waren.

»Es ist alles in Ordnung. Gehen Sie weiter!«, fuhr Gustav die Frauen an, worauf die eine die andere zum Weitergehen bewegen wollte, doch das ließ diese nicht zu. Ganz im Gegenteil kam sie nun schnellen Schrittes auf Gustav und Clara zu, während die andere sie offenbar aufzuhalten versuchte.

»Mit Ihnen habe ich nicht gesprochen, junger Mann«, stellte sie nun im Näherkommen klar und funkelte Gustav wütend an. Sie trat heran, schob sich zwischen Clara und Gustav und sah dabei Clara an. »Kann ich Ihnen helfen, Fräulein?«

»Sie ist meine Frau«, knurrte Gustav.

»Umso schlimmer«, schnappte die Frau und warf ihm abermals einen warnenden Blick zu.

»Wir haben nur gestritten«, sagte Clara, die langsam ihre Fassung wiederfand. »Haben Sie vielen Dank.«

»Sind Sie sicher, dass Sie keine Hilfe brauchen?«, fragte die Fremde noch einmal nach.

Clara nickte. »Danke.«

»Nun gut.« Sie drehte sich zu Gustav um. »Sie sollten sich was schämen, Ihre Frau so zu behandeln.« Damit wandte sie sich zum Gehen.

»Und Sie sollten Ihre Nase nicht in Angelegenheiten stecken, die Sie nichts angehen.«

Sofort wirbelte sie wieder herum. »Jetzt will ich Ihnen mal etwas sagen. Wenn ich Ihre Mutter wäre, könnten Sie sich jetzt aber mal so richtig was anhören, Sie Rotzbub. Sie glauben wohl, Sie können sich hier was herausnehmen, oder wie? Kommen Sie mir lieber nicht blöd, sonst lernen Sie mich erst richtig kennen.«

Gustav wollte etwas erwidern, doch er spürte, dass er in dieser Auseinandersetzung den Kürzeren ziehen würde. Sie starrte ihn noch immer an, abwartend, ob er noch etwas zu sagen hätte. Als dies nicht der Fall war, meinte die Frau: »Gut. Eine kluge Entscheidung, junger Mann.« Sie zog ein Taschentuch hervor und reichte es Clara. »Hier. Nehmen Sie das. Sie können es behalten. Und glauben Sie mir: Kein Mann auf dieser Welt ist so bittere Tränen wert.«

Sie warf Gustav noch einen giftigen Blick zu, dann ging sie zurück zu ihrer Bekannten.

»Eines Tages wirst du wegen deines forschen Auftretens noch einmal Ärger bekommen, Hilde«, hörte Gustav nun die andere sagen. Er sah zu Clara. Seine Frau zitterte am ganzen Körper, und er fürchtete, dass sie jeden Moment umkippen könnte.

»Komm«, sagte er und öffnete die Beifahrertür des Maybach. »Setz dich. Wir müssen miteinander reden.«

Clara folgte stumm seiner Anweisung und nahm auf dem Beifahrersitz Platz. Dann schloss Gustav die Tür und setzte sich auf den Fahrersitz, startete aber nicht den Motor.

»Was hast du hier gewollt, Clara?«, fragte er, so ruhig es ihm möglich war.

Sie sah ihn nicht an, presste nur die Lippen zusammen und antwortete nicht.

»Was, Clara? Sag mir: Was hast du hier gewollt?«, wiederholte er.

Noch immer schwieg sie, dann brachte sie unter Tränen hervor: »Es ist, wie du gesagt hast.«

Gustav atmete geräuschvoll aus. Nun hatte er also seine Antwort, und zwar direkt aus ihrem Mund. Doch hier recht behalten zu haben, bescherte ihm alles andere als ein gutes Gefühl.

»Warum? Wer ist der Vater, dass du es so unbedingt loswerden willst?«

Sie sah ihn vollkommen entgeistert an. »Was sagst du da?«

Gustav konnte in ihren Augen lesen, dass sie offenbar gar nicht verstand, was er sie gefragt hatte. Eben noch todtraurig, legte sich nun ihre Stirn in Zornesfalten. »Du bist der Vater, wer sonst!« Sie funkelte ihn wütend an. »Und dass du etwas anderes denkst, macht mich ebenso fassungslos wie dich die Tatsache, dass ich es nicht bekommen will.« Langsam gewann sie ihre Selbstsicherheit zurück.

Gustav hatte nicht den geringsten Zweifel daran, dass sie ihn diesbezüglich nicht belog. Ihr Gesichtsausdruck, als er ihr soeben Untreue vorgeworfen hatte, sprach Bände.

»Aber warum willst du es denn dann nicht? Wir haben uns doch immer Kinder gewünscht.« Er musste an Elisabeth denken und an ihr erstes Kind, das so entsetzlich missgebildet gewesen war. »Oder denkst du, dass es nicht gesund ist? Geht es darum?«

Clara schüttelte den Kopf, dann fing sie wieder zu weinen an, und zwar so bitterlich, dass sie sich gar nicht mehr beruhigen konnte.

Sie tat Gustav schrecklich leid, wie sie so dasaß und sich die Augen aus dem Kopf heulte. Schließlich hielt er es nicht mehr aus, legte den Arm um sie und zog sie an sich.

»Scht!«, versuchte er, sie zu beruhigen. »Es ist ja alles gut.«

Eine Weile blieben sie so sitzen, und Clara weinte ohne Unterlass. Dann, es mochten fast zehn Minuten vergangen sein, spürte Gustav, wie sie langsam ihre Fassung wiedererlangte.

»Kannst du es mir erklären?«, fragte er mit sanfter Stimme, während sie weiter an ihn gelehnt in seinem Arm lag.

»Ich habe solche Angst«, brachte sie stoßweise hervor, weil sich ihre Atmung noch immer nicht wieder beruhigt hatte.

»Angst? Aber wovor denn?«

Wieder dauerte es, bis sie in der Lage war, zu antworten.

»Eine furchtbare Mutter zu sein«, brach es dann aus ihr heraus. »Ich kann das nicht, ich kann das einfach nicht. Ich bin ein furchtbarer Mensch und kann kein Kind so lieben, wie es das verdient hätte. Und dann wird es unglücklich und stets benachteiligt sein, nur weil ich versagt habe.« Sie presste das Taschentuch vor den Mund und begann wieder haltlos zu weinen.

Gustav wusste nicht, wie er reagieren sollte. Er hätte mit allem gerechnet, einer Affäre, womöglich sogar, dass ihr Gewalt angetan worden war und sie es vertuschen wollte. Alles hatte er sich ausgemalt und sämtliche Schreckensbilder vor seinem inneren Auge aufgerufen. Dass sie aber einfach Angst hatte, als Mutter zu versagen, war nicht dabei vorgekommen. Er lächelte, während er sie noch enger an sich zog und zärtlich ihren Kopf streichelte.

Als sie sich wieder einigermaßen beruhigt hatte, sagte er: »Aber wir haben doch oft darüber gesprochen, dass wir beide Kinder wollen.«

Clara nickte. »Ich habe gelogen. Ich wollte nie Kinder, doch ich wollte dich auch nicht verlieren.«

»Aber wie kommst du denn darauf, dass du mich verloren hättest, wenn du einfach ehrlich gewesen wärst?«

Sie zögerte, dann setzte sie sich auf, sodass sie ihm in die Augen sehen konnte. »Das hättest du wirklich akzeptiert?«

»Ich hätte zumindest deine Argumente angehört, und wir hätten eine Lösung gefunden, eine, bei der ich bestimmt nicht einfach meinen Willen durchgesetzt hätte.« Er sah sie an. »Du kennst mich doch, Clara«, sagte er eindringlich. »Du weißt, dass ich nie etwas tun würde, das dich verletzt.«

Sie nickte. »Ja, das weiß ich.«

»Und wie konnte es dann zu all dem hier kommen?«

Sie zuckte die Schultern. »Ich war wie erstarrt vor Angst, als ich bemerkte, in anderen Umständen zu sein.«

»Und weshalb denkst du, das Kind nicht genug lieben zu können?« Er schüttelte den Kopf. »Bitte erkläre es mir. Ich verstehe es nicht.«

Clara senkte den Blick. »Meine Mutter«, sagte sie dann mit krächzender Stimme. »Sie hat mich nie geliebt, und meine Kindheit war die Hölle.«

»Was ist geschehen?«, fragte Gustav erschrocken, hatte Clara doch in der ganzen Zeit, die sie sich inzwischen kannten und auch verheiratet waren, nie etwas von Gewalt oder anders gearteten schrecklichen Vorkommnissen erwähnt.

Clara schüttelte den Kopf. »Ich möchte nicht daran erinnert werden und will auch nicht darüber sprechen.«

»Das musst du auch nicht«, lenkte Gustav sofort ein. »Doch wie kommst du nur darauf, dass du genauso wärst?«

Sie zuckte die Schultern, fing wieder an zu weinen.

»Wir schaffen das, Clara, du und ich gemeinsam. Ich lasse dich nicht im Stich, und du wirst sehen, wenn das Kind erst da ist, wird es für dich ganz anders sein.«

»Und wenn nicht?«, fragte sie traurig. »Wenn ich es nicht lieben kann?«

»Das wirst du. Ich bin mir sicher. Und wenn du doch recht behalten solltest, dann hat dieses Kind immer noch einen Vater, eine Tante Wilhelmine, eine Großmutter, die es verhätscheln, und einen Großvater, der alles tun wird, das jüngste Mitglied der von Falkenbachs zu beschützen.«

Clara lachte kurz auf. Offenbar hatte Gustav sie mit seinen Worten erreicht.

»Doch das da«, er deutete auf den Eingang zu Dr. Hennings Praxis, »kann keine Lösung sein.«

Clara folgte seinem Fingerzeig, dann sah sie ihn an. »Du hast recht«, befand sie schließlich. »Das ist nicht die Lösung. Doch das wusste ich auch gerade eben schon.« Sie schüttelte sich, und eine Gänsehaut überlief ihren Körper. »Du hättest das da drin sehen sollen«, sagte sie und schüttelte sich abermals. »Es ist richtig schmuddelig in dem Behandlungszimmer, und der Arzt, dieser Dr. Hennings, ist ein Widerling. Allein bei der Vorstellung, mich in seine Hände zu begeben, wird mir kotzübel.« Sie sah ihren Mann an. »Noch bevor ich herauskam und dich sah, hatte ich mich bereits entschieden, das Kind doch zu bekommen, Gustav.«

Gustav umarmte seine Frau, küsste sie und umarmte sie wieder, so fest er nur konnte.

»Aua«, beschwerte sich Clara. »Pass gefälligst auf. Sonst erdrückst du noch uns beide.« Sie lächelte ihn liebevoll an.

Und in diesem Moment war es Gustav, der seine Tränen nicht mehr zurückhalten konnte. Sie hielten sich fest – wie lange, wusste keiner von ihnen zu sagen. Nur dass sie einander noch nie zuvor so vertraut gewesen waren wie in diesem Augenblick.

21. Kapitel

Mein Herz schlägt so schnell, als wollte es aus der Brust springen.
Wilhelmine von Falkenbach

»Wilhelmine von Falkenbach?«, fragte der Mann in Uniform nach.

»Ja, das bin ich.« Hans hatte Wilhelmine geholt, weil ein Bote für sie vor der Tür stand, der sich weigerte, den Brief, den er bei sich hatte, an jemand anderen als an sie persönlich zu übergeben.

»Eine Zustellung für Sie!« Er riss den rechten Arm hoch. »Heil Hitler!«, brüllte er dann.

»Ihnen auch einen schönen Tag«, entgegnete Wilhelmine leicht ärgerlich und machte einfach kehrt. Hans schloss dann die Tür hinter ihr.

»Kann ich noch etwas tun?«, fragte der Haushofmeister.

Wilhelmine schluckte, als sie den Absender las. »Nein, Hans, danke. Ich bin in meinem Zimmer.«

Eilig rannte sie die Stufen hinauf und fuhr schon im Laufen mit dem Finger an der Kante entlang, um den Brief gleich zu öffnen. Noch bevor sie oben ankam, entfaltete sie den Brief, lief in ihr Zimmer und setzte sich dann aufs Bett. Sie schluckte, als sie zu lesen begann:

Verehrtes Fräulein von Falkenbach!
Mein Name ist Eleonore Baur, wir sind uns auf der Feier Ihres Herrn Vater kurz begegnet.

Ich weiß nicht, ob Sie darüber informiert sind, dass ein früherer Bekannter Ihrer Familie, Martin Reinders, seit einer Weile bei mir im Hause lebt, um hier zu arbeiten.

Wie Ihnen in jedem Fall bekannt sein dürfte, war er noch vor einer Weile eine verirrte Seele. Inzwischen jedoch hat er dem Kommunismus abgeschworen, und durch die Güte unseres Führers wurde für Martin eine Begnadigung ausgesprochen, sodass der Häftling zu entlassen ist. Eigentlich sollte bis dahin noch etwas Zeit vergehen, doch da ich eine gute Freundin unseres Führers bin, darf ich mir wohl erlauben, hier nach eigenem Ermessen zu verfahren.

So ist nun geplant, dass Martin am kommenden Sonnabend, den 9. September 1939, aus meinem Hause zurück in die Freiheit entlassen wird. Wie mir Martin berichtete, waren Sie und er früher befreundet, was jedoch wohl der Vergangenheit angehört. Ist dem so? Falls ja, möchte ich Sie mit meinen Zeilen nicht belästigen, dann werde ich mich um jemand anderen bemühen, der Martin in der ersten Zeit nach seiner Entlassung weiterzuhelfen vermag. Oder sollte mich mein Gefühl doch nicht trügen, und Sie empfinden noch etwas für ihn, Fräulein von Falkenbach? Er mag eine einfache

Seele sein, doch böse ist er nicht. Deshalb frage ich Sie hier ganz offen: Ist der Häftling Martin Reinders am Ende doch noch in Ihrem Herzen? Falls nein, dann werfen Sie diesen Brief einfach in den Kamin. Falls ja, Sie diesem Gefühl jedoch nicht nachspüren wollen, so übergeben Sie ihn bitte ebenfalls den Flammen. Wenn da aber noch Liebe sein sollte und Sie sich vorstellen können, eine gemeinsame Zukunft mit dem Häftling Martin Reinders zu wollen, so finden Sie sich am kommenden Sonnabend um elf Uhr bei der auf diesem Umschlag angegebenen Adresse in Oberhaching ein.

Es grüßt Sie höflichst
Eleonore Baur

Wilhelmine schlug die Hände vors Gesicht, um nicht vor Glück laut aufzuschreien. Das konnte nicht wahr sein! Martin kam frei, er kam wirklich frei, und sie konnten ein gemeinsames Leben planen, irgendwo abseits von Kommunismus oder Nationalismus, frei von irgendwelchen Regimen oder Pflichten. Zwar nicht sofort, dafür war noch einiges zu regeln. Auch wenn sie beispielsweise Deutschland verlassen und ins Ausland gehen wollten, musste das gut vorbereitet sein. Ob ihre Eltern wohl erlauben würden, dass er eine Zeit lang hier im Gutshaus unterkam? Vermutlich nicht. Ihre Mutter würde wahrscheinlich schon beim Gedanken daran einen Herzinfarkt bekommen. Nein, sie würde ihn irgendwo unterbringen müssen. Doch wo? Am besten sollte sie Gustav fragen, bestimmt würde er ihr helfen. Andererseits war da Clara, die, wie Gustav Wilhelmine einige Zeit nach Martins Verhaftung erzählt hatte, ebenfalls von seinem damaligen Versteck erfahren und Gustav deswegen einige Vorwürfe gemacht hatte. War es also klug, Gustav ins Vertrauen zu ziehen? Würde daraus nicht erneuter Ärger für den Bruder erwachsen? Clara und Gustav hatten in letzter Zeit ohnehin immer recht angespannt miteinander gewirkt. Und Wilhelmine wollte keinesfalls schuld daran sein, wenn sich das Verhältnis der beiden noch weiter verschlechterte.

Sie nahm den Brief erneut zur Hand, las noch einmal die Zeilen und drückte ihn dann glücklich gegen die Brust. Ob ihr Vater ihr wohl helfen würde? Sie verwarf den Gedanken noch im selben Augenblick. Ihn durfte sie keinesfalls ins Vertrauen ziehen, würde er ihr doch mit Sicherheit verbieten, auch nur in die Nähe des Hauses in Oberhaching zu gehen. Nein, sosehr sie auch in alle Richtungen dachte, so spürte sie doch, auf sich allein gestellt zu sein. Sie sah noch einmal auf den Absender. Oberhaching. Das war ein ganz schönes Stück entfernt. Mit dem Auto würde sie über eine Stunde, womöglich auch eineinhalb für die Strecke brauchen. Und das war das nächste Problem. Sie konnte zwar fahren, doch ein eigenes Auto besaß sie nicht. Und sich den Maybach ihres Vaters oder den Fiat ihres Bruders zu leihen, würde nur wieder Fragen nach sich ziehen, die sie keinesfalls beantworten wollte. Wilhelmine überlegte hin und her, dann kam ihr eine Idee und sie ging zum Telefon auf dem Flur. Dort nahm sie den Hörer ab, legte aber sofort wieder auf, weil sie fürchtete, dass man sie unten womöglich hören könnte.

Dann lief sie die Stufen hinunter und rief ihrer Mutter im Wohnzimmer zu: »Ich bin noch mal kurz im Stall.«

»Auf Wiedersehen«, hörte sie ihre Mutter aus dem Wohnzimmer antworten, dann schlug sie auch schon die Tür hinter sich ins Schloss. So schnell sie konnte rannte sie hinüber zum Haus, das früher Heinrich Lehmann gehört hatte, und klopfte heftig an die Tür. Alma, die Haushälterin, öffnete und sah sie erschrocken an.

»Fräulein Wilhelmine, ist etwas geschehen?«

»Nein, Alma, nichts. Alles in Ordnung. Ist Käthe da?«

»Die gnädige Frau sitzt im Wohnzimmer. Aber …« Weiter kam Alma nicht, weil Wilhelmine sich an ihr vorbeidrängte.

»Guten Tag«, sagte sie abgehetzt, als sie eintrat. Käthe und Johannes saßen im Wohnzimmer und unterhielten sich miteinander. Als Käthe Wilhelmine sah, legte sie sich erschrocken die Hand auf die Brust und stand abrupt auf.

»Wilhelmine, ist etwas geschehen? Ist etwas mit deinen Eltern?«

Sie schüttelte den Kopf. »Nein, alles in Ordnung«, beteuerte sie. »Bitte verzeiht, dass ich euch so überfalle, es ist nur …« Sie zögerte. »Sag, Käthe, könnte ich mir am Sonnabend Heinrichs Wagen ausleihen?«

»Den Wagen?«, fragte Käthe überrascht. »Nun, ich denke, das dürfte kein Problem sein. Aber was hast du denn vor?«

Wilhelmine trat von einem Bein aufs anders. »Wäre es in Ordnung, wenn ich dir das erst sage, sobald ich wieder zurück bin?«

»Sicher«, meinte Käthe. »Du weißt ja, du kannst dich immer auf mich verlassen.«

»Ja, ich weiß.«

»Willst du dich nicht einen Moment zu uns setzen?«, fragte nun Johannes.

Wilhelmine zögerte, dann zog sie sich aber einen Sessel heran und nahm Platz.

»Ich bin dir wirklich dankbar«, sagte Wilhelmine nun.

»Das ist nicht der Rede wert«, tat Käthe es ab. »Den Wagen benutzt ohnehin nur Ferdinand, und auch das nur sehr selten.« Sie hob die Augenbrauen. »Kein Wunder. Er pendelt ja auch nur zwischen den Fabriken hin und her und hat für nichts anderes Zeit.«

Wilhelmine lächelte. »Wo sind denn Elisabeth und Jojo?«

»Elisabeth wollte ein bisschen mit dem Kleinen spazieren gehen«, erklärte Käthe. »Wo du gerade da bist … Da du ja Johannes' Situation kennst, möchte ich gern deine Meinung zu etwas Bestimmtem wissen«, kündigte Käthe an und erzählte Wilhelmine schließlich von Ferdinands Idee, dass man Johannes als Käthes Neffen offiziell in die Familie einführen sollte, um so künftig die Heimlichkeiten zu umgehen.

»Wir haben gerade darüber gesprochen und sind noch dabei, das Für und Wider abzuwägen«, endete Käthe.

Wilhelmine sah von Käthe zu Johannes und wieder zu Käthe. »Eigentlich gar keine schlechte Idee«, befand sie und wandte sich dann an Johannes. »Immerhin könntest du auf diese Weise wieder ein ganz normales Leben führen.«

»Das habe ich auch schon gesagt«, erklärte Johannes. »Meine Mutter hat Bedenken, dass ich jedoch, wenn ich in irgendwelchen Personenregistern auftauche, womöglich irgendwann zum Kriegsdienst eingezogen werde.«

»Damit ist zu rechnen in den Zeiten, in denen wir leben«, gab Wilhelmine Käthe recht.

»Andererseits ist Ferdinands Argument nicht von der Hand zu weisen, dass wir dann alle wieder befreiter leben könnten«, sagte Johannes.

»Ich habe nicht das Gefühl, dass wir uns deinetwegen einschränken müssen, mein Sohn«, widersprach Käthe sogleich.

»Nun ja, es ist tatsächlich so, dass wir schon jedes Mal zusammenzucken, wenn jemand an der Tür ist.« Johannes deutete mit der Hand dorthin. »Zum Beispiel gerade eben, als du gekommen bist, Wilhelmine. Ich bin sofort aufgesprungen, um nötigenfalls in den Garten hinauszulaufen und mich zu verstecken, wäre es jemand anderes gewesen. Erst als wir deine Stimme erkannten, habe ich mich wieder hingesetzt.«

Er sah seine Mutter an. »Und das nenne ich dann schon eine Einschränkung für uns, mit der wir hier leben.«

»Bitte verzeiht, dass ich euch so einen Schrecken eingejagt habe.« Wilhelmine verzog den Mund.

»Das macht wirklich nichts«, sagte Johannes. »Es war nur eben genau das, was wir nun schon seit einem guten Dreivierteljahr machen. Ich habe sogar schon überlegt, mich wieder in meine Fischerhütte zurückzuziehen.«

»Doch das lehne ich rigoros ab«, stellte Käthe klar. »Der einzige Grund, warum ich dich aus dem gemeinsamen Haus ausziehen lassen würde, wäre eine reizende Frau, die du kennenlernst und die anderswo mit dir leben möchte. Doch solange das nicht der Fall ist, genieße ich es, dich nach all den Jahren endlich wieder in meinem Leben zu haben.« Sie lächelte ihn glücklich an und berührte in einer zärtlichen Geste kurz seine Hand.

»Egal, wie ihr euch entscheidet, ich werde für euch lügen wie gedruckt«, meinte Wilhelmine trocken, worauf die anderen beiden auflachten. Dann sah Wilhelmine auf die Uhr. »Ich muss wieder los. Wäre es dir recht, wenn ich am Sonnabend gegen neun Uhr hier bin, um den Wagen zu holen, Käthe?«

»Aber sicher.«

»Gut. Danke schön.«

»Ich weiß ja nicht, was du vorhast«, sagte nun Johannes. »Doch wenn du willst, kann ich dich gern fahren.«

»Nein, lass nur«, erwiderte Wilhelmine, doch dann überlegte sie es sich anders. »Obwohl … das ist eigentlich eine wirklich gute Idee«, meinte sie dann. »Ich muss aber bis nach Oberhaching.«

»Na, das ist zu schaffen«, sagte Johannes erfreut. »Soll ich mir noch eine Chauffeursmütze besorgen oder geht es so?«, scherzte er.

Wilhelmine lachte. »Es wird auch so gehen«, sagte sie, dann verabschiedete sie sich von den beiden und rannte zurück zum Gutshaus. Sie war so glücklich, dass sie die ganze Welt hätte umarmen können. Doch sie musste sich zusammenreißen, damit niemand hinter ihr wunderbares Geheimnis kam. Wie sollte sie das bis Sonnabend nur durchhalten?

22. Kapitel

Kann das wirklich wahr sein? Ich glaube es erst, wenn ich in Freiheit und viele Kilometer von hier entfernt bin.

Martin Reinders

Viel gab es nicht, das er zu packen hatte. Anders als die Männer, die von hier zurück ins KZ nach Dachau geschickt wurden, würde Martin in nicht einmal einer halben Stunde als freier Mann dieses Haus hier verlassen. Er konnte sein Glück kaum fassen. Zwar wäre es zu viel gesagt, wenn er behauptete, dass sich damit auch nur ein Teil dessen, was er über die Monate hier hatte ertragen müssen, am Ende gerechnet hatte. Nein. Das stimmte nicht. Dafür hatte er hier zu viel von seiner Seele lassen müssen, ja er hatte sogar das Gefühl, dass etwas in ihm zwischen den Laken von Schwester Pia gestorben war.

Martin glaubte nicht, dass er die Bilder, die sich ihm im Lauf der Monate eingebrannt hatten, je wieder aus seinem Kopf vertreiben könnte. Ganz im Gegenteil: Er meinte vielmehr, dass sie in immer kürzeren Abständen vor seinem geistigen Auge auftauchten und sofort wieder verschwanden, wie ein böser Geist, der nur rasch demonstrieren wollte, dass er da war. Ja, es würde dauern, bis er auch nur einen Teil der Gewalt verdaut hätte, die man ihm in diesem Haus angetan hatte. Wenn es denn überhaupt jemals geschah.

Er stopfte die Hose, die er hier als Ersatzkleidungsstück benützt hatte, ebenso in das Bündel wie ein zweites Hemd. Mehr besaß er nicht.

Geld hatte er auch keins, sodass sein Plan darin bestand, sich so bald als möglich irgendwo eine Arbeit als Maurer oder Tischler zu suchen und Hilfsarbeiten zu verrichten, bis er genug Geld zusammenbekam, um sich bis Berlin durchzuschlagen. Kurz hatte er auch überlegt, seine früheren Freunde in München um Hilfe zu bitten, doch den Gedanken hatte er sofort wieder verworfen. Zum einen wusste er nicht, ob ihr Versteck überhaupt noch am bekannten Ort war. Zum anderen aber würde er sofort jeden möglichen Verfolger direkt zu ihnen führen und damit alle ans Messer liefern, die ihm seinerzeit vertraut hatten. Und das wollte Martin keinesfalls riskieren.

Ebenso wenig würde er Gut Falkenbach aufsuchen, musste er doch auch dort fürchten, beobachtet und angezeigt zu werden. Und dann könnte er ebenso wie die von Falkenbachs zumindest verhaftet und zum Verhör abgeholt werden. Schließlich würde ihnen niemand mehr glauben, dass sie wirklich nichts von Martins damaligem Unterschlupf gewusst hatten, wenn er jetzt wieder bei ihnen Hilfe suchte. Nein. Martin erkannte sehr genau, dass er vollkommen auf sich gestellt war. Doch das machte ihm keine Angst. Er würde es schon schaffen, sich durchzubeißen. Schließlich hatte er sein ganzes Leben nichts anderes getan.

Er sagte den anderen kurz Lebewohl, dann ging er zu den Privaträumen von Schwester Pia, weil sie sich noch persönlich von ihm verabschieden wollte.

Er hätte gut darauf verzichten können, hatte Pia doch auf ihre ganz eigene Art schon gestern Abend Abschied mit ihm gefeiert. Allein bei dem Gedanken daran musste Martin sich schütteln, als könnte er so den Ekel vertreiben.

Egbert, der Wachmann, stand vor der Tür, trat jedoch gleich zur Seite und klopfte, als er Martin kommen sah.

»Herein!«, schallte es von drinnen.

Martin betrat den Raum. »Da wäre ich also«, sagte er.

»Ach, mein Liebling, nun gehst du also fort?« Pia kam auf ihn zu und umschloss sein Gesicht mit ihren Händen. »Und du musst der Pia versprechen, keinen Unsinn zu machen, hast du gehört?«

Martin überkam eine Gänsehaut, doch er rang sich ein Lächeln ab.

»Versprochen«, sagte er nur. Sein Blick fiel auf die Wanduhr. Es war kurz vor elf. Martin hatte Mühe, seine aufsteigende Unruhe zu unterdrücken. Gleich war es so weit, dann war er frei. Endlich!

»Und damit du mich nicht vergisst, will ich dir dies hier geben.« Sie überreichte ihm ein goldenes Zigarettenetui, in dem das Monogramm E.B. eingraviert war.

»Aber das kann ich nicht annehmen«, entgegnete er aufrichtig überrascht.

»Ach, mein Lieber, ist ja nur Metall. Ob Blech oder Gold, das spielt keine Rolle. Doch dieses Etui hier ist in der Tat etwas Besonderes. Behalt es immer gut bei dir. Es kann Glück, aber auch Pech bringen«, sagte sie und lächelte honigsüß.

Der Zeiger sprang weiter, es war nun fast schon elf.

Er streckte ihr die Hand entgegen. »Vielen Dank für alles.«

Sie sah es, lachte auf, zog ihn zu sich heran und presste ihre Lippen auf seine. »Leb wohl, mein Lieber, und bleib immer ehrlich. Wer lügt, der bereut es. Ja, der bereut es«, mahnte sie und hob den Zeigefinger, dann tat die Wanduhr elf Schläge.

Martin war unschlüssig, ob sie noch mitkommen wollte. Als sie jedoch keine Anstalten machte, nahm er sein Bündel auf und ging einfach hinaus. Egbert begleitete ihn noch bis nach unten, wo er dann den Wachen Weisung erteilte, Martin nach draußen zu bringen.

Mit jedem Schritt, den er weiter in Richtung Tür ging, wurde ihm kälter und kälter, obwohl es drinnen wie draußen warm war. Doch die Aufregung verursachte ihm eine Gänsehaut.

Die Tür nach draußen wurde geöffnet, und Martin trat in den Hof, wo weitere Wachen postiert waren. Keiner machte Anstalten, ihn aufzuhalten oder noch etwas zu sagen. Sie ließen ihn einfach gehen, Schritt für Schritt lief er auf das große Tor zu, das nun von einem Wachmann geöffnet wurde. Martin schritt weiter, atmete tief durch. Ein Hochgefühl überkam ihm, die Gänsehaut auf seinem Körper ließ ihn erzittern. Er hatte das Tor fast erreicht, die Wachen nickten ihm zu. Nur noch wenige Schritte, dann war er draußen. Dann war er in Freiheit. Er ging noch weiter, dann blieb er plötzlich stehen, als er sie winken sah. Nein! Das konnte nicht sein. Das durfte nicht sein. Er blickte sich ängstlich um, während Wilhelmine ihm unaufhörlich winkte und nun sogar auf ihn zulief. Er gab ihr Zeichen, sie möge weggehen, möge fortlaufen, sie sollte rennen, so schnell sie konnte. Doch da hatte sie ihn schon erreicht und fiel ihm überglücklich um den Hals.

»Martin!« Sie hatte Tränen in den Augen und bedeckte sein Gesicht mit Küssen.

»Haltet ihn auf!«, hörte er nun jemanden hinter sich schreien. Wilhelmine sah ihn an, erschrocken, verwirrt.

»Lauf!«, brüllte Martin ihr zu, doch noch immer schien sie nicht zu verstehen, was hier geschah. Er packte ihre Hand, lief mit ihr, so schnell er konnte, durch das Tor. Die Schritte hinter ihnen wurden lauter.

»Bleib stehen!«, hörte er nun jemanden energisch rufen und sah sich kurz um. Er stolperte und fiel zu Boden, riss Wilhelmine mit sich herab. Dann wurde er gepackt und zurückgezerrt in den Hof.

»Nein!«, schrie Wilhelmine, »Nein! Er wird entlassen, er wird entlassen!«, schrie sie wieder und wieder.

»Bleiben Sie da stehen!«, brüllte nun einer der Wachmänner Wilhelmine an, die jedoch nicht reagierte und einfach mit in den Hof lief. Verzweifelt fasste sie Martins Hand, da wurde sie von zwei Wachen gepackt und zurückgerissen.

Martin sah Wilhelmine an. Wie schön sie war, wie liebreizend. Er spürte, wie ihm die Tränen über die Wangen liefen, während Wilhelmine zappelte und verzweifelt versuchte, sich aus dem Griff der Wachen zu befreien.

»Na, da ist es ja.« Erst jetzt erkannte Martin Egbert neben sich, der ihm soeben das goldene Zigarettenetui aus der Tasche gezogen hatte. »So dankst du es also Schwester Pia, indem du Dreckskerl sie beraubst?«

Martin erhielt einen Schlag in die Magengrube, dann noch einen. Wilhelmine kreischte. Ihre Augen weiteten sich vor Entsetzen. Da spürte Martin, wie Egbert eine Waffe direkt an seine Schläfe hielt.

»So gehen wir hier mit dreckigen Dieben um«, hörte er Egbert noch sagen und dann das Geräusch, wie er die Waffe spannte.

Martin spitzte die Lippen, warf seiner Wilhelmine einen letzten Kuss zu. Dann kam der Knall. Und danach die Ewigkeit.

Epilog

Es war der erste Septembertag dieses Jahres, an dem es in Strömen goss.

»Der Himmel weint«, hatte Gustav ihr vorhin zugeraunt, und Wilhelmine hatte es mit einem freudlosen Lächeln quittiert.

Die Geschwister waren an diesem Morgen mit einem Naturstein, auf dem schlicht der Name *Martin* stand, zu der alten Eiche auf Gut Falkenbach gekommen, um ihn dort zum Gedenken an Martin Reinders abzulegen.

Eine Beerdigung konnte es nicht geben, da der Leichnam von den Wachen weggeschafft worden war und Wilhelmine auf ihr Flehen, ihm wenigstens eine angemessene Beerdigung zukommen zu lassen, keinerlei Antwort erhalten hatte. Und ihr Vater hatte ihr verboten, noch weiter darauf zu bestehen – würde sie doch mit ihrem Drängen und der offensichtlichen Verbindung zu einem vormals inhaftierten Kommunisten die ganze Familie gefährden. Das sah Wilhelmine ein.

Auch wenn sie sich nicht ausmalen mochte, was mit dem Leichnam ihres Geliebten geschehen war, wusste sie doch, dass sie die Angelegenheit ruhen lassen musste, wollte sie weiteres Unheil von ihren Lieben fernhalten. Sie hatte schon genug angerichtet. Denn auch wenn sie die Zusammenhänge nicht wirklich verstand, so wusste sie doch, dass sie und niemand sonst für Martins Tod verantwortlich war. Irgendetwas an dem, was sie getan hatte, war falsch gewesen, doch niemand würde ihr je eine Antwort geben, was genau es gewesen war.

Und es hätte auch nichts mehr geändert, denn Martin war tot. Der Mann, den sie so sehr geliebt hatte, war vor ihren Augen hingerichtet worden, und es verging nicht eine einzige Nacht, in der sie nicht davon träumte und die Bilder wieder und wieder vor sich sah.

Sie hatte versucht, Martins Mutter ausfindig zu machen und dabei auch Gustavs und sogar die Hilfe ihres Vaters bekommen, wenn auch über keine offiziellen Kanäle. Doch die Frau schien wie vom Erdboden verschluckt, wie so viele Menschen in diesen Tagen.

Weder Gustav noch sie sagten etwas, als sie den Stein an der alten Eiche drapierten und Wilhelmine dann eine einzelne Rose davorlegte. Aber irgendetwas, das spürte sie, geschah genau in diesem Augenblick mit ihr. Ihre Verzweiflung hatte sich zu Trauer gewandelt, die Trauer dann zu Wut. Und die Wut war zu noch etwas anderem geworden, das sie im ersten Moment nicht genau benennen konnte. Doch dann wusste sie, was es war. Und sie wusste ebenso, dass sie nicht mehr ruhen würde, bis sie das getan hatte, was fortan der Sinn ihres Lebens sein würde: Widerstand leisten!

Nachwort

Liebe Leserinnen, liebe Leser,

auch im nun schon sechsten Teil meiner Falkenbach-Saga habe ich Fiktion mit historischen Fakten verwoben. Es ist mir sehr wichtig, hier möglichst viel Transparenz zu liefern. Ich versuche immer, meine historischen Romane realistisch zu gestalten, möchte aber noch einmal ausdrücklich darauf hinweisen, dass meine Bücher keine historische Realität abbilden, nicht als repräsentativ für die Zeit anzusehen sind und die gesamte Handlung frei erfunden ist.

Dennoch gibt es wieder einige historisch belegte Personen und Handlungsstränge, die ich gern kurz benennen und erläutern möchte.

Direkt am Anfang zu nennen ist die Rede Adolf Hitlers, die den Überfall auf Polen ankündigt und die ich ungekürzt übernommen habe. Auf der Internetseite des SWR ist die Rede in voller Länge abhörbar, außerdem ist das Transkript dort auch einsehbar. Die Rede vor dem Deutschen Reichstag wurde tatsächlich im Großdeutschen Rundfunk übertragen. Hitlers Rede selbst ist voller Fehldeutungen und Lügen, allerdings würde es den Rahmen sprengen, wenn ich diese hier zur Gänze analysieren würde. Schockierend waren für mich hier vor allem die überdeutlichen Parallelen zur heutigen Zeit.

Als Folge auf den Angriff stellten Frankreich und Großbritannien jeweils ein Ultimatum an die Deutschen, die Truppen aus Polen abzuziehen. Als diese Ultimaten verstrichen, folgte am 3. September die Kriegserklärung von Großbritannien und einige Stunden später die von Frankreich.

Kurz möchte ich auf die sogenannten weißen Jahrgänge eingehen. Die Männer der Jahrgänge 1901 bis 1913 – zu denen Gustav, Ferdinand und Leopold zählen – wurden vor Ausbruch des Zweiten Weltkriegs 1939 nicht eingezogen, weil sie für den Militärdienst im alten Reichsheer im Weltkrieg bis 1918 noch zu jung und für den regulären Wehrdienst in der Wehrmacht 1935 bis 1939 bereits zu alt waren. Die Jahrgänge, die dies betraf, wurden als *Ergänzungseinheiten* neben der aktiven Truppe aufgestellt und über zwei, später über drei Monate militärisch ausgebildet. Zunächst wurde 1936 der Jahrgang 1913 einberufen, 1937 dann die Jahrgänge 1912 sowie 1908 und ältere. Im Zweiten Weltkrieg wurden alle Jahrgänge von 1910 bis zuletzt 1927 als Soldaten zum Kriegsdienst eingezogen.

Ich habe in meiner Falkenbach-Saga nie die Grundausbildung beschrieben. Das bedeutet aber nicht, dass Gustav, Leopold und Ferdinand die Grundausbildung nicht absolviert haben.

Wie im Buch beschrieben, gibt es die sogenannte Unabkömmlichkeitsstellung (UK-Stellung). Während des Zweiten Weltkriegs war dies eine befristete oder widerrufliche Entlassung oder Nichteinziehung von Fachkräften, die für das Aufrechterhalten von Kriegswirtschaft, Verkehr oder Verwaltung unentbehrlich und unersetzbar waren. Bei der UK-Stellung wurde der Soldat aus der Wehrmacht entlassen und musste später förmlich wieder erneut zum aktiven Wehrdienst einberufen werden. Außerdem gab es Rüstungsurlauber, die Soldaten in einem vorübergehenden zivilen Arbeitseinsatz waren, also jederzeit in den aktiven Militärdienst zurückbeordert werden konnten.

Constantin Trost spricht von der Formierung einer Gruppierung, die sich vor allem damit beschäftigt, wie man das Deutsche Reich lenken könnte, nachdem das NS-Regime gestürzt wurde. Die Romanfigur Trost ist frei erfunden, die Gruppierung, die er anspricht, ist jedoch überaus real gewesen: der Kreisauer Kreis, der sich 1940 gründete. Bereits 1939 führten die späteren Anführer des inneren Kreises ähnlich Denkende zusammen und strebten einen ersten Meinungsaustausch an. Die Führungspersönlichkeiten waren Helmuth James Graf von Moltke und Peter Graf Yorck von Wartenburg. Freya von Moltke organisierte mit Gleichgesinnten drei Zusammenkünfte im Mai 1942, Oktober 1942 und Juni 1943. Ziel war es, Gesellschaftsentwürfe für eine Nachkriegszeit zu erstellen. Moltke wurde Anfang 1944 verhaftet, hiermit löste sich der Kreisauer Kreis auf, einige Kreisauer schlossen sich jedoch der Gruppe um Claus Schenk Graf von Stauffenberg an. Nach dessen Attentat auf Hitler am 20. Juli 1944 gelang es der Gestapo, die Arbeit des Kreises aufzudecken.

Wie bereits im Falkenbach-Roman *Der Mut der Frauen* beschrieben, ist Eleonore Baur eine sehr umstrittene, historisch belegte Person. In dem Buch *Rechte Karrieren in München – Von der Weimarer Zeit bis in die Nachkriegsjahre,* herausgegeben von Marita Krauss, wurde ihr von Daniela Andre ein Kapitel mit dem Titel *Eleonore Baur – »Blutschwester Pia« oder »Engel von Dachau«* gewidmet. Ich habe für meine Recherchen vor allem mit diesem Buch gearbeitet, weil darin sehr fundiert versucht wird, das Leben dieser ominösen Frau aufzuarbeiten, ohne in Sensationslust zu verfallen.

Baur kann als Unterstützerin der ersten Stunde der NSDAP betrachtet werden. Sowohl bei Versammlungen und an – auch gewalttätigen – Auseinandersetzungen auf Demonstrationen als auch beim Kleben von Propagandaplakaten an Litfaßsäulen und Wänden sowie am Verteilen von Flugblättern war sie beteiligt, wofür sie mehrfach zu Geldbußen verurteilt wurde. Besonders ihre zutiefst nationalsozialistische und antisemitische Haltung ist immer wieder belegt. Sie war überdies im *Bürgerbräukeller* am 8. November 1923 anwesend, als Hitler mit Waffengewalt die bayerische Landesregierung für abgesetzt erklärte. Hierfür erhielt sie – wie alle Teilnehmer des Hitlerputschs – als einzige Frau den *Blutorden*.

Nach der *Machtergreifung* wurde »seine schwarze Perle«, wie Himmler Baur nannte, Fürsorgeschwester bei der Waffen-SS. Darauffolgend wurde sie zur Ehrenoberin der NS-Schwesternschaft ernannt. Obwohl von ihr in Gerichtsverhandlungen nach dem Zweiten Weltkrieg bestritten, gibt es mehrere Hinweise, dass sie einen SS-Rang innehatte. Ab 1934 durfte sie – ebenfalls als einzige Frau – das Lager Dachau betreten. Von ihr wurde später behauptet, dass sie den großen Wunsch hatte, anderen Menschen zu helfen. Die SS-Wachtposten hatten ihr Meldung zu erstatten, und die Häftlinge mussten sie entsprechend grüßen. Das uneinheitliche Bild von ihr zeigt sich besonders in den Berichten der Häftlinge. So setzte sie sich beispielsweise für etliche Geistliche ebenso wie für einige politische Häftlinge ein, um deren Freilassung zu erwirken. An Weihnachten soll sie sogar Häftlingen Geschenke gebracht haben, jedoch wird gleichzeitig von Auspeitschungen berichtet, während die anderen Gefangenen Weihnachtslieder singen mussten. 1941 soll ein Kapo mit dem Namen Knoll damit geprahlt haben, schon 96 Juden getötet zu haben. Manche berichteten, dass Baur ihn daraufhin küsste und ihm ein weiteres Weihnachtsgeschenk brachte; andere erzählten, dass sie zusammen zum sogenannten Judenblock gegangen seien und Männer ausgesucht haben sollen, die danach verschwunden seien.

Auch über ihre Grausamkeit im Zusammenhang mit medizinischen Versuchen gibt es mehrere Aussagen, die einerseits ihre Naivität und andererseits ihre sexuelle Abnormität und Unmenschlichkeit herausstellen.

Baur nutzte außerdem mehrere Häftlinge, um zuerst ihre Wohnung in der Voitstraße 6 in München und später ihr Anwesen in Oberhaching umfangreich umbauen zu lassen. Ab 1940 galt Letzteres als ständiges Außenlager, sodass die Häftlinge bei Baur untergebracht waren und teilweise nur an den Wochenenden nach Dachau zurückkehrten. Sie selbst vergab hierbei die Arbeitsaufträge und legte die Arbeitszeiten fest. Das Kommando bestand ausschließlich aus politischen Gefangenen deutscher und österreichischer Herkunft. Unter den Häftlingen war Baur wegen ihrer Unberechenbarkeit gefürchtet. Die Aussagen variieren hier so weit, dass manche auch von sexuellem Missbrauch und Schikane sprechen. Auf der anderen Seite aß Baur mit ihren Angestellten und den Häftlingen an einem Tisch; sie durften außerdem rauchen und Briefe schreiben.

Ihr üppiger Lebensstil, der auch in der Kriegszeit weiter anhielt und ihre regelmäßigen *Raubzüge* waren im Lager Dachau ebenfalls bekannt. Baur soll deutlich mehr Vorräte bezogen haben, als die Häftlinge des Kommandos benötigten. Die bereits erwähnten sexuellen Störungen und ihre sexuellen Kontakte zu Häftlingen lassen sich nicht endgültig verifizieren. Dokumentiert ist jedoch, dass sich Baur sehr freizügig gab und im Sommer manchmal nackt über die Baustelle spazieren ging, während die Häftlinge arbeiteten. Angeblich soll sie im KZ auch das Bad aufgesucht haben, um sich neue Häftlinge auszusuchen, die daraufhin in ihr Kommando überstellt wurden.

Hervorzuheben ist dabei der inhaftierte Kommunist Willi Grimm, der Aussagen anderer Häftlinge nach ihr Liebling war, mehrfach von »erotisch-sadistischen Gräuelmärchen« (Krauss/ Andre 2010, S. 179) berichtet haben soll und von ihr nach getaner Arbeit angeblich immer persönlich in der Badewanne sauber gebürstet wurde.

In der NS-Männerwelt soll ihr Ruf ebenfalls zweifelhaft gewesen sein. Ihr häufiges Erwähnen der Freundschaft zu Hitler und anderen NS-Funktionären wurde einerseits belächelt und als übersteigertes Selbstbewusstsein abgetan, andererseits wurde sie aus Angst, dass ihre Beziehungen doch einflussreich waren, dennoch meist respektvoll behandelt oder zumindest geduldet. Ihr Benehmen wurde immer wieder als schwierig, schrullig oder verrückt bis hin zu hysterisch beschrieben.

Besonders beklemmend ist, dass sie am 5. Mai 1945 verhaftet, kurz darauf aber wieder freigelassen wurde. Am 12. Juli wurde sie erneut verhaftet. Nachdem ihre Schuldfähigkeit 1949 bewiesen worden war, wurde sie in das Arbeitslager Rebdorf verlegt. Im Spruchkammerverfahren machten vierundvierzig Zeugen widersprüchliche Aussagen. Die Hauptkammer München stufte sie als Hauptschuldige ein. Die anschließenden Ermittlungen im Strafverfahren sollten ihre Teilnahme an medizinischen Versuchen im KZ Dachau nachweisen. Das Verfahren wegen Kriegsverbrechen wurde eingestellt und Baur aus gesundheitlichen Gründen bereits am 23. Juni 1950 aus dem Arbeitshaus Rebdorf entlassen. Bis zu ihrem Tod 1981 lebte sie in ihrem von KZ-Häftlingen ausgebauten Haus in Oberhaching und forderte sogar eine Entschädigung bei der Amtlichen Fürsorgestelle für Kriegsbeschädigte und -überlebende des Landratsamts München, die anscheinend bewilligt wurde. Sie behielt also trotz einer Einstufung als Hauptschuldige ihren Besitz und bezog eine Pension.

Insgesamt ist Schwester Pia eine Frau, deren Bild stark variiert. In meinem Buch und in der Darstellung von ihr habe ich mich einerseits an gesicherten Quellen, aber auch an einzelnen Zeugenaussagen orientiert, die sie als erotisch gestörte, naive, antisemitische Frau beschreiben, die ihren Eigennutz unter dem Deckmantel von Menschenliebe zu verbergen versuchte.

Kurz findet auch ihr Sohn Wilhelm Erwähnung, der tatsächlich ein deutscher Verleger im Sinne des NS-Staats war.

Ebenfalls wie im letzten Band ist auch wieder Dr. Hermann Pfannmüller in diesem Buch zu finden. Er war tatsächlich vom 1. Februar 1938 bis Mai 1945 Direktor der ebenfalls erwähnten Heil- und Pflegeanstalt Eglfing-Haar bei München. Seine Rolle beim systematischen Aushungern von physisch und psychisch Kranken sowie Kindern und besonders seine Arbeit als T4-Gutachter der Euthanasieverbrechen sind gut dokumentiert. Die Aktion T4 begann im Oktober 1939. Ein Erlass Hitlers wurde auf den 1. September 1939 zurückdatiert, in dem er Philipp Bouhler und seinem Begleitarzt Karl Brandt Befugnisse gibt, die die Grundlage zur Aktion T4 bilden sollen:

Reichsleiter Bouhler und Dr. med. Brandt sind unter Verantwortung beauftragt, die Befugnisse namentlich zu bestimmender Ärzte so zu erweitern, dass nach menschlichem Ermessen unheilbar Kranken bei kritischster Beurteilung ihres Krankheitszustandes der Gnadentod gewährt werden kann.

Ab dem 17. November 1939 war Pfannmüller T4-Gutachter und beurteilte anhand der Meldebögen der Patienten anderer Anstalten diese als *lebenswert* oder *lebensunwert.* Zwischen Januar 1940 und Juni 1941 wurden knapp über zweitausend Menschen aus Eglfing-Haar an Tötungsanstalten überstellt. Weitere Patienten wurden ab 1943 systematisch zu Tode gehungert oder mit zu starken Schlafmitteln getötet. Ab Oktober 1940 hatte Eglfing-Haar bayernweit die erste *Kinderfachabteilung.*

Hierbei wurden mehrere Hundert Kinder im Rahmen der Kinder-Euthanasie ermordet.

Nach einer Zeugenaussage war Pfannmüller offensichtlich stolz auf seine Arbeit, stellte seine menschenverachtenden Ansichten zur Schau und war fest von der Rassenbiologie überzeugt. Pfannmüller selbst bestritt seine Beteiligung an den Euthanasieverbrechen. Er wurde 1945 von US-amerikanischen Soldaten verhaftet.

Im Oktober 1949 wurde gegen Pfannmüller wegen der Euthanasieverbrechen das Verfahren vor dem Schwurgericht am Landgericht München eröffnet. Anfang November 1949 wurde er wegen Totschlags beziehungsweise der Beihilfe zum Totschlag zu sechs Jahren Gefängnis verurteilt. Er wurde jedoch nicht für die Einrichtung der Hungerhäuser bestraft, weil ihm das Gericht damals nicht nachweisen konnte, dass Menschen dort zu Tode kamen.

Pfannmüller selbst besaß noch die Dreistigkeit, in Revision zu gehen. Das Verfahren wurde im März 1950 vom Bayerischen Obersten Landesgericht aufgehoben und zurückverwiesen. Das Schwurgericht am Landgericht München verurteilte Pfannmüller schließlich im März 1951 zu einer Gesamtstrafe von fünf Jahren Haft unter Anrechnung der Internierungs- und Untersuchungshaft.

Josef Thorak, der im Roman nach Auftrag der NS-Führung die Statue für Paul-Friedrich fertigt, ist ebenfalls historisch belegt. Er war tatsächlich im Deutschen Reich einer der angesehensten Bildhauer, wie beschrieben neben Arno Breker, Georg Kolbe und Fritz Klimsch. Tatsächlich war Thorak im September 1939 in München, da hier die Große Deutsche Kunstausstellung stattfand. Thorak wurde 1939 von dem Architekten Albert Speer in den Diensten der NS-Führung der Auftrag gegeben, zwei Pferdestatuen zu schaffen. Die bronzenen Thorak-Pferde wurden 1942 vor Hitlers Reichskanzlei in Berlin aufgestellt. Thorak stand auf der *Gottbegnadeten-Liste,* die im August 1944 vom Reichsministerium für Volksaufklärung und Propaganda unter Joseph Goebbels zusammengestellt wurde. Den für das NS-Regime wichtigen Künstlern auf dieser Liste wurde besonderer Schutz gewährt.

Kurz erwähnt wird der NSDAP-Funktionär Christian Weber. Er war Präsident des Bezirksverbands Oberbayern, Leiter des Amtes für den 8./9. November, SS-Brigadeführer und Mitglied des Reichstags. Weber zählte zu den Duzfreunden Hitlers und erwirtschaftete sich durch Machtmissbrauch, Korruption und Arisierungen ein Vermögen. Außerdem spielte er eine wichtige Rolle im Pferdesport. Er war Gründer des Braunen Bands von Deutschland – eines Galopprennens, der SS-Hauptreitschule München-Riem und des Deutschen Jagdmuseums. Er machte München neben Berlin zum bedeutendsten Pferdesportzentrum Deutschlands.

Das Verlegerehepaar Elsa und Hugo Bruckmann aus dem Münchner Großbürgertum gehörte zu den frühen Förderern Hitlers. Die überaus interessante und – wie ich finde – gut recherchierte Geschichte der Bruckmanns kann ebenfalls in *Rechte Karrieren in München – Von der Weimarer Zeit bis in die Nachkriegsjahre* nachgelesen werden.

Nicht in diesem Buch erwähnt, aber ursprünglich angedacht war eine kurze Rückblende zu Hitlers fünfzigstem Geburtstag, der in riesigem Maßstab gefeiert und zum Nationalfeiertag erklärt wurde. Hier hatte ich geplant, Paul-Friedrich und Ferdinand den bombastischen Trubel in München erleben zu lassen, allerdings hätte dies die Handlung meiner Meinung nach ein wenig zerrissen. Auch hier kann ich nur empfehlen, sich die Fakten anzusehen, um den Führerkult und die systematische Inszenierung von Hitlers Person besser nachvollziehen zu können.

Für mich bedeutet der Übergang der Falkenbach-Saga in die Jahre des Zweiten Weltkriegs auch die Beschreibung von weiterer Gewalt, immer ungeheuerlicherer Verbrechen gegen die Menschlichkeit und die Recherche von Grausamkeiten, die ich kaum lesen und erst recht nicht beschreiben möchte. Ich denke, gerade deswegen, weil es so unangenehm ist, sich hiermit intensiv auseinanderzusetzen, ist es auch so wichtig. Ich möchte jeder Leserin und jedem Leser empfehlen, sich in die Abgründe, die sich vor einem auftun, einzulesen. Inzwischen existieren diverse fundierte Aufarbeitungen, die neue Zugänge ermöglichen, auch abseits von der reinen Lektüre. Es gibt viele Zeitzeugeninterviews zu den NS-Verbrechen und den Kriegsjahren, Museen, die neue Wege in der Darstellung gehen und uns zumindest teilweise versuchen begreifbar zu machen, welche unbeschreiblichen Verbrechen verübt wurden. Deswegen bitte ich eindringlich darum, verlässliche Quellen zu studieren, denn das Wissen darum ist der natürliche Feind all jener, die den Wunsch haben, solche Gräueltaten zu wiederholen.

Und wie uns gerade die aktuelle, jüngste Geschichte zeigt, sind es gerade die Informationen, die wichtig sind, um sich ein reales, ungeschöntes Bild machen zu können. Vor allem dann, wenn jeder von uns lieber die Augen davor verschließen möchte.

Wir lesen uns wieder im siebten Falkenbach-Roman!

Herzlichst
Ihre Ellin Carsta

Quellenliste

Literatur

Wolfgang Benz, Geschichte des Dritten Reiches, Verlag C. H. Beck, München 2000

Bernd Braun, Die Reichskanzler der Weimarer Republik, W. Kohlhammer Verlag, Stuttgart 2012

Ursula Büttner, Weimar: Die überforderte Republik 1918–1933, Klett-Cotta Verlag, Stuttgart 2008

Saul Friedländer, Das Dritte Reich und die Juden, Verlag C. H. Beck, 2. Aufl., München 2008

Sebastian Haffner, Von Bismarck zu Hitler: Ein Rückblick, Droemer Taschenbuch Verlag, Vollständige Taschenbuch-Neuausgabe, München 2015

Ulrich Herbert, Das Dritte Reich: Geschichte einer Diktatur, Verlag C. H. Beck, 3. Aufl., München 2018

Ulrich Herbert, Geschichte Deutschlands im 20. Jahrhundert, Verlag C. H. Beck, 2. Aufl., München 2018

Ian Kershaw, Der NS-Staat: Geschichtsinterpretationen und Kontroversen im Überblick, Rowohlt Taschenbuch Verlag, 5. Aufl., Reinbek bei Hamburg 2015

Marita Krauss (Hrsg.), Rechte Karrieren in München: Von der Weimarer Zeit bis in die Nachkriegsjahre, Volk Verlag, München 2010

Golo Mann, Deutsche Geschichte des 19. und 20. Jahrhunderts, Fischer Taschenbuch Verlag, 13. Aufl., Frankfurt am Main 2011

Norman Ohler, Der totale Rausch: Drogen im Dritten Reich, Kiepenheuer & Witsch, 10. Aufl., Köln 2020

Detlev J. K. Peukert, Die Weimarer Republik: Krisenjahre der Klassischen Moderne, Suhrkamp Verlag, 5. Aufl., Frankfurt am Main 1987

Christian Staas/Dr. Volker Ullrich (Hrsg.), Der Rausch der 20er-Jahre: Glanz und Tragik der Weimarer Republik, in: ZEIT Geschichte, Heft 1/2020

R. H. Tenbrock/K. Kluxen/H. E. Stier (Hrsg.), Zeiten und Menschen, Ausgabe B, Band 4, Ferdinand Schöningh Verlag (Paderborn) und Hermann Schroedel KG Verlag (Hannover) 1966

Martin Vogt (Hrsg.), Deutsche Geschichte: Von den Anfängen bis zur Gegenwart, Verlag J. B. Metzler, 4., erweiterte Aufl., Stuttgart, Weimar 1997

Heinrich August Winkler, Weimar 1918–1933: Die Geschichte der ersten deutschen Demokratie, Verlag C. H. Beck, Neuaufl., München 2018

Walter Ziegler, Die nationalsozialistischen Gauleiter in Bayern. Ein Beitrag zur Geschichte Bayerns im Dritten Reich, in: Zeitschrift für Bayerische Landesgeschichte 58 (1995), 427–460

Internet

http://alex.onb.ac.at/cgi-content/alex?apm=0&aid=dra&datum=19370004&seite=00000191&zoom=2
http://bernried.de/de/startseite
http://bernried.starnbergersee-info.de/
http://geschichtsverein-koengen.de/Hitler.htm
http://www.denkmaeler-muenchen.de
http://www.lexikon-der-wehrmacht.de/Soldat/Wehrdienst.htm
http://www.trend.infopartisan.net/trd0117/t020117.html
https://de.m.wikipedia.org/wiki/Vorgeschichte_des_Zweiten_Weltkrieges_in_Europa
https://de.wikipedia.org/wiki/Bildtafel_der_Dienstgrade_und_Rangabzeichen_der_Waffen-SS
https://de.wikipedia.org/wiki/Christian_Weber_(NS-Funktion%C3%A4r)
https://de.wikipedia.org/wiki/F%C3%BChrergeburtstag
https://de.wikipedia.org/wiki/Gottbegnadeten-Liste
https://de.wikipedia.org/wiki/Josef_Thorak
https://de.wikipedia.org/wiki/Liste_von_KZ-%C3%84rzten_und_anderen_Beteiligten_an_NS-Medizinverbrechen
https://de.wikipedia.org/wiki/Wei%C3%9Fer_Jahrgang
https://die-deutsche-wehrmacht.de.tl/Aufr.ue.stung-der-Wehrmacht.htm
https://encyclopedia.ushmm.org/content/en/article/muenchen-schwabing
https://treemagic.org/rademacher/www.verwaltungsgeschichte.de/weilheim.html
https://www.bild.bundesarchiv.de/dba/de/search/?yearfrom=1939&yearto=1945&query=Polenfeldzug

https://www.bpb.de/geschichte/deutsche-geschichte/der-zweite-weltkrieg/199406/die-wehrmacht-struktur-entwicklung-einsatz

https://www.bundesarchiv.de/DE/Navigation/Finden/Epochen/Deutsches-Reich-Nationalsozialismus/deutsches-reich-nationalsozialismus.html

https://www.dhm.de/ausstellungen/archiv/2021/die-liste-der-gottbegnadeten-kuenstler-des-nationalsozialismus-in-der-bundesrepublik/

https://www.dhm.de/lemo/kapitel/weimarer-republik/innenpolitik/nsdap

https://www.dhm.de/lemo/kapitel/zweiter-weltkrieg/widerstand/kreisauer/

https://www.historisches-lexikon-bayerns.de/Lexikon/Traditionsgau_M%C3%BCnchen-Oberbayern,_1930-1945

https://www.ns-archiv.de/medizin/euthanasie/faksimile/

https://www.ns-dokuzentrum-muenchen.de/dauerausstellung/muenchner-biographien/detail/?tx_ttnews%5Btt_news%5D=13&cHash=2ce462a57d76c1fa7ff581d313aef854

https://www.penultima.de/stadtplan/

https://www.berliner-zeitung.de/kultur-vergnuegen/kunst/die-pferde-des-hitler-bildhauers-thorak-kommen-auf-die-zitadelle-spandau-li.181468

https://www.welt.de/kultur/kunst-und-architektur/article145324295/Wer-dieses-Pferd-ansieht-wird-sofort-zum-Nazi.html

https://www.sueddeutsche.de/politik/hiter-putsch-nazi-ikone-blutschwester-pia-1.826210-0

https://www.swr.de/swr2/wissen/archivradio/seit-5-45-wird-jetzt-zurueckgeschossen-hitler-september-1939-zum-kriegsbeginn-100.html

https://www.t4-denkmal.de/Hungermord-Eglfing-Haar

https://www.weilheim.de/
https://www.weilheim-schongau.de/
https://www.welt.de/geschichte/zweiter-weltkrieg/article127090692/Adolf-Hitlers-50-Geburtstag-600-Panzer-fuer-den-Fuehrer.html
https://www.zukunft-braucht-erinnerung.de/geschichte-deutschlands/drittes-reich/

FSC
www.fsc.org
MIX
Papier | Fördert gute Waldnutzung
FSC® C083411

Zeitfracht Medien GmbH
Ferdinand-Jühlke-Straße 7
99095 Erfurt, Deutschland
produktsicherheit@kolibri360.de

Druck:
CPI Druckdienstleistungen GmbH
im Auftrag der
Zeitfracht Medien GmbH
Ein Unternehmen der Zeitfracht - Gruppe
Ferdinand-Jühlke-Str. 7
99095 Erfurt